新注和歌文学叢書 9

# 四条宮主殿集新注

久保木寿子 著

青簡舎

# 目　次

# 凡例

一、本書は、主殿集の注釈を試みたものである。
二、底本には、冷泉家時雨亭文庫蔵本「主殿集」（『冷泉家時雨亭叢書 平安私家集 六』所収）を用い、「底」の略号で記した。
三、本文、〔校異〕〔整定本文〕〔通釈〕〔語釈〕〔補説〕〔他出〕の順に、記述した。
四、本文の表記については、以下の方針によった。
　1、字体は、漢字や仮名の使い分けなど、底本に即して翻刻した。
ただし、「ん」の表記のうち、16「いでねどん」、100「はちすのいとん」、116「うとうとん」の三箇所の「ん」については、いずれも「も」と表記した。
　2、重ね書きの場合は、訂正した文字を記し、もとの字との関係について〔校異〕欄で説明した。
　3、傍書やミセケチはできるだけ原文に忠実に記し、訂正した文字については〔校異〕欄で説明した。
　4、破損・虫損により判読不能な部分については、□で示した。
五、本文の帖付けは、時雨亭叢書所収「主殿集」の帖付けに依った。薄手楮紙、綴葉装の仕様のため、紙背には書写されていない。したがって、この翻刻には、奇数帖のウ、偶数帖のオは示されないことになる。
六、〔校異〕の対校本文には、書陵部蔵（五〇一・一五六）本を用い、「書」の略号で示した。

七、本文に校訂を加え、〔整定本文〕とした。校訂にあたっては次のような処理をした。
1、用字は通行の字体を用い、底本の仮名遣いは歴史的仮名遣いに改めた。
また、仏教語の直音表記は、拗音表記他に改めた。
2、仮名を適宜漢字に改め、濁点および読点を施した。また必要に応じて送り仮名を補った。
3、2の処置により表記を改めた場合は、もとの校訂表記をルビの形で残した。
4、本文に問題がある場合の、改訂等の処置については、〔校異〕〔語釈〕の項で説明を加えた。
5、整定本文に、便宜、通し番号を付した（歌番号は『新編私家集大成』・『新編国歌大観』に同じ）。
また、長文の序の類に、便宜、①などの番号を付したところがある。
八、〔補説〕では、歌の理解に関わることや仏典の原文など、〔語釈〕では扱いきれないことについて記した。
九、引用した和歌は、原則として、私家集は『新編私家集大成』に、それ以外は『新編国歌大観』によったが、私に表記を改めたところがある（なお、歌人名の無表記は「読み人知らず」を意味する）。散文作品については『新編日本古典文学全集』他を、適宜、使用した。経典の内、『往生要集』は岩波思想大系『源信』所収本、『法華経』は岩波文庫『法華経』（上中下）によった。大正新修大蔵経テキストデータベース（大蔵経テキストデータベース研究会（SAT）制作）に依ったものがある。他はその都度、出典を示した。
十、巻末に、「解説」「語句索引」「和歌各句索引」を付した。
十一、なお、冷泉家本は外題、内題ともに「主殿集」とするが、藤原定家筆「集目録」に「主殿四条宮」とあるところから、本書の標題を、便宜「四条宮主殿集新注」とした。

# 注釈

# （一）

いつれのかきほのなてしこにか
ありけむ身のほとしらす花に
めつる女ありけり

〔校異〕 ナシ

〔整定本文〕 いづれの垣《かき》ほの撫子《なでしこ》にかありけむ、身のほど知《し》らず花にめづる女ありけり

〔現代語訳〕 一体どこの賤の家に生い育った娘だったのでしょうか、分も弁えずに花を愛でる女がありました。

〔語釈〕 **○いづれの〜けむ** 漠然とした朧化表現に依る物語的な書き出し（伊勢集Ⅲ・一「いつれの御時にかありけむ、大宮す所ときこゆる御つほねに……」、長能集・七六「いつれのとしにかありけむ、花山院に、八月三日、歌合せさせたまはむとてありしかと、とまりにしに……」、和泉式部集Ⅰ・九八「いつれのみやにかおはしけむ、白河院まろもろともにおはして……」など）。**○垣ほの撫子** 垣根に咲いている撫子。「垣ほ」は「家」、「撫子」は「女子」の喩。「あな恋し今も見てしか山がつの垣ほにさける山となでしこ」（古今集・恋四・六九五）による。この歌により「撫子」と「山がつの垣ほ」が結合され、「身のほど」意識の表現を呼び起こすことになる。**○身のほど** 出自の低さを言う。謙退の意を醸す。歌集詞書の先例としては、兼澄集Ⅱ・五六がある。**○花にめづる** 「めづ」は自動詞下二段。心引かれる、引きつけられる意（古今集・秋上・二二六「名にめでてをれるばかりぞをみなへし我おちにきと人にかたるな」、拾遺集・秋・一五八・小野宮実頼「くちなしの色をぞたのむをみなへし花にめでつと人にかたるな」）。**○女ありけり** 「女」は主殿自身を第三者的に捉えての表現。「男ありけり」と同様の物語的書き出し。

〔補説〕 以下（二）（三）と続く歌序の冒頭部分。自己韜晦した形で「女」を登場させる。「いづれの……ありけ

む」「女ありけり」に見られる朧化表現、および自己の三人称化に、強い物語性が打ち出される。回想的な語りの文体は、（三四）以降の集後編にも貫かれることになる。

本集の詞書の中で、主体を「女」と表記する例は14・26・57歌に見られ、いずれも歌集前半部であることは注意される。出自・身分に対するこだわりと卑下が、「身のほど」の語により集約的に表される。また、それにもかかわらず耽美に傾く性行が、やや揶揄的に記される。

引用された古今集「あな恋し……」の歌は、例えば同じくこれを踏まえた源氏物語・常夏の（光源氏）「なでしこのとこなつかしき色を見ばもとの垣根を人やたづねむ」、（玉鬘）「山がつの垣ほに生ひしなでしこのもとの根ざしをたれかたづねん」の贈答歌が端的に示すように、浪漫性・物語性を強く喚起する一首であった。「身のほど」の語からは、直ちに同物語・明石君の自己規定が想起されるであろう。

この部分は、出家前の前半生を強く意識した記述である。以下に続く部分に見られる自己卑下なども、出家後の回想的視点からのものであることは注意される。

## （二）

①あらたまの
としたちかへるあしたより春の
かすみにともひかれ②二月になれは
よもの山の花をあはれひ
③三月になれはあをやきのくる、

もしらすもゝの花すき〳〵しき
ことをいひ④四月になれば卯花」1オ
かげにしのぶほとゝきす
をうらみ⑤五月になれは人に
あふちの花をかさしあやめ
くさねむころならぬ人をまち
⑥六月になればすゝしき風をしたま
ちてきしのほとりに日をくらし

〔校異〕　ナシ

〔整定本文〕

①あらたまの年《とし》たちかへる朝《あした》より、春の霞《かすみ》にとも引《び》かれ、②二月になれば、四方《よも》の山の花をあはれび、③三月になれば、青柳《あをやぎ》のくるるもしらず、桃《もも》の花すきずきしきことを言《い》ひ、④四月になれば、卯の花かげに忍《しの》ぶ郭公《ほととぎす》を恨《うら》み、⑤五月になれば、人にあふちの花をかざし、菖蒲草《あやめぐさ》ねむごろならぬ人を待《ま》ち、⑥六月になれば、涼《すず》しき風を下待《したま》ちて岸《きし》のほとりに日を暮《く》らし、

〔現代語訳〕　新しい年が明けるその朝から、棚引く春霞に心誘われ、二月になると四方の山々の花を愛でて、三月になると（青柳の糸を「繰る」ではないが）春が暮れるのも知らず、（桃の花酒を飲くではないが）数寄に偏した歌を口にし、四月になると卯の花蔭に隠れて忍び音を漏らしている時鳥を、早く鳴かないかと恨めしく思い、五

月になると人に会うとかいう楝の花を簪にして、（菖蒲の草の根ならぬ）懇ろでもない人を待ち、六月になると涼風の吹いてくるのを心待ちにして川岸の辺りで一日をくらし、

〔語釈〕①○あらたまの年たちかへる朝より　元旦から。「延喜御時月次御屏風に、あらたまの年立帰る朝よりまたるる物はうぐひすのこゑ」（拾遺集・春・素性・五）を引く。「あらたまの」は、枕詞。「年」に掛かる。和歌初学抄「必次詞」に、「さだまりてつづけてよむことあり」として「あらたまのとし」を載せる。「たちかへる」は元の所に戻ること。ここは新年になること。「立つ」は「霞」の縁語をなす。○春の霞　後掲四条宮下野集、参照。○とも引かれ　主殿独自の用語。「共引く」の受け身形と見る。誘引される意か。但し、⑩「十月」の「時雨に袖を貸し」が古今集・雑体の忠岑の長歌の引用であることから、同長歌中の「…春は霞にたなびかれ」を踏んだものと見れば、「とも」は「たな」の誤写ということになる（神谷敏成「『主殿集』考」北海道自動車短期大学研究紀要7　一九七九・八）。

②○四方の山の花　「都人」の視点から捉えたもので、「数寄」への志向性を窺わせる（恵慶集・二四六「嵐だにおとせぬ春と思ひせばのどけく見まし四方の花ばな」、和泉式部集Ⅰ・一七五「またせつつ遅くさくらの花により四方の山べに心をぞやる」、後拾遺集・春上・顕基・一〇六「我が宿の梢ばかりと見しほどに四方の山べに春は来にけり」）。

③○くるる　青柳の糸を「繰る」から、掛詞「暮る」を導く。春が暮れる。暮春、三月を示す（和漢朗詠集・暮春「払水柳花千万点（みづをはらふりゅうかはせんばんてん）隔楼鶯舌両三声（ろうをへだつあうぜつはりょうさんせい）」元）○桃の花　「桃、毛々」（和名抄）。後拾遺集が、春下巻頭に花山院「三月三日、桃の花をご覧じて、三千代へてなりけるものをなどてかはももとしもはた名づけそめけん」以下三首を入れる。漢詩文の影響による（和漢朗詠集・三月三日付桃「春之暮月（はるのぼげつ）月之三朝（つきのさんちょう）天酔于花（てんもはなによへり）桃李盛也（とうりのさかんなるなり）」菅）。桃の花酒を「飲《す》く」ことから「好く」を導く。118番歌参照。○すきずきしき　形容詞「好きずきし」。いかにも風流である（好忠集Ⅰ〈百首序〉「あまたのことに言ひつらねて、しきしまの三輪のやしろの山のふもと

なる、すきずきしくぞなりにけれど」）。「飲き」「好き」の掛詞（重之集・一九七「桃の花すける人の、うちゑひてあをみて、人しれずすくとはきけどもものはな色にいでては今日ぞ見えける」、和泉式部集Ⅰ・五九五「三月三日、しづのめの垣ねの桃の花もみなすく人けふはありとこそきけ」など）。蜻蛉日記・中一二八「ものの花すき物どもを西王がそのわたりまでたづねにぞやる」は西王母伝説と絡めて詠ったもの。

④**○卯の花**　空木（うつぎ）の花。初夏、白い小さな花を付ける。咲き乱れるさまが、雪、月、波、雲などに喩えられる。「憂」を掛けることが多く（万葉集・巻十・一九八八「鶯の通ふ垣根の宇能花の憂き事あれや君が来まさぬ」）、後撰集以降、「時鳥」と採り合わせられることが多い。**○忍ぶ**　四段活用の自動詞。目立たないようにする、人目を避ける、隠れる意（赤染衛門集・三八四「卯の花のかげにしのべど郭公人とかたらふ声さへぞきく」）。**○郭公**　時鳥。五月頃南方から飛来して、秋に帰る渡り鳥。和歌では、四月の時鳥を、山から里に出て卯の花影などに隠れて忍びなくものと観念する（元真集・一八〇「卯の花の影にかくれて今日までぞ山時鳥声はをしまむ」、同・一八一「いまよりは声なをしみそ時鳥五月待つまのほどぞあるらし」、和泉式部日記・一四「ほととぎすよに隠れたる忍び音をいつかはきかんけふも過ぎなば」、同・一五「忍び音はくるしきものを時鳥こだかきこゑをけふよりは聞け」など）。**○恨み**　忍び音に鳴くばかりで姿を見せないことを恨むのである。しばしば人事に絡ませて使われる。

⑤**○あふちの花**　「楝」は、十巻本和名抄・一〇に「楝　玉篇云楝〈音練　本草云阿不知〉其子如榴類　白而黏可以浣衣者也」とする。「梅檀（せんだん）」の古名。センダン科の落葉高木で初夏に淡紫色の花をつける（万葉集巻五・七九八・山上憶良「妹が見し阿布知の花は散りぬべしわが泣く涙いまだ干なくに」）。枕草子・三四段（「木の花は…」）には、「木のさまにくげなれど、楝の花いとをかし。かれがれにさまことに咲きて、かならず五月五日にあふもをかし」とあり、古今六帖・六に、「あふち」として立項される。人に「逢う」意を掛けることが多い（古今六帖・六・四二九一・貫之「我が宿にあふちの花は咲きたれど名にしもおはぬ物にぞ有りける」、好忠集Ⅰ・一二八「名にしおへば頼まれぞするわが恋ふる人にあふちの花咲きにけり」など）。**○菖蒲草**　サトイモ科のショウブの古名で、初夏に、黄色の細花が密

集した太い穂を出す。葉は剣の形で、香気が強いので邪気を払うとされ、五月五日の節には魔除けとして軒や車にさした。その長い根は、根合わせなどの遊びにも使われた。ここは、その「根」から同音で「ね（んごろ）」を導く枕詞的な用法。**〇ねんごろならぬ**　形容動詞「懇ろなり」は、昵懇である、親しみ深い意。ここはその打ち消し。さして親しくもない、の意。にも拘らず「待つ」という韜晦。

**⑥〇涼しき風**　漢語「涼風」（白氏文集一・一葉落「煩暑鬱未退。涼風潜已起」等）を和語化した表現。古今集・夏・一六八「水無月のつごもりの日よめる、夏と秋と行きかふ空のかよひぢはかたへ涼しき風やふくらむ」のように、熱暑の夏から秋冷の候への移り変わりを示す「風」を詠む例もあるが、ここは「納涼」題に集約されるような、暑気の中の冷気を取り上げるもの。平安中期以降に増大するとされる（川村晃生『摂関期和歌史の研究』「歌人たちの夏―暑気と冷気と―」）。6歌参照。**〇下待ちて**　心待ちにすること。秘かに期待すること（肥後集・一〇六「ものあはれに風吹くに、とへかしと下待つ人は音もせで荻の上葉に秋風ぞ吹く」）。**〇岸のほとり**　涼を求めて訪れる所としての扱い。6歌参照。

**〔補説〕**（二）は、便宜一月から六月までを区切った。以下、春夏の景物を、月ごとの代表的な歌材により示し、それらに囚われて過ごす「女」の日常を、観念的に示す。書かれてあることの第一は、季ごとの景物に心惹かれる好き心である。それは、例えば「山の花」への耽溺として表される。2番歌〔語釈〕「花見る山」参照。好忠集Ｉ・五九「春雨のふるのみ山の花見るとみかさの山をさしてのみこそ」、同・六四「花見るといとまを春の山にいれて木のもとごとに眺めをぞする」、恵慶集・二五七「類しつついざ秋の野にわがせこが花見る道をわれおくらすな」など、古今的歌風からやや逸脱して「伏流」（犬養廉）する歌人群のそれに類する数寄への傾斜があるか。

　自己評価が「すきずきし」となされることは、前編が終結する（三三）が「ただし、この人かくてたはれ楽しぶと言へども」と括られることに対応しよう。後編はこのような「好きずきしさ」との決別過程を描くことになる。

〔三〕

⑦七月になれはかさゝきのはしにいてゐてわかれのそらをかなしひ⑧八月になれはむしのねもいらてにしにかたふく月をゝしみ」2ウ⑨九月になれはかれ葉なるまかきにむかひてきくをなかめ⑩十月になれはみねのしくれにそてをかし⑪十一月になれはかきねのはつゆきを思ひ⑫十二月になれは軒のたるひのひましらすうつみ火のきえておもふはなにことにかありけん

〔校異〕　ナシ

〔整定本文〕

⑦七月になれば、鵲《かささぎ》のはしに出《い》でゐて別《わか》れの空《そら》を悲《かな》しび、⑧八月になれば、虫《むし》のねもいらで、西《にし》に傾《かたぶ》く月ををしみ、⑨九月になれば、枯《か》れ葉なる籬《まがき》に向《むか》ひて、菊《きく》を眺《なが》め、⑩十月になれば、峰《みね》の時雨《しぐれ》に袖《そで》を貸《か》し、⑪十一月になれば、垣根《かきね》の初雪《はつゆき》を思ひ、⑫十二月になれば、軒《のき》の垂《た》る氷《ひ》の隙《ひま》知《し》らず、埋《うづ》み火の消《き》えで思《おも》ふはなにごとにかありけむ

**〔現代語訳〕** 七月になると、鵲が七日に天の河に掛け渡すという橋ならぬ端に出て座り、二星が別れる空を見て悲しみ、八月になると、繁くなる虫の音を聴いては寝入りもせずに、西の空に傾き沈もうとする美しい月を惜しみ、九月になると、枯れ葉になった籬に向かって菊の花を眺め、十月になると、峰に降る時雨に袖を濡らし、十一月になると、垣根の初雪を思ひ、十二月になると、軒の氷柱が隙もなく垂れるように休む間もなく、埋み火のように消えることもなく思いつづけるのは何ごとだったのでしょうか。

**〔語釈〕** ⑦**〇鵲のはし** 「鵲の橋」から「端」を導く。鵲の橋について古注は、「かささぎのはしとは、七夕の天の川にむすびわたすを云」（能因歌枕）、「天の河にかささぎといふ鳥の、はねをちがへてならびつらなりて橋となることのある也。……かささぎのよりば（寄り羽）のはしなどもいへり」（奥義抄）等と記す。漢語「鵲橋」に相当（新撰朗詠集・「七夕」一九八・藤相公「雲霞帳巻風消息　烏鵲橋連浪往来（うんかちょうまいてかぜしょうそこし、をうじゃくはしつらなりてなみおうらいす）」。新撰万葉集・上・一四八「七夕佳期易別時　一年再会此猶悲　千般怨殺鵲橋畔　誰識二星涙未晞（たなばたよきときわかれやすきとき、いちねんさいかいこれなほかなし、せんぱんゑんさつすじゃくきょうのほとり、たれかしらむにせいのなみだいまだかわかざるを）」の詩境に同じ。歌詠にも「七月七日、二条院の御かたに奉らせ給ける、あふことは棚機つめにかしつれど渡らまほしき鵲の橋」（後拾遺集・恋二・七一四・後冷泉院、栄華物語・暮待つ星）、四条宮下野集・五七、五八に「瘡」に掛ける例がある（「七月七日の御ぞのこと申したる文に、瘡にわづらひて衣をえ着さぶらはぬ、とかきたる文の文字どもを、さながら書きなしてやる、今日なれど天の羽衣きられねば渡りわづらふかささぎの橋」）。**〇別れの空** 織り姫・彦星が一夜の逢瀬の後に別れる、七月八日の天空（大斎院御集（選子Ⅱ）・七七「七

月八日は、むまのかみのいへより物語まゐらせたりける、日ほどへにければ遣はすとて、あかずとてけふかへしてん棚機の別れの空に思ひよそへて」）。

⑧**〇虫のねもいらで**　虫の「音」から同音「寝（入る）」を導く（古今六帖・六・三九六〇「石のうへに生ひいづる苔のねもいらずよなよな物をおもふ比かな」は「根も要らず」からの例）。「も」は、強意。**〇西に傾く月**　西方に沈もうとする月。終末、西方浄土の喩とされることも多い（赤染衛門集Ⅰ・三九二「夜ぶかき月の入るまでながめて、見ればただ我が世かとこそ思ほゆれ西へ傾く山の端の月」、教長集・四〇一「げにやさぞ西に心はいそがるる傾く月もいまは惜しまじ」）が、ここは中秋の月を賞でて、時が経ったことを示す。

⑨**〇枯れ葉**　9歌に「霜枯れ」の籬が詠まれる（伊勢大輔集Ⅰ・一四九「わすられて年くれはつる冬草の枯れ葉は人もたづねざりけり」）。**〇籬**　柴や竹を荒く格子を組んだ垣根。菊や薄、山吹、霜や露などと共に詠まれることが多い。9歌参照。

⑩**〇時雨に袖を貸し**　「時雨」は冬の到来を意味する十月の代表的景物。悲しんで泣くことの擬人的用法。「時雨に貸して濡らす」と見立てる。古今集・雑体・一〇〇三・忠岑「ふるうたに加へて奉れる長歌、呉竹の　世世のふること　なかりせば………今はの山し　近ければ　春は霞に　たなびかれ　夏は空蟬　なきくらし　秋は時雨に　袖を貸し　冬は霜にぞ　せめらるる……」を踏む。

⑪**〇垣根の初雪**　この採り合わせは、他に例がない。

⑫**〇軒の垂る氷**　「垂る氷」は、氷柱（御堂関白記・寛仁二年二月二日条、「藩垂氷及四五尺無間」）。枕草子では、十二月の記事に見える（二八三段「十二月廿四日、宮の御仏名の……日ごろ降りつる雪の今日はやみて、風などいたう吹きつれば、垂氷いみじうしたり」）。「軒の垂氷」として、源氏物語・末摘花「朝日さす軒のたるひはとけながらなどかつららのむすぼほるらむ」、相模集Ⅰ・二七七「あづまやの軒のたるひをみわたせばただしろがねをふけるなりけり」、同三七七「しろたへにふきかへたらむあづまやの軒のたるひをゆきみてしがな」などの例を見る。「隙知らず」と連接

するのは、高遠集・三六九「我が宿の軒のたるひの隙もなみ冴えこそまされひとり寝る夜は」を踏んだものか。○**埋み火の消えで思ふ**　「埋み火」は、炭火に灰を掛け埋めた物。灰の下でしばらくは消えずにあることから、例えば「和歌初学抄」に「こがるる事には、スクモビ、ウヅミビ…」とするように、秘めた恋のもの思いを表わす。「心灰不及炉中火」（白氏文集十八）などが原拠にあるか。（相模集Ⅰ・二七五「うづみ火にあらぬわが身も冬のよにおきながらこそ下にこがるれ」）。勅撰集では後拾遺集初出。堀川百首題。それ以前の題詠に、和泉式部集Ⅰ・一六七「ぬる人をおこすともなき埋火を見つつはかなく明かす夜な夜な」、永承四年十二月、六条斎院歌合では、番外に同題の五首が読まれている。下野集一四八にも同題詠がある。

〔**補説**〕（三）には、便宜（二）に続く秋冬の六ヶ月を纏めた。七月以降の代表的な和歌的な景物を、月次に挙げてつづる。三代集の歌材を基盤にしつつも、（二）の「棟の花」「涼しき風」に続き、「軒の垂る氷」「埋み火」など、後拾遺集の新風に連なるような歌材を包摂して展開されている。

一方、例えば「時雨に袖を貸す」は古今集・忠岑の長歌によるとしても、「峰の時雨」は主殿以前の用例が検索されず、後の玉葉集・冬・八六四・入道前太政大臣「持明院殿にて五十番歌合侍りし時、冬雲を、夕日さす峰のしぐれの一むらにみぎりを過ぐる雲のかげかな」、同・雑一・二〇三〇・如願法師「おく山の峰のしぐれをわけゆけばふかき谷よりのぼる白雲」、後鳥羽院御集・八六一「たつた山峰の時雨のいとよわみぬけどみだるる四方の紅葉ば」に、歌語化の跡を辿りうるものである。主殿の用例は突出して早い。このような例は、以降の和歌においても散見され、主殿の和歌表現への関心の在りようを窺わせるものとなっている。

## （四）

さてもこのとしころの

こしをれうたのわすられぬあまた
あれと心ひとつをやりてつくす
へきにあらすた丶月ことにあて」3オ
百廿はかりなりこれをたに□□
はぬ人はなけのあはれとみるへき
ならねはやみのよのにしきおなしとやせん

**〔校異〕** ○□□はぬ（底）・しのはぬ（書）→しのはぬ（書により訂す）

**〔整定本文〕**

さてもこの年頃《としごろ》の腰折《こしを》れ歌《うた》の忘《わす》られぬあまたあれど、心一《ひと》つを遣《や》りて尽《つ》くすべきにあらず。ただ月ごとに当《あ》て、百廿ばかりなり。これをだに、偲《しの》ばぬ人は、なげのあはれと見《み》るべきならねば、闇《やみ》の夜《よ》の錦《にしき》同《おな》じとやせむ

**〔現代語訳〕** それにしても、この数年来の下手な歌で忘れられないものが沢山あるのだけれど、自分の心一つを満足させて（自己満足で）終わらせるべきではなかろう。ただ各月に宛てて、百二十首ほどである。これをすら、気に掛けてくれない人は、仮初めにも「ああ」と見てくれるはずもないから、闇の夜の錦と同じとしようか。

**〔語釈〕** **○腰折れ歌** 下手な歌。歌の第三句（腰句）から四句への続きが悪い歌（更級日記「事よろしき時こそ、腰折れかかりたる事も思ひ続けけれ……」）。**○心一つを遣りて** 自分の、鬱屈した気持ちを晴らして、すっきりさせて。**○尽くすべきにあらず** 終わりにするべきではない。適当ではない。**○偲ばぬ** 「偲ぶ」は、懐かしむ。気に掛ける意。**○なげのあはれと見る** 「無げの哀れ」は、本心から出たのではない上辺の同情。歌語。小大君集Ⅱ・六二「なくなればな［げ］のあはれも言はるにそさは心みにあくがれよ魂」が初出か。その影響下になったと思しい和

泉式部集Ⅰ・三一〇（三九一重出）「寝し床に玉なきからを留めたらばなげのあは（底―ら）れと人も見よかし」が、直接の典拠であろうか。「と見る」と他者の視点を介在させる点で一致。用例は少ないが、出羽弁集・四三「春ごとに花なかりせば我に君なげのあはれもかけずやあらまし」、有明の別れ・六三「むすびけるよの契りを知りながらなげのあはれもかけじとやおもふ」がある。**〇闇の夜の錦**　成果が評価されず、何の効果、意味もないことの比喩表現。史記・「項羽本紀」の朱買臣の故事から、「富貴不帰故郷、如衣綉夜行」の句に依る。和歌では古今集・秋下・二九七・貫之「北山に紅葉をらむとてまかれりける時によめる、見る人もなくて散りぬる奥山の紅葉は夜の錦なりけり」が先蹤。〔補説〕参照。

**〔補説〕**　数年来の歌の集積があることに加え、自己満足で終わらせたくない思いがあると述べる。詠草の中から選抜した一三〇首については、一方で朱買臣の故事を引く自負がありつつも、評価されないことを懸念する。それにしても謙退一色ではない、自己主張のある一文である。歌人としての履歴が自信を支えているものか、出仕先での評価によるものなのか。先行する加茂保憲女集Ⅰ・総序にも、「……心にいるる言の葉のあはれなれば、おくとふすとおもひ集めたることども、涙にくたし果て「て」んと思へど、闇の夜の錦なるべしと思ひて、明け暮れ見れば、水の泡にだに劣れり、流れての世に人にわらはれぬべければ、なほかりの涙に落とし果ててんと思ふものから、なほかき集めてけり」と「闇の夜の錦」が引かれている。

## （五）

正月

1　はるかすみたちゐしたまつうくひすの
きてもなけかしむめの花かさ

二月

2 わかせこは心とみてやおもふらむ
はなみる山のおの、えにより

三月

3 はるのくるやなきのいとにてをかけて」4ウ
花のかたみとむすふへき哉

〔校異〕 2○おの—をの ○哉—かな

〔整定本文〕 正月

1 春霞《はるがすみ》立《た》ちゐ下待《したま》つ鶯《うぐひす》の来《き》ても鳴《な》けかし梅《むめ》の花笠《はながさ》

二月

2 我《わ》が背子《せこ》は心と見《み》てや思《おも》ふらむ花見《みる》る山の斧《をの》の柄《え》により

三月

3 春《はる》のくる柳《やなぎ》の糸《いと》に手《て》をかけて花のかたみと結《むす》ぶべきかな

〔現代語訳〕 正月、

1 霞が立ち漂い春になって、立ったり座ったりして（私が）心待ちにしている鶯よ、早くやってきて鳴いておくれ、この笠のように咲き開いた梅の花のもとに。

二月、

2 愛しい人は、自分から時が過ぎてしまったことに気づくでしょう、山で花に見とれているうちに、朽ちてしまった斧の柄によって。

3　春が繰る柳の糸を手繰り寄せて結んで、散り去る花の形見として花かごを編もうかしら。

三月、

**〔語釈〕**　1**○春霞**　「立つ」を導く。立春、春の到来を意味することが多い。**○たちゐ**　春霞の「立つ」状態から、自分の「立ち居る」動作に繋ぐ。立ったり座ったり。「立ちゐ」は人間以外では波や雲に用いることが多く、霞に使用した例は、平安鎌倉を通して「いそのかみふるく住みこし君なくて山の霞は立ちゐわぶらむ」（貫之集Ⅰ・哀傷・七四八「素性亡せぬと聞て、躬恒がもとに送る」）以外には、千五百番歌合・一四六、実隆集Ⅱ・七四七四の二首が検索されるのみ。**○下待つ**　密かに期待して待つ。**○梅の花笠**　梅の花を笠に見立てる歌語。古今集・神遊歌・一〇八一「青柳を片糸によりて鶯のぬふてふ笠は梅の花がさ」、催馬楽「あをやぎを　かたいとによりて　おけや　鶯の　おけや　ぬふてふかさは　梅のはながさや」による。

2**○我が背子**　「背子」は万葉語。親しい関係にある男性（後撰集・春上・二二「わがせこに見せむと思ひし梅の花それとも見えず雪の降れれば」）。本集では、この一例のみ。**○心と**　自分から、好きこのんで（四条宮下野集・八〇「かへし、かくとこそは思ふらめとて、紅葉ばはあだなるものと知りながら心と見てや散るを嘆かむ」、同・一一八「返し、山がくれたづねても見でいはまより心とみづのもるをやは待つ」）。**○花見る山**　（二）序②「四方の山の花をあはれび」に対応する。山の花への志向は、好忠集Ⅰ・六四「花見るといとまを春の山に入れて木のもとごとにながめをぞする」辺りから顕在化する。**○斧の柄により**　『述異記』晋の王質の故事による。瞬く間に、長い時間が過ぎることを言う。『俊頼髄脳』では「斧の柄は朽ちなばまたもすげかへむうきよの中にかへらずもがな、これは仙人の室にて囲碁を打ちてゐたりけるを、木こりのきて斧といへる物をもたりけるがつがえてこの打碁を見けるに、その斧の柄の朽ちてくだけにければ、あやしと思ひて帰りて家を見れば、あともなく昔にて知れる人もなかりけるとぞ」とし、『顕注密勘』は、古今集・雑下・紀友則「つくしに侍りける時にまかりかよひつつ碁打ちける人のもとに、京にかへりまうできてつかはしける、ふるさとは見しごともあらず斧の柄の朽ちし所ぞこひしかりける」に、「斧の柄の朽ちし所とは、晋王質といひし人薪こりに山へ入りけるに、仙人のふたり碁を打つ所にゆきて一番を見けるほどに、しりかけてをりける斧の柄朽ちたりと云事をよめり。……或書には仙人の琴をひきけるを聞けるほどに、をののえ朽ちたりと云説も侍か」と注するなど。花との関連では、六条修理大夫集（顕季）・一〇三「中院にて初和歌、見花延齢題、ながむれば斧の柄さへぞ朽ぬべき花こそ千世のためしなりけれ」など。

3 **〇春のくる**　（二）③の〔語釈〕参照。春が柳の枝を「繰る」意。「繰る」は柳の縁語。「暮る」を掛けるか。**〇柳の糸**　柳の細い枝を糸に見立てて言う（忠見集Ⅰ・一〇二「柳、ちる花をぬきもとめなむ春くれるいとよりかくる青柳のえだ」）。**〇花のかたみ**　「形見」に「籠」を掛ける。和名類聚抄（十巻本）・四「笭箵」に、「四声字苑云、零青零青二音漢語抄云加太美小籠也」（和歌色葉・「かたみは籠也」）。「籠」と「形見」を掛けた用例には、「亭子院京極のみやす所にわたらせたまうて、弓御覧じて賭物いださせ給けるに、髭籠に花をこきいれて、桜をとぐらにして、山菅をうぐひすにむすびすゑて、かくかきてくはせたりける、木のまよりちりくる花を梓弓えやはとどめぬ春のかたみに」（拾遺集・雑春・一〇六二・一条君）。「花のかたみ」は、応和三年（九六三）に催行された宰相中将（伊尹）君達春秋歌合や天禄三年（九七二）八月の四宮規子内親王歌合（六「萩の葉に置く白露のたまりせば花のかたみは思はざらまし」）のころから用例が見られるようになる。春の花詠としては、「さもこそは春は暮れなめ一枝の花のかたみをとどめ置かなむ」（堀河百首・三月尽・師頼）など。

**〔補説〕**　1典型的な初春の歌。春の景物（霞・鶯・梅）を取り合わせながら、鶯の初音を待つ情を、長閑に詠う。掛詞を有効に使った一首。

2「斧の柄」は、中古和歌では王質の故事から、「くたす・朽ち」と言う語を導き出すことが多い（古今集・雑下・九九一・紀友則「筑紫に侍りける時にまかりかよひつつ碁打ちける人のもとに、京にかへりまうで来てつかはしける、故郷は見しごともあらず斧の柄の朽ちし所ぞこひしかりける」、後撰集・恋三・七一七「内にまゐりて久しう音せざりける男に、女、百敷は斧の柄くたす山なれや入りにし人のおとづれもせぬ」、加茂保憲女集Ⅰ・序「……あめの下なる世の中は、斧の柄くちぬべうなんありける」）が、当歌は、花への耽溺ぶりの表現に用いる。拾遺集・哀傷・一三三九・道綱母「為雅朝臣普門寺にて経供養し侍りて、又の日、これかれもろともにかへり侍りけるついでに、小野にまかりて侍りけるに、花のおもしろかりければ、たき木こる事は昨日につきにしをいざ斧の柄はここにくたさん」辺りが契機になったものか。千里集・一四の句題に引かれる「花下忘帰因美景（花を見てかへらむことを忘るるは色こき風によりてなりけり）」などの漢詩句が招来した趣向とも混然となっているか。

3例えば、別雷社歌合・十七番、九三有房の歌に「散る花のかたみとすべき春さへに残りすくなく成りも行くかな」のように、「花が残していく春」と言う発想があり、「形見とすべき春さへなどいへる心すこしあはれにこそきこえ侍れ」と俊成が判じている例などを見ると、当歌の解に迷いが生じるが、一方で、寂然集Ⅲ・九「惜しめども風に乱れて散る花を結び止めよ青柳の糸」のような歌もあるので、〔現代語訳〕のように試解した。

## （六）

四月

4 みやまよりわつかにいてゝほとゝきす
またうの花のかけにしのふる

五月

5 をひしけるよもきのやとの
いふせきになにかあやめにふけ

るなるらん

六月

6 あけたてはすゝしき風にさそ
はれてたちかへりうきゝしのかはなみ

〔校異〕 5 ○をひ→おひ

〔整定本文〕 四月

4 深山《みやま》よりわづかに出《い》でて郭公《ほととぎす》まだ卯《う》の花の陰《かげ》にしのぶる

五月

5 生《お》ひ茂《しげ》る蓬《よもぎ》の宿《やど》のいぶせきになにかあやめに葺《ふ》けるなるらむ

六月

6 明《あ》けたてば涼《すず》しき風に誘《さそ》はれて立《た》ち返《かへ》りうき岸《きし》の川波《かはなみ》

〔現代語訳〕 四月、

4 深い山からようやく出て来て、時鳥は、まだ卯の花の影に隠れて忍び鳴いていることだよ。

五月、

5 蓬の生い茂る鬱陶しい荒れ家なのに　どうして菖蒲を挿して屋根をきれいな綾目模様に葺いたのだろう。

六月、

6 夜が明けると涼風に誘われては川辺にやってきて、寄せては返す岸の川波のそばから立ち帰りがたい思いをすることだよ。

〔語釈〕 ４○深山　奥深い山（拾遺抄・夏・六五・兼盛「深山出でて夜半にやきつる郭公あか月かけて声のきこゆる」）。古今集・春上・一九「深山には松の雪だに消えなくにみやこは野べの若菜つみけり」への顕注密勘・顕昭注に、「み山とは万葉集には太山と書けり。深山なり」とする。○郭公　（二）〔語釈④〕参照。四月になると深山から里に出て来るものとして捉える。○わづかに　程度、度合の少ないさま。副詞的に、辛うじて、やっとのことで、の意で用いる。漢語由来の語（「僅」「纔」）で、和歌での用例は少ない。（能宣集Ⅰ・六七「ある所の歌合、草春、隠れ沼のこほりとぢたる冬草のふたばわづかにいまやとくらん」、千穎集・八三「とりの道わづかにかよふ奥山に入りあひの鐘のかすかなるこゑ」など）。本集は、22歌でもこの語を用いているのが注目される。○郭公　（二）〔語釈〕参照。○卯の花　（二）〔語釈〕参照。○しのぶる　上二段動詞「忍ぶ」の連体形。連体止め。（二）〔語釈④〕に四段動詞「忍ぶ」があった。

５○蓬の宿　蓬を編んで造ったような粗末な家、貧者の家。蓬屋・蓬戸・蓬門等の漢語に同じ。ここは蓬などの雑草が生い茂る荒れた家（後拾遺集・雑二・九五五・相模「ことのはにつけてもなどかとはざらん蓬の宿もわかぬあらしを」、好忠集Ⅰ・三六九（百首序）「……ゆふべには籬にひらくる花の色をながめつつ、蓬の門に閉ぢられて、出で仕ふることもなきわが身ひとつ……」）。○あやめ　「菖蒲」「文目」の掛詞（古今集・恋一・四六九「時鳥鳴くや五月の菖蒲草あやめも知らぬ恋もするかな」）。文目（綾目）は、ここでは綾目模様の意。○いぶせき　「いぶせし」は、鬱陶しい、不快だの意。後拾遺集・夏・一七〇・大中臣輔弘「山ざとのくひなをよみ侍ける、やへしげる葎のかどのいぶせさにささずや何を叩くくひなぞ」の上句を踏むか。○葺ける　「葺く」は、軒端に草木などを挿しかざすこと（落窪物語・三「五月、菖蒲ふく家に、時鳥なけり」）。「る」は、存続助動詞「り」の連体形。○なるらむ　断定助動詞「なり」、推定助動詞「らむ」の連語。自問の体を表す。わざと「どうしてなのだろう」と疑ってみせる、機知的な趣向。

６○明けたてば　夜が明けるといつも。恒常条件句。「誘はれて」に掛かる（古今集・恋一・五四三「明け立てば蟬のをりはへなきくらし夜は蛍のもえこそわたれ」、雅兼集・二六「七月八日、ひさかたのあまのかは波あけたてばぬれてやかへるくものはごろも」）。**〇涼しき風**（二）〔語釈⑥〕参照。ここは「水辺納涼」ともいうべき主題で、暑気の中の冷気を取り上げたもの（和泉式部集Ⅰ・三〇「手にむすぶ水さへぬるき夏のひは涼しき風もかひなかりけり」）。**〇立ち返りうき**「立ち返る」は、波などが高くなって打ち寄せてはかえす意（土左日記・（承平五年二月三日条）「風の吹くことやまねば岸の波たちかへる」）。意を決して家に帰る意の譬喩となる（肥後集・一〇〇「秋ごろある山里にいきたるに、まへなる河に月のうつりたるに、月のすむ水に心の留まりて立ちかへりうきせぜの白波」、家経集・五〇「晩夏二首、かはべにあそぶ、風吹けばかはべ涼しくよる波の立ちかへるべきここちこそせね」）。「うき」は、「憂し」の連体形。動詞連用形に付き補助的用法の形で、そうするのが辛い、ためらわれる、おっくうだなどの意を添える（古今集・恋二・五七五・素性「はかなくて夢にも人を見つる夜はあしたの床ぞ起き憂かりける」、源氏物語・常夏「ゆふつげゆく風いと涼しくてかへりうく、若き人々は思ひたり」）。

**〔補説〕** 4序文「四月になれば卯の花かげにしのぶ郭公を恨み」に対応。

5五月の節の代表的景物である「蓬」と「菖蒲」を、「あやめ」を掛詞として使うことにより、蓬屋と綾目の矛盾として、語戯的機知的に取り出して見せる（久安百首・二六三一・季通「わがすみかもとの蓬の宿なればあやめばかりをけふは葺かなん」）。

6波が寄せては返る川辺での納涼を、掛詞「立ち返る」により機知的に捉える。序文「六月になれば涼しき風を下待ちて岸のほとりに日をくらし」に対応。

## （七）

七月

7 なかきよにをりてそあかすひ

こほしのまれにきてぬるとこなつの□」 5オ

八月

8 なくむしのなみたのたま□
ひろへとやさやけかるらん秋のよの月

九月

9 しもかれのまかきのきくをゝしむ
とてこのもかのもにあからめもせす

〔校異〕 7○とこなつの□（底）・とこなつの花（書）→とこなつの花（破損により不明。書により校訂） 8○たま□→たまを（破損により不明。文意からして「を」と訂す）

〔整定本文〕 七月

7 長《なか》き夜《よ》にをりてぞ明《あ》かす彦星《ひこぼし》のまれに来《き》て寝《ぬ》るとこなつの花

八月

8 なく虫《むし》の涙《なみだ》の玉《たま》を拾《ひろ》へとやさやけかるらむ秋の夜《よ》の月

九月

9 霜枯《しもが》れの籬《まがき》の菊《きく》を惜《を》しむとてこのもかのもにあから目《め》もせず

〔現代語訳〕 七月、

7 秋の夜長に手折って明かすことだ、彦星が年に一度珍しくやって来て共寝をする床ならぬ、常夏の花を。

八月、

8　鳴いている虫の涙の玉を拾えというので、こんなにも明るいのであろうか、秋の夜の月は。

九月、

9　霜枯れてしまった籬の菊の花を惜しんで、こちらにもあちらにも脇目もふらずに一途に眺めることだよ。

**〔語釈〕**　7　**○長き夜**　秋の長夜を意味する（和漢朗詠集・秋夜・二三三「秋夜長（あきのよながし）　夜長無眠天不明（よながくしてねぶることなければてんもあけず）」、同・二三四「遅遅鐘漏初長夜（ちちたるしょうろうのはじめてながきよ）　耿耿星河欲曙天（こうこうたるせいかのあけなんとするてん）」白）。古今六帖・一・「歳時」に「七日の夜」立項。**○をりてぞ明かす**　花を手折って夜を明かす（高遠集・一〇二「二月庚申に、女房ども起きゐて明かすにいひやる、花ならば折りあかしてもありなましおぼろに見ゆる春の夜の月」）。結句「常夏の花」を折るのである。「居り」の意を酌み取る解釈（拾遺集・雑秋・元輔・一一四六「高岳相如が家に、冬のよの月おもしろう侍りける夜、まかりて、いざかくてをりあかしてん冬の月春の花にもおとらざりけり」）の可能性があるか。**○彦星**　美しい男星の意。荊楚歳時記・七月に「七月七日、牽牛・織女、聚会の夜と為す」とあり、七夕伝説に結び付いた。牽牛は、鷲座のアルタイル、織女は琴座のヴェガを言う。「孟秋七月、両星ともに北の天頂に昇って天の河に並び懸る」（同書注）。「長き夜」と「彦星」が共に詠まれる例として、正治初度百首下・一七四二「彦星はまたこん年のけふまでを長き夜すがら契りおくらむ」がある。**○まれに**　めったにないさま、珍しい意。二星の逢会が、年に一度であることから七夕を詠んだものが多い。「まれにあひてなにわかるらむひこ星の後わびしとは知らずやあるらむ」（亭子院殿上人歌合・一二）や、「ひこ星のまれにあふ夜のとこ夏は打ち払へども露けかりけり」（後撰集・秋上・二三〇）など。**○とこなつの花**　「床」から「常夏」を導く。常夏は「なでしこ」の異名（古今集・夏・みつね・一六七「隣よりとこなつの花をこひにおこせたりければ、をしみてこの歌をよみてつかはしける、塵をだにすゑじとぞ思ふ咲きしより妹とわがぬるとこ夏の花」、後拾遺・夏・好忠・二二七「来て見よと妹がいへぢに告げやらむわがひとりぬるとこなつの花」）。

8　**○なく虫の**　「鳴く」に「泣く」を掛け、「虫の涙」を導く（好忠集・二〇五「あきの野の草むらごとにおく露はよるなく虫の涙なるべし」）。**〇涙の玉**　「玉」は「露」などと同じく、見分けがたい小さなものとして扱われる（重之集・二七一「あきのよの有あけの月に拾へども草葉の玉はたまらざりけり」）。**〇拾へとや**　「とや」は、引用・例示の助詞「と」に疑問助詞「や」が連接したもの。「～というのか」の意。**〇さやけかるらむ**　「らむ」は、先の引用を含めて、あまりに清かな眼前の明るさの原因を推量する（古今集・雑体・一〇四六「鶯のこぞのやどりのふるすとや我には人のつれなかるらむ」）。月の光に照らし出された微細なものに注目する歌は、多い（後撰集・秋下・四三四・貫之「秋の月光さやけみもみぢ葉の落つる影さへ見えわたるかな」）。

9**〇霜枯れの**　「霜枯れ」は霜によって草木が枯れること（万葉集・巻十・一八四六「霜がれの冬の柳は見る人の蘰にすべくもえにけるかも」、高遠集・四五「菊の霜枯れたるを見て、ももくさの花の中には久しきをかくしもがれんもととやは見し」）。**〇籬の菊**　序文⑨参照。「菊の籬」「籬の菊」という表現は、古今六帖・一三五〇の貫之歌「春はむめ秋は籬の菊の花おのが香嗅ぐぞあはれなりける」、好忠集Ｉ・五一四「朝な朝な君に心を置く霜の菊の籬に色は見えなん」など多い。**〇惜しむ**　季節の移ろいの中で菊が枯れていくのを残念に思う意。〔補説〕参照。**〇このもかのも**　この面、かの面。こちら側とあちら側。あちらこちら。古今集・東歌・一〇九五「ひたちうた、つくばねのこのもかのもに影はあれど君がみかげにますかげはなし」による。風俗歌「常陸、筑波嶺の此の面彼の面に　蔭はあれど　や　君が御蔭に増す影も　増す影もなしや」に由来する。忠見集Ｉ・三五「つくば山このもかのものもみぢばは秋はくれどもあかずぞありける」など。**〇あから目**　傍目。脇目。よそ見。「ほかめ也」（八雲御抄・四）。「あから目もせず」のかたちで、一途さを強調して言う（古今六帖・三・一六一一「津の国の難波の浦のひとつばし君をおもへばあからめもせず」、恵慶集・九三「紅葉を、はじめて見るころ、唐錦おりつむ峰のむら紅葉見そむるけふはあからめもせず」、金葉集二奏本・二四五・経信「宇治前太政大臣、大井河にまかりわたりけるにまかりて、水辺紅葉といへる事をよめる、大堰川いはなみ高しかだ士よ岸の紅葉にあからめなせそ」など）。

**〔補説〕**　7四条宮下野集・冒頭は、季節は異なるが「月」と「花」を巡る四条宮とその周辺の雰囲気を伝える。

つねよりも花おもしろかりし春、清涼殿みはしの左右にいみじく咲きたる桜の枝を、木の高さばかりにてうゑさせたまへるを、宮の御かたの戸口にて人々見るほどに渡らせおはしまして、月のあかきほどにかへり渡らせおはしますとて、花見せむと召せば、小中将・小少将など具してまゐる、うへの女房少将の内侍、式部の命婦などみな花の下にさぶらふに、折らせおはしましてたまはするままに、遅しと仰せられしかば思ひあへず、時を面隠しにて、

長き夜の月の光のなかりせば雲ゐの花をいかで折らまし

因みに、下野の歌も初句に「長き夜」の語句を用いている。但し、これは「月の光」が四条宮寛子の威光を表す「雲居」での情景であり、主殿集のあり方とは全く趣を異にするのであるが。

8「泣く・鳴く」の掛詞、「虫の涙」の擬人法、「月」がそれを「拾へ」と指示するかのように擬人的に忖度する。言わんとするのは秋の月の「さやけさ」であるが、それを「微細な玉を拾わせるため」の意図的清澄さかと忖度することで、強調するのである。凝った趣向が際だつ。

9一首の背景には、和漢朗詠「菊」所収（二六七）、元稹の摘句「不是花中偏愛菊（これはなのなかにひとへにきくをあいするにはあらず）　此花開後更無花（このはなひらけてのちさらにはなのなければなり）」があろう。年内最後の花という思いが、一途にこの花を惜しませ、注視させるのである。新撰朗詠・二五九・伊勢大輔「上東門院菊合、目もかれず見つつくらさむ白菊の花より後の花しなければ」、堀河百首・「菊」八四一・師時「霜がれん事をしぞ思ふわが宿のまがきににほふ白菊の花」、同・八四四・永縁「霜がれん事をしぞ思ふしら菊の花より後の花しなければ」など、愛好された趣向である。但し、下句の用語からはやや戯画的な一途さが浮上しようか。

## （八）

十月

10 つゆけくてあきのひころはすく
してきしくるゝ月をいかてくらさむ

十一月

11 かきねはらむらきえわたるゆきは
あれとわかまつ人はとくへくもあらす

十二月」6ウ

12 しもさえのころものうゑのこほ
りゆくしたまてひゆるおほとりのはね

〔校異〕 12 ○うゑ―うへ

〔整定本文〕 十月

10 露《つゆ》けくて秋《あき》の日《ひ》ごろは過《す》ぐしてきしぐるる月をいかでくらさむ

十一月

11 垣《かき》根《ね》原《はら》むら消《ぎ》えわたる雪《ゆき》はあれど我《わ》が待《ま》つ人はとくべくもあらず

十二月

12 霜冴《しもさ》えの衣《ころも》の上《うへ》の凍《こほ》りゆく下《した》まで冷《ひ》ゆる大鳥《おほとり》の羽《はね》

〔現代語訳〕 十月、

10 鬱々として涙がちに秋の日々は過ごしたが、時雨が降るこの十月をどうやって暮らそうかしら。

十一月、

11 垣根の原に一面に、溶けてむら消えになっている雪はあるけれど、私が待っている人はうち解けそうにもないことだ。

十二月、

12 霜に冷えた衣の上が凍っていく、その下まで冷える大鳥の羽だなあ。

〔語釈〕 10 **○露けくて** 露が多い状態で。涙がちであることを言う（古今集・秋上・一八八「ひとりぬるとこは草葉にあらねども秋来るよひは露けかりけり」、拾遺集・秋上・一八二・躬恒「露けくてわが衣手はぬれぬとも折りてをゆかん秋はぎの花」）。**○秋の日ごろ** 秋の数日。和泉式部日記・五一「くれぐれと秋の日ごろのふるままに思ひ知られぬあやしかりしも」と当歌の二首のみの用例。ここは過ぎた秋の日々。**○過ぐしてき** 「て」は完了「つ」の連用形。過去の助動詞「き」を連ねて、完了したことを強めて言う。過ごしたのだった、と振り返っての言。**○しぐるる月** 時雨の降る時節であるこの十月、の意。「時雨」は、十月の代名詞的な景物。冬到来を思わせる物として詠まれる（後撰集・冬・四四五「神な月ふりみふらずみ定めなき時雨ぞ冬の始めなりける」、河海抄・幻「神無月いつもしぐれはふりしかどかく袖ひつるをりはなかりき後撰」）。

11 **○垣根原** 独自用語。神谷敏成「『主殿集』考」（『北海道自動車短期大学研究紀要』7）は「かきねには」の誤写を想定している。垣根を野原に見立てたものであろうか（参考―栄華物語・いわかげ（女御義子）「いにしへを　思ひ出づれば　雪消えの　垣根の草は　二葉にて　生ひ出でん事ぞ　難かりし……」）。**○むら消えわたる** 「むら消え」は動詞連用形。斑な状態で消えている意。通常、春の雪解けの景として詠まれ（和漢朗詠集・上「霞」・七九「朝日さす峰の白雪むらぎえて春の霞ははや立ちにけり」）、冬の場合は、何らかの溶ける理由が示されるが、当歌には無い。「わたる」は、動詞連用形に付き、動詞が示す状態が、時間あるいは空間的な広がりを持っていることを示す。ここは一面に広がっている意。「垣根」の狭小なイメージと整合するか、どうか、不審。補説参照。**○とくべくも**　「とく」は自動詞。「（雪が）溶ける」意と「うち解ける」意の両義。当然の「べし」を打ち消し、とけるはずもない、の意を表す（好忠集Ⅰ・三四〇「暮れの冬　十二月始め、あはなりし滝の白糸冬くればとくべくもあらずこほり結べり」、顕季集・一二二「いはしろの野中にたてる結び松とくべくもなき君が心か」）。

12**○霜冴えの**　名詞「霜冴え」は独自用例。中世歌語として「霜冴えて」がある（千載集・冬・四〇一・基俊「霜冴えて枯れ行く小野のをかべなる楢のひろはに時雨ふるなり」など）。神谷は、「霜冴えて」の誤写かとする。**○衣の上**　衣の表面。霜が置いて冷えた上表。下句の「下まで」と対応するが、上句と下句の関わりが掴みにくい。「衣」は、「大鳥の羽」の比喩の可能性もある。「霜、冴え」を上・下の対比の形で捉えた例に、和泉式部集Ⅰ・六七「ねやの上に霜や置くらん片敷ける下こそいたく冴えのぼるなれ」がある。**○大鳥の羽**　風俗歌「鸛《おおとり》」の「大鳥の羽に　やれな　霜降れり　やれな　誰かさ言ふ　千鳥ぞさ言ふ　鶍（かやぐき）ぞさ言ふ　蒼鷺（みとさぎ）ぞ　さ言ふ」に依る。「鸛」は、コウノトリ・鶴などの大形の鳥。風俗歌により「霜」と取り合わせて詠まれる（宇津保物語・内侍督（忠康）「夜をさむみ羽もかくさぬ大鳥の降りにし霜の消えずもあるかな」、和泉式部日記・九七「わがうへは千鳥もつげじ大鳥の羽にも霜はさやはおきける」）。

**〔補説〕**　10九月から十月へ、秋から冬への移ろいを「時雨」の月の到来として捉える。「未だ来」の状態から、その季の到来への推移への注目である（古今集・恋四・七六三「わが袖にまだき時雨のふりぬるは君が心に秋やきぬらむ」、和泉式部日記「かくいふほどに十月にもなりぬ。……月は曇りくもり時雨るるほどなり」）。「露けき秋」は、古今歌に見るような「秋・飽き」の連想を基にしていようか。

11「垣根原」が、どのような状態を指すのか不明。〔語釈〕にも記したが、冬期に積もる「雪のむら消え」は、通常、

「こりつめて槙の炭焼くけをぬるみおほはら山の雪のむらぎえ」(後拾遺集・冬・四一四・和泉式部）や「かまど山降り積む雪もむらぎえて今さわらびももえやしぬらむ」(大弐三位集・三七）のように、消える原因となる要素（炭焼く気、竈・燃え）が示されたり、あるいは、経信集Ⅲ・八「春も見るひむろのわたり気を寒みこやくるすのの雪のむら消え」のように「春の氷室」に寄せた残雪が逆倒的に詠まれたりするのだが、当歌はそれを欠く。当代に散見する「秋のよに雪むらぎえと見ゆるかなまがきにさけるしらぎくの花」(顕綱集・九八）、「山ざくら花のした風吹きにけり木のもとごとに雪のむらぎえ」(康資王母集・四九）のような、見立てられた「美景」としてのそれとも異なる。

12霜冴えの夜、我が身と大鳥を比べ、冷気の浸透する具合を上下の対比により捉えようと図るもの。〔語釈〕に示した和泉式部の歌に、趣向が類似する。

**〔他出〕** 10夫木和歌抄・巻十六・冬一・六五三三「家集、十月を、主殿、露けくて秋の日比はすぐしてき時雨るる月をいかでくらさん」

## （九）

13

結願

春はゝなあきはもみちとおしむまに
としふるゆきにうつもれぬへし

**〔校異〕** 13○おしむ↓をしむ

**〔整定本文〕** 結願

13 春は花秋《はなあき》は紅葉《もみぢ》と惜《を》しむ間《ま》に年《とし》ふる雪《ゆき》に埋《うづ》もれぬべし

**〔現代語訳〕** 結願、

13 春は花が綺麗だ、秋は紅葉が素晴らしいと愛おしんでいる内に、一年を経て、降る雪に埋もれてしまうにちがいありません。

〔語釈〕 **〇結願** 願を終結する。本来、修法・法会などの最終日に、願を結納する仏教上の作法。ここは一年、十二ヶ月十二首の総まとめの意味で用いたもの。78参照。歌集に見られる希少例。六条修理大夫（顕季）集・三二六「平等院僧正講結願日、人人、止宿草庵題を、門の戸の草のいほりに宿りして我が身のほどをつひに知るかな」など。**〇春は花秋は紅葉と** 四季の美を春秋の「花・紅葉」に代表させ、数寄に傾き美に耽溺する日常を端的に表す。言い回しは、拾遺集・哀傷・一三一一・伊勢「子ふたり侍りける人の、ひとりは春まかりかくれ、今ひとりは秋なくなりにけるを、人のとぶらひて侍りければ、春は花秋は紅葉と散りはててたちかくるべきこのもともなし」によるか。〔補説〕参照。**〇年ふる雪** 「ふる」は、「（年を）経る」、「（雪が）降る」の掛詞（斎宮女御集Ⅰ・九五「雪ふる日の心細きに、はかなくて年ふる雪も今見ればありし人には劣らざりけり」、公任集・一九七「白山にとしふる雪やまさるらん夜半にかた敷く袂冴ゆなり」の二例）。**〇埋もれぬべし** 「雪」は、冬、一年の経過を示す景物。「雪に埋もれ」は年を経て逼塞し埋もれていく自身の境涯の暗喩。「ぬべし」で結果を確信する意を表す。高陽院七番歌合に「降る雪に…埋もれて」の形をとる歌が、五五・摂津の「降る雪に杉の青葉も埋もれてしるしも見えず三輪の山もと」等、三首入る。

〔補説〕 月毎の代表的景物に寄せて、好事に傾く自身の生活を綴ってきて、最後にこの歌で「埋もれぬべし」と、ある種の確信を持って身の逼塞を予想し、閉じる。

好事の象徴とも言うべき「花・紅葉」は、平安中期の私家集（序）に散見される。例えば、安法集序「後の世に見む人は、好けるやうに思ふべけれど、多くの年に、かのはらの山のすまひ、心細きをりふしの、あはれなることの堪へがたければ、春の花の盛り、秋の紅葉おつるほど、松風のあはれ夜深きほど、をしどりの暁がたのころ、月かげの池水にうかび、かりの草むらにかかり、あはれなる折ふしに、人しれずいひ集めたる言の葉、さまざまにつけつつ多かれど、ただ一二ぞおぼゆるをかき集めたるなり」、増基集・三「……願はくは、われ春は花を見秋は紅葉を見るとも、匂ひにふれ色にめでつる心なく、朝の露夕の月をみるとも、世間のはかなきことを申給へ」、恵慶集一九六（百首序）「……いひ集めたることども、春の花秋の紅葉よりも、世の中に散りはてにけり。耳なしの山の聞き知らぬ耳にも、みなしごをかのあはれなむ、おぼえける…」など。

これらの緇流の歌人に見られる美への傾斜、「心なき身」に感じる「哀れ」と、それに対する一種のやましさは、主殿の内にも通底して、早くからあったものかもしれない。

神谷は、以上の序及び月次詠の修辞・歌材から、「『後拾遺集』及びそれ以降の院政期歌壇の新傾向の影響」を読みとり、『主殿集』の成立時期を、「早くとも『金葉集』奏覧前後」と推定している。が、勅撰集を基準とした成立時期の推定は、慎重でなければならない。私家集や百首歌などの流布は、撰集に先立って起こり得るし、後宮は、そのような諸家集を目にしやすい場所でもあろう。主殿の詠歌傾向は、見て来たように、いわゆる河原院系歌人（恵慶や好忠、引いては和泉式部・相模など）の影響を相当程度受けている。これが後拾遺集の新風として顕在化した後に受けた影響だとしても、金葉集奏覧前後にまで引き下げる必然性はないように思われる。

（一行空白）

## （一〇）

これはせちふんの夜、おとこに
とられたる女にやりし

14 こほりたにとくめるよはのぬま

みつにむすひてけりなそこのちき
りは
返し」7オ

15
えもいはぬよはのこほりにあ□
けれはまたうちとけぬこゝちかもする

**〔校異〕** 14〇おとこ→をとこ　15〇あ□（底）・あい□（書）→あり（破損があるが「里」と推定可能）

**〔整定本文〕** これは節分《せちぶん》の夜、男《をとこ》に盗《と》られたる女にやりし

14 氷《こほり》だに解《と》くめる夜半《よは》の沼水《ぬまみづ》に結《むす》びてけりなそこの契《ちぎ》りは

返し

15 えもいはぬ夜半《よは》の氷《こほり》にありければまだうち解《と》けぬ心地《ここち》かもする

**〔現代語訳〕** これは節分の夜、男に盗られた女にやった歌、

14 氷ですら解けそうな立春前夜の夜半の沼の水なのに、解けるどころか結んでしまったのですねえ、水底、いやそこもとの男との契りを。

返しの歌に、

15 いは沼の何とも言いようのない〈夜半の氷〉のような男だったもので、まだうち解けない心地がすることですよ。

**〔語釈〕** 14 **〇節分の夜**　季節の変わるとき。二十四節気（立春・雨水・啓蟄・春分・清明・穀雨・立夏・小満・芒種・夏至・小暑・大暑・立秋・処暑・白露・秋分・寒露・霜降・立冬・小雪・大雪・冬至・小寒・大寒）の気から気への変わり目、

分かれ目。ここは立春の前夜。「夏にならば、三条宮ふたがる方になりぬべしと定めて、四月の朔日ごろ、節分とかいふことまだしき前に渡したてまつりたまふ」（源氏物語・宿木）は立夏、「『……九月は明日こそ節分と聞きしか』と言ひ慰む。今日は十三日なりけり」（同・東屋）は寒露から霜降。「東屋」のこの部分について玉上琢弥『源氏物語評釈』十一では、「〈今は〉九月十四日からが結婚を忌む季の果て」と、季の果てが結婚を忌む時期である事に触れる。**○盗られたる**　盗まれた、の意。親の許可なしに妻にされたことを言う（落窪物語・巻一「互にへだてなく物語しけるついでに、この若君の御事をかたりて……うち泣きつつ『いかで思ふやうならん人に盗ませたてまつらむ』と……」）。**○氷だに解くめる**　固く結んだ氷ですら解けるように見える。「立春解氷」を踏まえた発想。後拾遺集・賀・四二五・源順「天暦御時賀御屏風歌、立春日、けふ解くる氷にかへて結ぶらし千歳の春にあはむ契りを」は、当歌の趣向に関わるか。**○沼水**　滞ったまま草に掩われて見えない沼。「隠れ沼」と同様に使われる（古今六帖・三「ぬま」・一六八一「奥山のいはかき沼のみごもりに恋ひやわたらんあふよしをなみ」、一六八二「みくさ生ひてありとも見えぬ沼水に下の心を知る人ぞなき」）。沼水の凍った状態を詠んだ屏風歌に、能宣集Ⅰ・四八二「安積の沼、旅人おほくゆく、沼水ところどころこほれり、沼水もこほりにけらし来し方の山ぢもいまは冴えやしぬらん」がある。**○結びてけりな**　「てけりな」で、「そうしてしまったのだなあ」と、意外さに驚く気分を表す。完了「つ」に「けり」が連接、更に終助詞詠嘆の「な」が付いたもの（後撰集・雑一・一一一三・庶明「いにしへもちぎりてけりなうち羽ぶき飛びたちぬべし天の羽衣」）。**○そこの契りは**　女が男と契り結んだことを言う。「解く」べき春に「結んだ」という皮肉。「沼水」の縁語「底」に、対称「其処」（そこもと・君、の意）を掛ける技巧がある。

**○えもいはぬ**　何とも言えない。甚だしさを表す。ここは氷の堅さの程度を言いながら、男がひどい堅物であると暗に示して弁解する。打ち消し「ぬ」に「沼」を掛けるか（紫式部集・六三「薬玉おこすとて、しのびつるねぞあらはるる菖蒲草いはぬにくちてやみぬべければ」、寛治七年五月五日郁芳門院根合・二一「菖蒲草えもいはぬまのながき根はかくる袂ぞゆたかなりける」）。「岩沼」は、歌枕名寄・二一七に、「万代　八条院高倉、いはぬまは人こそしらねみちのくのしのぶの里にしめはゆひてき」があるが、「しのぶの里」としての立項である。**○夜半の氷**　14歌のことばを受けて、男を「夜半に結ぶ氷」に擬えたもの（源大府〈行宗〉集・二九・鳥羽「氷逐夜結、水際より夜半の氷のとぢゆけばおきにや鴨の浮き寝しぬらむ」、千五百番歌合・祝・二二〇二・宮内卿「千代までと夜半の氷にことよせて契りを結ぶ滋賀の浦波」）。**○ありければ**（氷った状態）だったので、の意。**○うちとけ**　心を許す意と「氷」が溶ける意の両義。「氷」の縁語。

**〔補説〕**〔語釈〕にも掲げた後拾遺集所収の源順による賀歌「けふ解くる氷にかへて結ぶらし千歳の春にあはむ契りを」を、歌物語的な「男に盗られる」話として展開したもの。おかしみが前面に出た二首である。まだ若い頃、同性の友人と遠慮のない遣り取りがあったのであろう。「結願」からの展開が、唐突に感じられるほど、明るく闊達な雰囲気の贈答である。立春前夜の当歌からはじまり、以下、季節時間に即した配列が意識されている。

## （一一）

い□のうちにてねのひせし所に
にて

16
さくなれはよはひとのへにいてねとも
ちとせのまつはをひてきぬめり

**〔校異〕**　16○い□のうち（底）・い□のうち〔如本〕（書）→いへのうち（文意から「へ」を補う）○さく→せく（「さ」は「せ」の誤写と見て訂す）。○よはひと→よはひを（「と」は「を」の誤写と見て訂す）○をひて→おひて

**〔整定本文〕**　家《いへ》の内《うち》にて、子《ね》の日《び》せし所にて

16　せくなれば齢《よはひ》をのべに出《い》でねども千歳《ちとせ》の松《まつ》は生《お》ひできぬめり

〔現代語訳〕家の中で、子の日の祝をしている所で、

16　塞くようなので、私は寿命を延ばそうと野辺に出かけはしないけれど、千年の長寿を祈る松は生え出てきて、この家にきたようです。

〔語釈〕○家の内にて　子の日には野辺に出るのが通常であるのに、家の中で、の意（貫之集Ⅰ・五二三「家にて子の日したるところ、わが行かでただにしあれば春の野の若菜も何もかへり来にけり」）。○子の日　ねのび。正月初子の日の行事。無病息災を祈って野に出て若菜を摘み食する風習に発するもの（「上陽子日野遊厭老、其事如何其儀如何、捧松樹以摩腰、習風霜之難犯也。和菜羹而啜口、期気味之克調也」菅家文草・六）。中国の古俗などに基づいたものとされる（「初学記、歳首祝松枝男七、女二七也、十節記、正月七日登岳遠望四方、得陰陽之静気、除煩悩之術也」運歩色葉集・「子日」）。この日は郊外の野に出て子の日の遊びや小松引きを行った。朝廷でも宴が行われた（「平城天皇大同三年正月戊子六日、曲宴賜五位已上衣被、庚子十八日曲宴賜侍臣衣被」類聚国史・七十二・歳時）。一方、正月の初子の日には無病息災を祈って若菜を食する風習もあり、小松引きの行事もその松の若芽を食べるので、若菜に準じたものとも言われる。小松引きと若菜摘みが、その根源を同じくするものであったかどうかは不明。子の日の遊びを小松引きだけに限定していう場合もある。朝忠集Ⅰ・六五「天暦三年正月子日、院におはしましたりけるに、松をひき若菜を摘みて昔より千歳を祈るけふにぞありける」によれば、当時は小松引きと若菜摘みが子の日の遊びを象徴する行事として、並行してとらえられていたようである。○せくなれば　外出しない理由を述べるが、底本「さく」の意、不明。「さ」は「せ」の誤写と見た。動詞「塞く」の終止形であれば、「なり」は推定。何らかの事情で「塞」かれたというのであろうか。「塞く」であれば「出づ」の対語になる（人麿集・一八四「ことに出でていはばゆゆしみ山河のたぎつ心を塞きぞかねつる」、元良親王集・三〇「荒るる海にせかるるあまはたちいでなんけふは波間にありぬべきかな」）。いずれにしても何かの理由で、意に反して外に出られなかった事情を言う（後撰集・春・五「朱雀院の子日におはしましけるに、さはる

こと侍りてえつかうまつらで、延光朝臣につかはしける　左大臣、松もひきわかなもつまず成りぬるをいつしか桜はやもさかなむ」）。**〇齢をのべに**　延命長寿を祈る行事に因み「延べ」と置き、「野辺」を掛けたもの（散木奇歌集（俊頼Ⅰ）・春・二四「子日してよはひをのべに雪ふればふた葉の松も花さきにけり」、重家集・四一一「正月七日、子日にあたりたるに、雪の降りしかば、顕昭の君がもとより、小松ひき若菜摘みにととにかくによはひのべにや今日はいでまし」、同・四一二「返し、小松をぞよはひをのべに我は引く若菜は雪のつむにまかせて」）。**〇千歳の松**　「松」は、常緑不変のイメージからこのように言われる（拾遺集・賀・二六四・能宣「ちはやぶる平野の松の枝しげみ千世も八千代も色はかはらじ」、和漢朗詠集・二九一・白楽天「松樹千年終是朽　槿花一日自為栄」（しようしうせんねんつひにこれくちぬ、きんくわいちじつおのづからえいをなす）、栄華物語・根合（顕房）「いづれをかわきて引かまし春日野のなべて千歳の松の緑を」）。**〇生ひできぬめり**　小松が「生え出てきた」意に重ねて、家の中に小松が「やって来た」、そのように見える、と擬人的に捉える。

**〔補説〕**　野辺に出ない理由は不明だが、家の内では子の日を祝っているので、個人的な事情によるものであろう。前掲の貫之集・五二三屏風歌を踏むか。田中喜美春・田中恭子『貫之集全釈』（風間書房）は、「わが行かで」の注に「私の方が野辺に出向いて行かずに。相手が戻ってこざるを得ない状態。結句を実現させる言葉の呪術」とする。「呪術」はさておき、採ってきた小松を擬人化した先行例である。状況も類似する。

## （一二）

はるとほくいきしにすみなと
たまひてある人の、たまひし

春かすみたちつるひよりあふ
ことをこはいつしかのまつのけふりそ

〔校異〕 ナシ

〔整定本文〕 春《はる》、遠《とほ》く行《い》きしに、墨《すみ》など賜《たま》ひて、ある人の宣《のたま》ひし

17 春がすみ立《た》ちつるひより逢《あ》ふことをこはいつしかのまつの煙《けぶり》ぞ

〔現代語訳〕 春に、遠くに行ったときに、墨などを下さって、ある人がおっしゃった歌、

17 春霞が立ち、あなたが発ってしまうその日から、これは、再会することを「それは何時だろうか」と、イツシカの松ではないけれど、待ち望んでいる気持ちを表す「墨」なのですよ。

〔語釈〕 17 **○遠く行きし** 主体は主殿。体験的過去を示す助動詞「し」が使われている。詳しい事情は不明。**○墨** 餞別として下賜された物。十巻本和名抄・五「墨」に「須美」とし、「蒋魴曰、墨以㆓松柏煙㆒和㆑膠合成也、唐秘書省式云、写書料、毎月大墨一挺」と記す。早く伝来し、正倉院文書等にも散見する。後掲「まつの煙」参照。**○ある人** 不明。敬語「たまひて」「のたまひし」の使用、餞別の下賜からして、四条宮寛子の可能性があるか。**○春がすみ** 「霞」に「墨」を折り込む。**○立ちつる** 「立つ・発つ」の両義。**○ひ** 「(出立した)日」に「墨(炭)」の縁語「火」を掛ける。**○逢ふこと** 再会すること。**○こは** これは。下賜する「墨」を指す。**○いつしかのまつ** はやくと待ち望む意。固有名詞風の言い回しで「松」を掛ける。後撰集・羇旅・一三六五「京に思ふ人侍りて、とほき所よりかへりまうできけるみちにとどまりて、九月ばかりに、思ふ人ありてかへればいつしかのつままつよひのこゑぞかなしき」。散木奇歌集(俊頼Ⅲ)・四二一「いつしかの杜の鶯といへる事をよめる、鶯は春まちつけていつしかの杜のたまえに声ならすなり」。**○まつの煙** 「待つ」意に「松」を掛け、「松の煙」すなわち「墨」を言う。八雲御抄・三「墨 松のけぶり。するすみ」。前掲「和名抄」に記すように「墨」は松の煤煙を膠で固めて作る(続詞花集・賀・三五四・良暹法師「阿波国司、彼国の墨銘に、山下松煙と云ふ銘をつくり初めける日よめる、君が代に立てしそむれば山したの松の煙はいつかたゆべき」)。「火」「煙」「立つ」は、「炭」の縁語。

〔補説〕 「遠く行きし」事情は分からない。詞書「たまふ」「のたまふ」から、宮仕え中のことかと推測される。

「墨（松）」に寄せて、「帰京を待つ」意の歌を添えたもの。

## 〔一三〕

となりなるむまの允のいへに」8ウ
あるおとこのしのひてかよふ
をしりかほにいはむとを
もひていひよりし

18 ゆめよ〱　こまわたりこしあふ
さかのせきのしみつにかけみ
すなきみ

返し

19 そこかけやきみはみてけんあふ
さかのせきのしみつのきよきわかみを

**〔校異〕** 18○おとこ―をとこ　○をもひて―おもひて

**〔整定本文〕** 隣《となり》なる馬《むま》の允の家《いへ》に、ある男《をとこ》の忍《しの》びて通《かよ》ふを、知《し》り顔《がほ》に言《い》はむと思《おも》ひて、言ひよりし

18 夢《ゆめ》よ夢《ゆめ》よ駒渡《こまわた》り来《こ》し逢坂《あふさか》の関《せき》の清水《しみづ》に影見《かげみ》すな君《きみ》

返し

19　そこ影《かげ》や君《きみ》は見《み》てけむ逢坂《あふさか》の関《せき》の清水《しみづ》の清《きよ》き我《わ》が身《み》を

**〔現代語訳〕**　隣の馬の允の家に、ある男が忍んで通っているのを、知っている風に言おうと思って、次のように歌いかけながら近づいた、

18　「夢のようだ、夢のようだ」と睦言を交わしたのでしょう。望月の駒が渡ってきた逢坂の関の清水に、男の影を映したりしないでくださいよ、あなた。

返しの歌に、

19　底に映る自分の影をあなたは見たのでしょう。逢坂の関の清水のように清らかな我が身なのに（男の影など映るはずはありませんよ）。

**〔語釈〕**　18**○馬の允**　馬寮（「御所の御厩の馬・馬具、及び諸国の牧場の馬を掌る役所」『官職要解』）の三等官。七・六位相当。**○知り顔**　訳知り顔。「～顔」で、その風情で、の意を添える（後撰集・雑一・一〇八四・躬恒「我を知り顔にな言ひそと女の言ひて侍りける返事に、葦引の山におひたる白樫の知らじな人を朽ち木なりとも」）。**○言ひより**　話しかけながら近寄る。ここは詠いかけたのであろう。**○夢よ夢よ**　「（逢瀬が）夢のようだ」と繰り返す、睦言そのものの直叙。男に会った女をからかって揶揄に使ったもの（忠岑集Ⅳ・八四「去年の去年……さきのすべらの　仰せにて　白雲ゐなる　甲斐がねに　さしつかはしし　時はわが　夢よ夢よと　宵ごとに　契りしことは　わたのはら　深緑にて　ありそうみの　あだ波立つな　てふことを……」、一条摂政（伊尹）御集・三三「翁、いかなることをか言ひおきけん、覚めぬとて人に語るな寝ぬる夜の夢よ夢よと言ひしことのは」）。**○駒渡り来し**　駒が渡ってきた。男が通ってきたことの比喩表現。貫之集Ⅱ・一二一「（延喜二年倭月令御屏風之料歌四十五首之内依勅奉之）八月駒むかへ、あふさかの関の清水に影見えて今や引くらん望月の駒」（拾遺集・秋・一七〇）に依る。**○逢坂の関の清水**　地名の「逢坂」に「逢ふ」意を掛ける。前引貫之歌に依る地名歌枕。**○影**　前引貫之歌の「望月の駒の影」を「（男の）影」にスライドさせる。**○見すな**　「見す」は、下二段・他動詞。見るようにさせる、人に示す意。「な」は禁止の終助詞。「知り顔」の皮肉である。

19 **○そこ影**　底に映る影。「其処」（対称、そこもとの意）を掛け（14参照）、「影」の主を相手に転化して言い逃れようとする。**○清き我が身を**　清水から「清き我が身」を導き、身の潔白を主張する。「を」は逆接の接続助詞。〜なのに。詠嘆的に終結させる。

**〔補説〕**男女関係をめぐって、親しい者同士があけすけに交わした会話的な贈答歌。引き歌を駆使しての言い合いである。古歌引用での遊戯的な応答となっている。

## （一四）

むこ三昧にいるひしりの
えさらぬことといてきてほと
なくいてにたるをなむわら
ふときゝて春ころひ□」9オ
りのいへりし

20 つねよりもみのうくひすにあり
しかはとりのこゑせぬやまはすみうし

返し

21 あとたえてみのいるにしもた
けからしこゝろとふかきやまにすませよ

**〔校異〕** 20〇ひ□り（底）・ひしり（書）→ひしり　21〇こ、ろと→こ、ろを

**〔整定本文〕** 無期《むご》三昧に入《い》る聖《ひじり》の、えさらぬこと出《い》できて、ほどなく出《い》でにたるをなむ嗤《わら》ふと聞《き》きて、春ごろ、聖《ひじり》の言《い》へりし

20 常《つね》よりも身《み》のうぐひすにありしかば鳥《とり》の声《こゑ》せぬ山《やま》は住《す》みうし

返し

21 跡《あと》絶《た》えて身《み》の入《い》るにしもたけからじ心《こころ》を深《ふか》き山《やま》に住《す》ませよ

**〔現代語訳〕** 無期限の修行に入った聖が、避けがたいことが出来て、すぐに山から出てしまったのを嗤っていると聞いて、春の頃に、その聖が次のように言ってよこした、

20 いつもより身が辛く憂く「うぐひす」状態だったもので、他の鳥の声が聞こえない山は住みにくかったのです。

返しの歌に、

21 必ずしも、痕跡を消して「身」を山に入れるから立派だという訳でもないでしょう。（身ではなく）「心」を、深い山に住ませなさいませ。

**〔語釈〕** 20**〇無期三昧**　無期の三昧と解した。期限を定めない仏道修行。但し、「無去三昧」の可能性がある。「無去三昧」は般若経典に説く「百八三昧の一つ。一切法の去来の相を見ることを離れる三昧」（広説『仏教語大辞典』）とされる。**〇聖**　高徳の僧。僧。**〇えさらぬこと**　「得避らず」は、どうにも避けられないこと。**〇嗤ふ**　「無期」と言いながら「ほどなく出」でたことに対し、意気地がないと嗤うのである。嗤う主体は主殿であろう。**〇身のうぐひす**　古今集・恋五・七九八「我のみや世をうぐひすと鳴きわびむ人の心の花と散りなば」に依る。「身の憂」から「鶯」に転じる。体調が不良だったものか。**〇鳥の声**　自身を「鶯」に喩えたことから、同類の声を求めるとしたもの。**〇山は住みうし**　修行の為に籠った山を、住むのにつらい所と弱音を吐いたもの。（大鏡・師輔（高光）「九重のうちのみ常にこひしくて雲のやへたつ山は住みうし」）。

21〇**跡絶えて**　この一首は、後拾遺集・雑二・一〇二二・藤原長能「山にのぼりて法師になり侍ける人につかはしける、なにかその身の入るにしもたけからん心をふかき山にすませよ」の転用。初句と第三句の一部を変えたもの。〇**身の入るにしも**　実際に山に入る「身体」を指す。「に」は原因・理由を表す接続助詞。係助詞「しも」は、後の打消助動詞「じ」と呼応し、必ずしもそうではない意を表す。〇**たけからじ**　形容詞「長し」は、世間体が大したものだ、立派である、偉い、などの意。「じ」は、打消推量の助動詞（風雅集・恋四・一二四〇・太上天皇「まちすぐす月日のほどをあぢきなみたえなんとてもたけからじ身を」）。〇**心を**　底本「こころと」でも、自分からの意で通じなくはないが、前に掲げた長能の歌を踏まえていると見られることから、「こころを」の本文により、「身」と「心」の対比構造と見る。〇**住ませよ**　「せよ」は使役「す」の命令形。

**〔補説〕**　20何らかの事情で、早々と修行を中断した僧の弁解の歌。
21弁解する僧に対し、後拾遺集所収の長能歌を借りて、からかい気味の歌を返す。世間からの思われを気にするなと慰める。ただし「鶯」「鳥」に寄せることもなく、贈歌に対する厳密な意味での対応関係になっていない。「出でにたるをなむ嗤ふ」という行為と言い、21歌の流用による返歌の内容と言い、主殿の性格の強さを思わせる。

## （一五）

さわることありて、せ経のところにまうてたる人にやりし

22
わつかにもちきりむすへるみなりせははちすのつゆにをくれましやは

返し」10ウ

23 いけみつのそこなかこにもはちすは、ひとつかけにそうかふへらなる

また返し

24 うかへとも罪のみきはのふかけれはなときしとほき心ちかもする

〔校異〕 22○さわる→さはる　○をくれ→おくれ　23○そこなかこ→そこなるみ（「かこ」は「るみ」の誤写と見て訂す）

〔整定本文〕 さはることありて、説《せ》経の所《ところ》にまうでたる人にやりし

22 わづかにも契《ちぎ》りむすべる身《み》なりせば蓮《はちす》の露《つゆ》に遅《おく》れましやは

返し

23 池水《いけみつ》のそこなる身にも蓮葉《はちすば》は一《ひと》つ影《かげ》にぞ浮《う》かぶべらなる

また返し

24 浮《う》かべども罪《つみ》の水際《みぎは》の深《ふか》ければなど岸遠《きしとほ》き心ちかもする

〔現代語訳〕 都合の悪いことがあって参会できず、説経をする所に参っている人に、送った歌、

22 少しでも仏縁を結んだ身であったならば、蓮の葉の上に結ぶ露に遅れたりするでしょうか（法会に参加できないのは、仏縁が薄いのでしょうね）。

返し、

23 池の水の底に沈んでいるような身に対しても、蓮の葉は一つの影になって浮かぶにちがいありません（法会に参会にできなくても、仏縁はあなたと共にありましょう）。

また返し、

24 一つ影として浮かんでも、やはり水際が深いように罪深いので、何故か、救いの彼岸は遠いように感じられることです。

〔語釈〕 22 **○さはることありて** 差し障りがあって。月の障りか。**○説経の所** 法話をする場所（枕草子三三段「説経の講師は顔よき。……また、たふときこと、道心おほかりとて、説経すといふ所ごとに、最初にいきゐるこそ、なほ…」）。**○契りむすべる** 「契り」は仏縁。仏縁を結んだ、結縁した。「結ぶ」は「露」の縁語。**○身なりせば** 反実仮想の条件句。結句「ましやは」と呼応する。自分が仮にそういう身であったならば（現実はそうではない）。**○蓮の露** ここでは、説経の場、あるいは有り難い法話の喩として言う。「蓮」は、阿弥陀の浄土、極楽浄土の九品蓮台の比喩（拾遺集・哀傷・三四四・空也上人「市門にかきつけて侍りける、一ひとたびも南無阿弥陀仏といふ人の蓮の上にのぼらぬはなし」）。その蓮の上に置く露が詠まれる（古今集・夏・一六五・遍照「蓮の露を見てよめる 蓮ばの濁りにしまぬ心もてなにかは露を玉とあざむく」）。また、法会の折に歌に詠まれる例も多い（実方集Ⅰ・五「白河殿の結縁の八講に、けふよりは露の命もをしからず蓮の上の玉とちぎれば」、今鏡・「蓮の露」・静円「あだにして消えぬる身とや思ふらむ蓮の上の露ぞわが身は」）。後の例（静円）は、仏縁を確信し、往生することを詠じた一首である。**○遅れましやは** 「遅れただろうか、いやそんなことはない」の意。「やは」は反語。仮定条件句「身なりせば」を受け、そうではない現実がもたらす結果を、反語的に述べる。仏縁のある身であれば参会できたのに、と嘆くのである。通常「露に遅る」は、信明集Ⅰ・四七「御忌み果てて人々出でける日、しぐれつつ梢はここにうつるとも露に遅れし秋は忘れじ」のように、死別後に取り残された者が、儚く消えた命の譬喩として詠むが、ここは蓮台上の露に成り遅れる、仏縁を結び遅れる意で用いている。

23 **○そこなる身** 水に映って底にあるかに見える身の意。空虚な実像のさらなる虚影と捉える。対称「其処」をかけ、「そこもと」の意を重ねる。14・19歌参照。また「浮かぶ」に対置される「底に沈む身」には、罪障意識の反映があろう。後掲大斎院前御集・九一歌には「いと罪深きそこ」の用例がある。**○蓮葉** 蓮の葉。救済の象徴。**○一つ影** 影が重なって一つに見えること。仏の遍き救済が「底なる身」に及ぶことの比喩。天台宗で言う「三諦円融」を意識したものか。「空・仮（け）・中」の三諦（さんだい）――あらゆる存在は実体のない空であるとする空諦と、実体はないが縁起により仮に存在するとみなす仮諦と、空・仮を超えた本体的面を意味する中諦――の真理は、融合一体化しているとする考え。岩波仏教辞典に、「天台には空・仮・中の三諦、性・縁・了の三法義」（三部経大意）、「三諦は一諦にして、三にあらず一にあらず、しかも三、しかも一にして、不可思議なり。三はおのおの三を具して、倶体倶用なり」（天台法華宗牛頭法門要纂）を引く（新千載・釈教・八六一・法印憲実「空仮中三諦を、ありて世のはては虚しき中空に一つ影なる月をみるかな」）。**○にぞ** 「に」は格助詞。動作作用の結果、変化の結果を示すとして。「ぞ」は強意。**○浮かぶ** 浮かぶ意に、救済される意を掛ける（前掲、実方集Ⅰ・五、大斎院（選子）前御集Ⅰ・九〇・進「これを水に剃き入るるが浮き上がれば、法の池におふる蓮の実ともがな罪の方にはむげと浮きけり」、同 九一「蓮ゆゑ池のみくづは浮かぶともいと罪深きそこはいかにぞ」）。**○べらなる** 「べし」に対応する形容動詞型活用の助動詞。～のようすだ。～しそうだ、の意（古今集・春上・二三・行平「春のきる霞の衣ぬきをうすみ山風にこそみだるべらなれ」など）。漢文訓読語。三代集時代には和歌にも用いられるようになった。古来風体抄・下に、「ひちてといふ詞や、今の世となりてはすこしふりにて侍らむ。つも・かも・べらなりなどはさる事にて、それより次々少しかやうなる詞共の侍るなるべし」とする（中野方子「古今集に於ける『べらなり』」「国文」八六号 平成九年一月）。

24 **○浮かべども** 逆説の接続助詞「ども」により、「浮かぶ」から予想される「救済」という結果を否定する。

**○罪の水際の深ければ** 確定条件。「罪」の初出は万葉集（巻四・七一二「味酒を三輪の祝りが忌ふ杉手触れし罪か君に遇ひ難き」等）。勅撰集では拾遺集・冬・二五七・能宣「屏風のゑに、仏名の所　おきあかす霜とともにや今朝はみな冬の夜深き罪も消ぬらん」、同・雑上・四四四・源順「円融院御時御屛風歌奉りけるついでにそへて奉りける、程もなく泉ばかりに沈む身はいかなる罪の深きなるらん」以降に見える。「池」「蓮」に寄せた前歌を受けて、「水際」そして「岸」が喩的な景物としてとり込まれ（拾遺集・雑賀・一一七二・道綱母「心ざし深き水際に刈る菰はちとせの五月いつかわすれん」）、「罪深さ」が「水際の深さ」に重ねられる。**○など**　疑問の副詞。どうして。**○岸**　菩提（成仏）の彼岸。涅槃の境地。悟りの世界を喩える（公任集・四四五「かの岸の遠きをしりていはかげに光をやどす水の月かな」）。源氏物語・手習（中将）「岸とほく漕ぎはなるらむあま舟に乗り遅れじと急がるるかな」は、浮舟を此岸を離れ彼岸を目指す尼として象る。**○かもする**　係助詞「か」と同「も」の連接したもの。緩やかな疑問を表す。～がするのだろうか。

**〔補説〕**（二五）は、日常生活の中にあって、時に兆す主殿の救済への不安を描く。

22説教の場に参会できない無念さを滲ませた歌。「蓮」に寄せた詠歌は、集中この段の二首みである。

23罪障を負う身にも仏の救済が及ぶと、宥める歌が返される。14・19歌も状況は異なるが、「そこなるみ」を詠み込む。

24初句「浮かべども」は「などか」以下に連なり、「にもかかわらず何故か」と、なお彼岸の遠さ、救済の困難さを感じる矛盾を疑問の形で言う。「罪の水際の深ければ」という二・三句は、言わばその疑問への自答であり、したがってこの一首には、原因が分かりながら疑問を呈するという不自然さがある。

「罪」の語は、中序の⑯⑳には仏典の引用の形で現れ、後編では、70・80・88・107・114歌に見られるが、前編では当歌と48歌の二首に限られる。

## （一六）

す丶みせんとてやまてらに
まうてたるにかせはふかて
かひのをとのしけれは

25

[本]たえはみときの丶りのかひありてす丶しかりけりやまのふところ

〔校異〕 25〇をと―おと　〇[本]たえは（底・書）→かせたえは（詞書から「かせ」の二文字を補う）

〔整定本文〕 25 涼《すず》みせむとて山寺《やまでら》にまうでたるに、風《かぜ》は吹《ふ》かで、貝《かひ》の音《おと》のしければ
風《かぜ》絶《た》えば三《み》ときの法《のり》のかひありて涼《すず》しかりけり山《やま》のふところ

〔現代語訳〕 涼もうというので、山寺に詣でたところ、涼風は吹かず、法螺貝の音が聞こえてきたので、
25 風が絶えると、三度の読経の時を知らせる法螺貝の音が聞こえてきて、その効があって涼しいことです、この山懐は。

〔語釈〕 **〇涼みせむとて** 暑さを避け涼もうとして、の意。**〇山寺** どこか不明。後掲の、「枕草子」一一五段の場合は、清水寺。**〇風絶えば** 涼しさをもたらすはずの風が途絶えると。恒常条件。詞書「風は吹かで」により、「風絶え」と訂して解釈した。**〇三ときの法** 一日の朝昼晩に、時を定めて三度行う読経。三ときの念仏（栄華物語・鶴の林「この御堂は、三時の念仏常の事なり」）。**〇かひ** 効。説教を聞いた効果（いはで偲ぶ・一一八「聞きえたるみのりのかひもあらじかしたえにし人にかぎる命は」）。時を知らせるなどのために僧侶が吹く「貝」、法螺貝を掛けたもの（枕草子一一五段「正月に寺にこもりたるは……師の坊に、男ども、女、わらはべなどみないきて、つれづれなるに、かたはらに貝を俄に吹き出でたるこそ、いみじうおどろかるれ」、千載集・雑下・一二〇〇・赤染衛門「山寺にまうでたりける時、貝吹きけ

るをきてよめる、けふもまた午のかひこそ吹きつなれ羊のあゆみ近づきぬらん」）。**○涼しかりけり** 説経により浄化されたことを、清涼な気分として捉える（妙法蓮華経（以下、法華経）第六授記品「若知我深心、見為授記者、如以甘露灑、除熱得清涼（もしわが深き心を知ろしめして 為に授記せられなば 甘露を以てそそぐに 熱を払いて清涼を得るが如からん）」、発心和歌（選子Ⅲ）集・三〇「法おもふ心し深く成りぬれば露の空にも涼しかりけり」）。**○山のふところ** 山合いのところ。中古和歌の「ふところ」が、「ふところ広き衣手」（仲文集六七）、「わがふところ」（落窪物語三五）のように、「山」と関わらないのに対し、散木奇歌（俊頼Ⅰ・Ⅲ）集・為忠初度百首他に「谷ふところ」、太皇太后宮大弐集・為忠後度百首に「山ふところ」が見える。

**〔補説〕** 夏の歌。舞台を山寺に置き、読経に触れて得た精神的な清々しさを、風がないのに感じた清涼感として捉える（伊勢大輔集・一一三「右大臣殿の御堂に、院女房たち月あかき夜まゐりてみければ、そのつとめて、右大臣殿、世のつねにあらじとまがふ滝つ瀬の声も法とや思ひなしつる」、同、一一四「御返し、滝つ瀬の法の声にぞなみよりし涼しき風も吹きかよひつつ」）。〔語釈〕に示したように法華経経文を踏まえた発想である。（二一）⑥に見たような漢詩由来の「涼風」、熱暑の中の冷気への注目とは異なる、精神的意味での涼感を捉えたもの。

## （一七）

秋ころものへまかりけるをと
こにはなたのをひにかき」11オ
つけてあるところなる女□
とらせたりし

つゆわけてあさたつ人のゆふをひ

にとくことのみもおもふへきかな

返し、おとこ

とくといふはなたのをひのほとはた、
あさゆふつゆのをきてしのばん

**〔校異〕** 26〇をひ→おひ　〇女□・女の（書）→女の　27〇おとこ→をとこ　〇をひ→おひ　〇をきて→おきて

**〔整定本文〕** 秋ごろ、ものへまかりける男《をとこ》に、縹《はなだ》の帯《おび》に書《か》きつけて、あるところなる女のとらせたりし

26 露《つゆ》分《わ》けて朝立《あさた》つ人のゆふ帯《おび》にとくことのみも思《おも》ふべきかな

返し、男《をとこ》

27 とくと言《い》ふ縹《はなだ》の帯《おび》のほどはただ朝《あさ》ゆふ露《つゆ》のおきて偲《しの》ばむ

**〔現代語訳〕** 秋頃、あるところへ下る男に、縹色の帯に書きつけて、あるところにいる女が与えた歌、

26 露を分けて朝、旅に出る人が、夕、いえ結う帯に、専ら、解くことばかりを、いえ、「疾く来」ということばかりを思うべきなのですね。

返しの歌を、男が、

27 「疾く」いや「解く」と御懸念の縹の帯でしたら、ただ朝夕に結う露のように置き、いや起きたままで、解かずにあなたのことを恋い慕いましょう。

**〔語釈〕** 26 **〇ものへまかる**　漠然とどこかへ行くことを指していう。歌集詞書にしばしば見られる言い回し（古今集・秋上・二三七・兼覧王「ものへまかりけるに、人の家に女郎花植ゑたりけるを見てよめる」、同・恋五・七九一・伊勢「物思ひけるころ、ものへまかりける道に、野火の燃えけるを見てよめる」など）。ここは、餞別の帯に添えて与えられた歌と解

されるので、男は公務で地方に下ったとみるのが妥当か（頼基集・一八「亭子院の御つかひに越へゆく人に、帯とらするにただなるよりはとて、ゆふ帯のとくはありとも分かれなばこしをめぐらんほどの久しさ」）。**○縹の帯**　縹色（薄い藍色）の帯。その色が変色しやすいところから、移ろいやすいものに喩えてもいう。また、催馬楽「石川」に「石かはの　高麗うどに　帯を取られて　からき悔いする／いかなる　いかなる帯ぞ　／縹の帯の　中はたいれなるか　かやるか　あやるか　中はたいれたるか」と、「縹の帯」が「中はたいれなるか」とある（異説「中はたいれたるか」「中は絶えたる」）。「たいれなる」の語義は未詳だが、「絶えたる」と解釈されたものであろうか、源氏物語・紅葉賀に「中絶えばかごとやおふとあやふさに縹の帯を取りてだに見ず」と見えたり、散木奇歌集（俊頼Ｉ）・雑上に「石川や縹の帯の中絶は狛のわたりの人にかたらむ」など、途絶える、切れるものとして詠まれたりしている。奥義抄・袖中抄などでは、後拾遺集・恋三・七五七・和泉式部「男に忘られて装束包みて送り侍りけるに革の帯に結びつけ侍りける、泣き流す涙にたへで絶えぬれば縹の帯の心地こそすれ」（和泉式部（Ⅱ）続集・二〇八）の縹の帯について、先の催馬楽を挙げて解説するものが多いが、袖中抄・二十は「顕昭云」として「縹の帯とは、催馬楽云、……なかはたいれたる、此の歌を本にて、縹の帯のなかたゆとは詠也。古歌云、君がせしはなだのおびの中たえてさればぞいひしながからじとは」と「此の歌を本にて、縹の帯のなかたゆとは詠也」と、「中絶ゆ」の意と解説する。（補説）参照。**○あるところなる女**　漠然とした「女」の提示である。誰か不明だが、主殿自身の自己韜晦であろう。冒頭（一）［補説］参照。**○とらせたり**　取ることをさせる意で、使役の表現であることから、目下の者に与える場合に多く用いる。**○朝立つ人のゆふ**　「ゆふ」は、「夕」「結ふ」の掛詞。「朝」「夕」は対語。**○とくこと**　「（帯を）解く事」に、「早く帰って来い、と」の意の「疾く来、と」を掛ける（能宣集Ｉ・二一「屏風の絵に、すすきの穂に鳥のゐたるところにかきて、おしつけはべる、茅茎のとくこと頼むはなすすきあだし鳥をば招かざらなん」）。「解く」は「結ふ」の対語。**○のみも〜べきかな**　「のみ」により限定して強調する。専ら〜するべきである、しなければならない、の意（安法法師集・五八「とまれともいきの松ばらおもひやり［と］き［は］にのみもながむべきかな」、好忠集Ｉ・三六

「梅の花こよひあらしのやまざらば歎きてのみも明かすべきかな」)。

27**○とくと言ふ**　26歌を受ける。「疾く・解く」を掛ける。「言ふ」主体は、女。**○朝ゆふ**　「(朝)夕」に「結ふ」を掛ける。「結ふ」「解く」は「帯」の縁語。**○おきて偲ばむ**　「偲ぶ」は、何かのきっかけで、遠くのもの、昔のことなど、今眼前にないものを思う、慕う意。

**〔補説〕**（一七）秋の歌。贈答歌の内容は、縹の帯に添えた「早く帰京を」という挨拶と、餞別の帯へのお礼であるが、「帯」「解く」などの用語が多分にセクシャルな雰囲気を醸す。しかし、相愛の男女の贈答というのでは全くない。

26「あるところなる女」は「主殿」か。男と女の間に身分差があるのであろう。この詞書からはこれ以上の情報が得られないが、際どいことば遊びの趣が、あるいは「女」に韜晦した物語的な詞書をもたらしたか。

27贈歌の掛詞「とく」「ゆふ」、朝夕の対語を踏襲し、さらに独自に「夕（結ふ）露」「おきて（置き・起き）」と縁あることば・掛詞を加えて、結論「偲ばむ」で本意を伝えて終わる。

## （一八）

こあるめのうせにけるを
とふらひにやりし

28
けふりけんゆふへの山のくもよりも
かたみのみこそかなしかりけれ」12ウ

返し

29

わすられすしのふのくさをつめ
とてやかたみのこをはのこしをきけん

〔校異〕 29 ○をき→おき

〔整定本文〕 子《こ》ある女《め》の失《う》せにけるを、弔《とぶら》ひにやりし
28 煙《けぶ》りけむ夕《ゆふ》べの山の雲《くも》よりも形見《かたみ》の身《み》こそ悲《かな》しかりけれ
　返し
29 忘《わす》られずしのぶの草《くさ》を摘《つ》めとてやかたみのこをば残《のこ》し置《お》きけむ

〔現代語訳〕 子のある女が亡くなったのを、弔問にやったところ、
28 煙となって夕べの山の雲となった人よりも、残された形見の子の身の方が不憫なことですね。
　返しの歌、
29 忘られず忍ぶ草を摘んで偲ぶようにというので筐の籠ならぬ、形見の子を残して置いて逝ったのでしょうか。

〔語釈〕 28 ○女 妻の女。○弔ひ 弔問。人の死を悼み、悲しむことを言う。○煙りけむ 「煙る」は、煙が上がる。ここは火葬される、荼毘に付される意。「けむ」は過去推量。○夕べの山の雲 火葬の煙が雲になって在ると見立てる（源氏物語・夕顔（光源氏）「見し人の煙を雲とながむれば夕べの空もむつましきかな」、周防内侍集・五三「例ならで、太秦にこもりたるに日数の積るままに、いと心細うおぼえて、かくしつつ夕べの雲となりもせばあはれかけても誰かしのばん」）。主殿集121参照。○形見の身 遺児を指す。本文「み」に従い「（形見の）身」と解したが、単独例。「身こそ悲し」の例に、定頼集Ⅱ・四二三「憂世にはとどまる身こそ悲しけれかくいふ人もあらじとおもへば」がある。が、「身」が大人のそれを思わせることと、返しの歌からして、本文「み」は、「（形見の）こ」の可能性があるかもしれない。
29 ○忘られず （夫が自分を）忘れることができず。「忘ら」は四段他動詞。「れ」は可能助動詞「る」。「偲ぶ」に副

詞的に係る。**○しのぶの草**　今のノキシノブ。昔を偲ぶもの、人を思慕するものとして詠まれる。伊勢物語・一〇〇段に「昔、男、後涼殿のはざまを渡りければ、あるやむごとなき人の御局より、『忘れ草を忍ぶ草とやいふ』とて、出ださせ給へりければ、たまはりて、『忘れ草おふる野辺とは見るらめどこはしのぶなり後もたのまむ』」とあることから、「忘れ草」との異同が話題にされる。能因歌枕では、「忘れ草」とは別に立項する。『奥義抄』・中に「本草には忘草しのぶ草は同物と見えたり。伊勢物語にもしか侍り。又屋の軒におふる草をもしのぶ草とはいふ也」、八雲御抄・三では「忘草　わすれ。普通には軒にあり。住吉［の］岸に生はくわんざう也。清輔抄に、住吉のわすれ草もわすれ草にあらずと云り、如何。わすれ草、しのぶ草は伊勢［物語］、大和物語に相違せり。但、別物也。或説萱也。萱と云、非二正説一、「忍草　大和物語には、しのぶ、わすれ草、同物也と云り。但、わら〳〵と有はわすれ也。業平がこはしのぶ也といへるも、又別物とも心えつべし。忍は、ほそ長にて、星のやうなる物の有也。しのぶ草ほにいづ。古歌云、恋しきをいはでふるやのしのぶ草しげさまさればいまぞほに出る、是也。但、ほにいづる事如何。わら〳〵と有物は、ほにいづ。いま一はほにいづべきにあらず。猶可レ決。」とある等。**○摘め**　亡き妻からの夫への要望である。**○かたみのこ**　「形見の子」・「筐の籠」の両義。3歌参照。「の」は同格。形見である子。「籠」には忍ぶ草を摘み入れる。当歌の背景には、後撰集・雑二・一一八七・兼忠朝臣母の乳母「兼忠朝臣母身まかりにければ、兼忠をば故枇杷左大臣の家に、むすめをば后の宮にさぶらはせむとあひ定めて、二人ながらまづ枇杷の家に渡し送るとてくはへて侍りける、結びおきし形見のこだになかりせば何に忍の草を摘ままし」（古今六帖・五「かたみ」にも）があるであろう。

**〔補説〕**　28主殿が子を持っていたか否かは不明であるが、母を亡くした子への不憫さを主題とした歌である。母の形見（片身）の身という捉え方は、他に検索されないが、和泉式部集Ⅰ・六五五「人のもとより、おもはむかたに、といひたれば、忘らるる時のまもなく憂しと思ふ身をこそ人の形見にはせめ」、和泉式部続集（和泉Ⅱ）・五二「おもひきやありて忘れぬおのが身を君が形見になさむ物とは」などが、形見としての「身」を詠んでいる。ある存在を客体視する、やや抽象的な把握態度である。
29残された夫が、亡き妻の思いを忖度して、残された子を意味づけする。28歌は、残された子どもに比重を置きすぎたきらいのある贈歌であったが、それを押し戻すかに、夫は亡き妻の思いを推し測り、妻の立場からの一首を詠み返す。

修辞は常套的（拾遺集・哀傷・一三一〇「め亡くなりて後に、子も亡くなりにける人を、とひにつかはしたりければ、如何せん忍の草も摘みわびぬかたみと見えしこだになければ」）。通常、形見の子がないからしのぶ草を摘めないという歌が多いが、この歌はそれらを下敷きに逆の発想で詠まれている。

## （一九）

あきころあしわけのやまゐ
にわつらふをある人ねん
ころにとふらひける返ことに

30 したもふちいろつきしより
心えつさらてもつゆのきゆるよなれは

返しにまつをゝこせてこれ
にあへよといへりけれはまたいへる

31 おきゐたることさへよはきつゆのみは

時をまつにそおもひなさる、」13オ

〔校異〕 30○やまゐ↓やまひ ○したもふち↓したもみち（「ふ」は「み」の誤写と見て訂す） ○、こせて↓おこせて ○あへよ↓あえよ ○よはき↓よわき

〔整定本文〕 30 秋《あき》ごろ、蘆《あし》分《わ》けの病《やま》ひにわづらふを、ある人ねむごろに訪《とぶら》ひける返りごとに

下紅葉《したもみぢ》色《いろ》づきしより心得《え》つさらでも露《つゆ》の消《き》ゆる世《よ》なれば

返しに松《まつ》をおこせて、これに肖《あ》えよと言《い》へりければ、また言《い》へる

31 おきゐたることさへ弱《よわ》き露《つゆ》の身《み》は時をまつにぞ思《おも》ひなさるる

〔現代語訳〕 秋頃、難しい病を患ったのを、ある人が懇切に見舞ってくれた返事に、

30 紅葉の下葉が色づいた時から得心しました。そうでなくても露の消えるように儚いこの世（命）ですから。

返しに、松をよこして、これに肖りなさいといってきたので、また、次のように詠んだ、

31 起きて座っていることすら心許ない、置いている露のような身は、「千歳の松」どころか、ただ消える時を待っているように思われてならないことです。

〔語釈〕 30 **○蘆分けの** 差し障りの多い。難治の、の意か。奥義抄・中に、後撰集・恋二所収の「深くのみ頼む心は蘆の根の分けても人にあはむとぞ思ふ」について、「分けてとは曲げてと云ふ心なり。ものを曲ぐるも分くるも同じ心なり。蘆の根はとかく曲がれるなり。又あしの根はとかくわりなく侍るものなれば、蘆の根の分けてとよめるにやともきこゆ」とする。この後段、あるいは拾遺集・恋四・八五三・人麿「湊入りの葦分け小舟さはりおほみわが思ふ人に会はぬころかな」（万葉集・巻十一にも）は人口に膾炙した一首だが、これらからしても葦の根が分けにくくやっかいなものとして扱われていることが解る。**○下紅葉** 紅葉した樹木の下葉、あるいは他の物の下にある紅葉。ここは前者。秋の到来を意味する。また紅葉を促すものとして露が取り合わせられることが多い（「寛平后

宮歌合」左一〇二「白露の染めいだす萩の下紅葉衣にうつす秋は来にけり」、永久百首・三一〇・仲実「まこも色のあをばの山も秋くれば露のしづくに下紅葉せり」)。**〇心得つ**　完了「つ」により、深く心に了解したことを示す（後拾遺集・九六〇・土御門御匣殿「小一条院かれがれになりたまひけるころよめる、心得つあまのたく縄うちはへてくるを苦しと思ふなるべし」)。得心したのは、色づいた紅葉がやがて散るということであり、必ず訪れる我が身の死であり、世の無常である（元真集・二二〇「下紅葉ちりくる秋のかぜごとにしられ［ぬ］さきにそでぞつゆけき」)。**〇さらでも**　散文語「さらでも」の歌語としての用例は圧倒的に中世和歌に多く、主殿のこれは初例に近い（郁芳門院安芸集・三七「人にかはりて、草枕さら（底—え）でも旅はねられぬに初秋風ぞ驚かすなる」、長秋詠藻（俊成Ⅰ）・五六五「とふ人のさらでもあらじ山里に深くも道をうづむ雪かな」)。勅撰集では新古今集（秋下・五四九・守覚法親王「五十首歌よませ侍りけるに、身にかへていざさは秋を惜しみみむさらでももろき露の命を」)以降になる。否定的感情を表すことが多い。**〇露の消ゆる世**　「露」に寄せ、現世の儚さを言う比喩表現（拾遺集・雑上・五〇〇・中務「題しらず、うゑて見る草葉ぞ世をばしらせけるおきてはきゆるけさの朝露」、源氏物語・御法・（光源氏）「ややもせば消えをあらそふ露の世におくれ先だつほど経ずもがな」)。

31 **〇松**　松樹千年とか常緑の松として、生命力の強さを含意（宇津保物語・国譲上（春宮）「露の世も松にかかれば貫きとめて風にも消えぬ玉とこそなれ」、古今集・冬・三四〇「寛平御時后宮歌合の歌、雪ふりて年のくれぬる時にこそつひに紅葉ぢぬ松も見えけれ」)。ただし、拾遺集・恋三・八四四「下紅葉するをばしらで松の木のうへの緑を頼みけるかな」のように否定的に捉えられる例もある。二人の間では、この歌は意識されていなかったようではある。**〇消えよ**　下二段動詞「消ゆ」の命令形。肖《あやか》る、意。松に肖る例に、宇津保物語・蔵開中（涼）「松風をはらめる君もえてしかなむまれたる子のあえ物にせん」、躬恒集Ⅰ・六九「ひさにこぬ人をまつにや肖えにけむ常磐の恋とわれなりぬるは」など。**〇おきゐたる**　起きて座っている。「露」の縁で、置いてそこにある意を重ねる（宇津保物語・国譲下（忠雅）「世の中はかかるものとも白露のおきゐて消ゆる今朝ぞしりぬる」)。**〇時をまつ**　ここは、消える時を「待つ」意。「松」を掛ける。**〇思ひなさるる**　殊更そう思われる。「〜なす」は、敢えてそうする意。

**〔補説〕**（一九）秋の歌。難病の体験を巡る回想。

30 死を身近なものと意識しての感慨。「下紅葉」は秋の到来を示すことから、死を意識しはじめた時季をしめす。「心得つ」と言いきるのは、無常の思いをはっきりと身を通じて知ったということを示す。「さらでも」を歌語として用いた早い例。病を機に身にしみて感じた死・無常感が、否定的感情をあらわす歌語として、この語を発見したとも言えようか。

31 千年の樹齢に肖るようにと贈られた「松」が、死の時を「待つ」意を自ずと連想させたというのである。躬恒集Ⅳ・二九三「浜千鳥あとふみつくるさざれ石のいは［ほ］とならむ時をまてきみ」のように、然るべき良き時を待つ意味の「時を待つ」が、逆に消滅する時を待つ意味に使われる。心身ともに衰弱した状態を表す。

## （二〇）

き日するをみてある人

32 としをへてわすられかたきかたみ
なるむかしのけふをくらすいかにそ

返し

33 しのはるゝむかしの人のかたみとてめ
にみつものはなみたなりけり

**〔校異〕** ナシ

**〔整定本文〕** 忌《き》日するを見《み》て、ある人

32　年《とし》を経《へ》て忘《わす》られがたき形見《かたみ》なる昔《むかし》の今日《けふ》を暮《く》らすいかにぞ

返し

33　しのばるる昔《むかし》の人の形見《かたみ》とて目《め》にみつものは涙《なみだ》なりけり

**〔現代語訳〕**

32　年月を経てもなお忘れられない昔の形見である今日のこの日を、どのような思いでお暮らしでしょうか。故人を偲んで悲しんで居られることでしょう。

返事に、

33　思い出される故人の形見として、目に見え満ちるものは（故人ならぬ）涙なのでした。

**〔語釈〕**　32 **○忌日する**　「忌日」は、毎月あるいは毎年の命日に当たる日で、回向・仏事を行う。ここは、年忌（祥月）命日。サ変動詞の形は、他の詞書には見えない単独例。「忌日する」主体が主殿なのである。**○ある人**　不明。**○忘られがたき**　他動詞四段「忘る」に自発の助動詞「る」が連接、「難し」が不可能性を表す（古今集・秋上・二四〇・紀貫之「藤袴をよみて人につかはしける、宿りせし人のかたみか藤袴忘られがたき香ににほひつつ」）。**○形見なる**　「形見」は3、28・29歌参照。「なる」は断定。形見である（金葉集二奏本・二一二・藤原有教母「独月をみるといふ事をよめる、ながむれば憶えぬこともなかりけり月や昔の形見なるらん」）。**○昔の今日**　今日より幾年かを遡った昔の同月同日（大和物語・二十九段・右大臣定方「女郎花をる手にかかる白露は昔のけふにあらぬ涙か」（故敦慶親王を偲ぶ）、更級日記・一一「ちぎりけむ昔のけふのゆかしさに天の河波うち出でつるかな（玄宗皇帝と楊貴妃が契ったという昔の今日、七月七日のことを知りたくて、源氏物語の拝借を申し出たことです）」）。**○いかにぞ**　結句に置いて、相手に訊ねる会話的な形。弔問での用例に拾遺集・哀傷・右大臣（顕光）・一二八二「右兵衛佐宣方まかり隠れにけるに、親のもとにつかはしける、ここにだにつれづれになく郭公まして子恋の森はいかにぞ」、斎宮女御集Ⅱ・一九七「女三宮、母宮の御思ひになり給へりけるを、九月つごもりに御ぶくぬぎ給ふをききたまひて、露きえし野べの草葉も色かへてあらぬ袖なるころもいかにぞ」などがある。
33 **○しのばるる** 「るる」は自発。**○目にみつもの** 「形見」を受けた「目に見」から、同音「み」により「満つ」（四段動詞。中世以降上二段活用に変わる）を導く。「目に満ちる涙」は、拾遺集・恋五・九九一・天暦御製「左大臣女御うせ侍りにければ、父おとどのもとにつかはしける、いにしへをさらにかけじと思へどもあやしく目にもみつ涙かな」（村上御集一二〇）による趣向。同歌は和漢朗詠集下にも「懐旧」七四九「昔をばかけじと思へどかくばかりあやしく目にもみつ涙かな」として所収。定頼集Ⅰ・一三一「うへうせ給ひてのち、若菜を人の奉れ給へりけるを見給ひて、いにしへの形見に摘める若菜ゆゑ見るこのめにもみつ涙かな」も、「籠の編み目」を掛けるが、同趣。
**○涙なりけり** 「涙かな」の形ではなく、改めて「涙だった」ことに気づき詠嘆する体をとる（和泉式部続集（和泉Ⅱ）・五五「目にみえて悲しき物はかたらひし其人ならぬ涙なりけり」）。
**〔補説〕** 32父であろうか（62詞書によれば、母は存命）、「忌日」を行う側に主殿はいたのであろう。「昔の今日」の思いを共有する人から、慰問の歌が「いかにぞ」という形で届く。「昔の今日」という時間を、亡き人の「形見」と見なす趣向である。
33話題の「形見」は、過往の「時」から亡き「人」を偲ぶ涙に移る。和泉の歌を参看すれば、「かたらひし其人ならぬ涙」だけが、「見える」のであり目に満ちるのである。

## （二一）

ある人のひさしうなかゐすと
ていたくふすへてをみな
へしにつけてのたまへりし

34 なにかいはんいはてこそみめと
おもふよりまかきのはなのまねめるかな
返し」14ウ
35 をちこちの風にかたよるはなよりも
おもはするみのたえかたきかな

〔校異〕34○まねめる（底）・まねめる《如本》（書）→まねくめる（脱字と見て「く」を補う） 35○たえかたき→たへかたき

〔整定本文〕ある人の、「久しう長居《ながゐ》す」とていたくふすべて、女郎花《をみなへし》につけてのたまへりし
34 なにか言《い》はむ言《い》はでこそ見《み》めと思《おも》ふより籬《まがき》の花《はな》の招《まね》くめるかな
返し
35 をちこちの風に片寄《かたよ》る花《はな》よりも思《おも》はする身《み》の堪《た》へ難《がた》きかな

〔現代語訳〕ある人が、「長いこと実家に留まっている」といってひどくご不興で、女郎花に付けておっしゃったことには、
34「どうして声を掛けたりしようか、黙って様子を見よう」と思うそばから、垣根に咲いている女郎花が、あなたを誘い招くようですよ。
返しの歌、
35 あちらこちらに吹く風のままに靡き招く花よりも、「言はでこそ見め」と思わせ申し上げる我が身が、耐え難く辛く思われることです。

〔語釈〕34○ある人 「のたまふ」という語で待遇される人物であるところから、四条宮寛子かと推定される。と

すれば、宮仕え中に里下がりをした時のことになる。17参照。**○長居す** 里に下がったまま、長く参内しないことを言う（村上御集・五五「又師走の晦日に、いと荒れたる所になどかかうのみは長居し給ふ、ときこえ給へりける御返事に、故宮もおはせで後なるべし、歎きつつ雨も涙も古里の葎の宿は出でがたきかな」）。**○ふすべて** 「ふすべ」は、自動詞下二段「燻ぶ」の連用形。不機嫌で、嫉妬して。元真集三二一「久しく来ずとてふすべて、来ぬ人に、濃紫きみが結びし元結の塵やうちはらふほどまでや来ぬ」**○女郎花** 山野に自生する多年草。一メートルほどに伸び、夏・秋に黄色の花を付ける。その名称から女性に仮託されることが多い（古今集・雑体・一〇一六・遍昭「秋ののになまめきたてる女郎花あなかしがまし花もひと時」）。**○なにか言はむ** 「なにか」は反語。どうして言ったりしようか、言うまい、の意。「早く戻ってきて」と自分は別に懇願したりはしないと、強がって見せる。**○言はでこそ見め** 言わずに様子を見よう、の意。本院侍従の歌に依る。（新古今集・恋一・一〇〇六・本院侍従「堀河関白、文などつかはして、里はいづくぞととひ侍りければ、我が宿はそこともなにか教ふべき言はでこそみめ尋ねけりやと」（本院侍従集・二））。**○と思ふより** 「より」は、即時を表す。と思うか思わないうちに、もう、の意（後拾遺集・春上・八一・永源「桜ばな咲かば散りなんと思ふよりかねても風のいとはしきかな」）。**○籬の花** 「籬」は㈢⑨〈語釈〉参照。籬に咲いている花、の意であるが、女郎花を移し植えていたものか。単に女郎花に結び付けた故のことであろうか。「女郎花」を擬人化しての扱い（後拾遺集・雑五・一一二六・源賢「人のこをつけんとちぎりて侍りけれどこもりゐぬときてこと人につけ侍りければよめる、思ひきやわがしめ結ひしなでしこを人のまがきの花と見んとは」）。**○招くめる** 「めり」は目に見える事実の推定。招いているように見える。「花」の揺れる様を擬人的に「人を呼び招く姿」と見なし、早く帰参してほしい思いを託す。ただし、通常「招く」は「尾花」について使われる（拾遺集・秋・一五六「女郎花おほかる野辺に花すすきいづれを指して招くなるらん」、兼盛集・一六七「女郎花花見にきつる秋の野をあやなく招く尾花なりけり」）。一方、「女郎花」については「靡く」が使われることが多く、女性と見なして、それへの心寄せを云々する例が多い（古今集・二三〇・左大臣「朱雀院の女郎花合せに詠みて奉りける、女郎花秋の野風にうち靡き心ひとつを誰に寄すらむ」）。53参照。

35**〇をちこち**　遠くと近く。あちこち。「をちこちとは、あなたこなたといふ事也」（能因歌枕）。「をちこちとは万葉には遠近とかけり。をちと云は外也。こちと云は爰也」（奥義抄・下）。古今集・春上・二九「をちこちのたづきも知らぬ山中におぼつかなくもよぶこ鳥かな」に対する注として、「をちこちとは、あなたこなたと云也……」「ただ文字に付て、遠き近きを申也」（顕注密勘・顕注）などが挙げられる。**〇風に片寄る**　風に吹かれて、一方向に靡く状態を言う。好忠発の歌語であろうか（好忠集Ⅰ・序「荒金の　年の日数を　数へつつ　管の根の　長しとおもふ　春の日すがら　まなこをば　霞む山辺に　きはめつくし　心をば　過ぐす月日に　例へつつ　風にかたよる　青柳の　いとまの隙なきまでに……」、同・五三「絶ゆる世もあらじとぞ思ふ春をへて風にかたよる青柳の糸」、同・二二八「寒さのみ夜ごとにまさるなよ竹の風にかたよる音の悲しさ」。他に重之子僧集・五「えだわかみ風にかたよる青柳のいとも乱れてものをこそおもへ」等）。**〇思はする**　四段動詞「思ふ」に使役の「す」が付いたもの。（人に）思わせる、悩ませる（拾遺集・恋一・六六二・寛祐法師「大嘗会の御禊に物見侍りける所に、童の侍りけるを見て、又の日つかはしける、あまた見し豊の禊ぎのもろ人の君しも物を思はするかな」、為信集・一三「いみじうおもしろき萩なん有りしと言ふを、えあらじと言ふ女に、折りてやる、折ればをし折らねば見せでやみぬべし物思はする萩の花かな」）。ここも、贈歌に応じた恋歌仕立てで「そんなに恋い慕われて」の意を醸すと見るか。

〔**補説**〕（二一）秋、主従の信頼関係が、「女郎花」を媒介にした贈答歌で示される。

34出仕先の主人（四条宮寛子か）からの歌。主殿への親愛の思いが、逆説的な詠みぶりで提示される。

自分の意に反して「女郎花があなたを誘うのだ」と、歌語「女郎花」の名辞から固着的に導かれる「誘う」という観念を利用して、主殿の帰参を促す。性別に関わらない趣向と言い、「尾花」ならぬ「女郎花」を「招く」という語と取り合わせたり「籬の花」と捉えたりするのは、常套的な和歌の詠み方とは言えず、「ある人」の囚われのないくだけた雰囲気を窺わせる。詞書の「いたくふすべて」も、そのような「人」の率直な人柄を伝えるものであろう。四条宮であるとしても、八十歳以降の頃の記事とは考えにくいのではなかろうか。

35 浮気な女郎花はどうでも良い、問題は人に「恋しく思わせる」我が身の方だ、と勿体ぶった体と見るか、ご心配をお掛けして辛いと謝っていると見るか。この主従の間柄からして前者か。

## （二二）

人になたつころをなしひと
の御もとよりうつろひたるき
くのはにまことかとかきてあ
りけれは

36 まことにはつゆのあたなはさためなし
いかによそふるきくのはなそも

返し

37 いまはこゝろをきてむきくのはな
つゆもこれにはへたつへきかは」15オ

又返し

38 こゝろをくといふことのはにしられて
きゝたりとやいはむつゆのぬれきぬ

**〔校異〕** 36○をなし↓おなし　37○いまはこゝろ（底）・いまはこゝろ［如本］（書）↓いまはたゝこゝろ（「たゝ」の脱落とみて訂す）○をきてむ↓おきてむ　38○こころをく↓こころおく

**〔整定本文〕** 人に名立《なた》つころ、同《おな》じ人《ひと》の御もとより、移《うつ》ろひたる菊《きく》の葉《は》に、まことかと書《か》きてありければ

36 まことには露《つゆ》のあだ名《な》は定《さだ》めなしいかによそふる菊《きく》の花《はな》ぞも

返し

37 いまはただ心《こころ》おきてむ菊《きく》の花露《はなつゆ》もこれには隔《へだ》つべきかは

又、返し

38 心《こころ》おくと言《い》ふ言《こと》の葉《は》に知《し》られてき着《き》たりとや言《い》はむ露《つゆ》の濡《ぬ》れぎぬ

**〔現代語訳〕** ある人と浮き名が立ったころ、同じ方の御許から、色の移ろった菊の葉に、「本当か」と書いて寄越したので、

36 本当は、儚い露のような浮き名は根拠のないことなのです、一体なぜ、移ろった菊の花によそえて寄越されたのでしょうか。

返しの歌、

37 今は、ただ注意して、菊の花を見守りましょう。露だってこの花には隔てなく置くはずだから（移ろわないとは限らないでしょうから）。

又、返しの歌、

38 「注意して」というお言葉ではっきり分かりました、今まさに、私は露の濡れ衣を着ているということなのですね。

**〔語釈〕** 36 **○同じ人** （二一）に引き続く、四条宮寛子との遣り取りか。「人」は敬語で遇される。**○移ろひたる菊** 褪せて色の変わった菊。人の心の移ろいの喩として使われる（高遠集・三一七「ありし女の男につきて里にありしに、十

月ばかり移ろひたる菊につけてやる、見しよりもいとどかれゆく白菊の移り心は花もありけり」）。竹・梶・樒・檀・紅葉などの葉に書いた例が散見する。菊の葉に書いた例に、新千載・秋下・五二八「康保三年内裏歌合の時一番の人人花を奉らしめ給うて、朝がれひのおましの方に八十島を造りて菊をうゑさせ給へり、その菊の葉に書きたりける歌、いくたびか霜は置きけん菊の花やそ島ながら移ろひにけり」がある。**○露のあだ名**　「露」が、儚く「徒（あだ）」に消える（古今集・恋二・六一五・友則「命やはなにぞは露のあだ物をあふにしかへば惜しからなくに」、同・哀傷・八六〇・藤原惟幹「身まかりなむとてよめる、露をなどあだなる物と思ひけむわが身も草におかぬばかりを」）ことから、「あだ名（徒名・仇名）」を導く。「あだ名」は、色恋の噂、浮気の評判の意（源氏物語・蜻蛉（薫）「女郎花乱るる野辺に交じるとも露のあだ名をわれにかけめや、……いささかの浮き名をも……」）。**○定めなし**　しっかりしていない。根拠がない。**○いかによそふる**　「うつろひたる菊」に関連させて寄越したことへの抗議、問い質し。強意の「ぞも」に呼応し、一体どうしてそうしたのかと強く迫る口吻を表す。65参照。

37 **○いまはただ**　本文不審。「いまはただ」として解した。初句の用例に「いまはただおもひたえなむとばかりを人づてならでいふよしもがな」（後拾遺集・十三・七五〇・道雅）などがある。〔補説37〕参照。**○心おきてむ**　「心おく」はそのつもりで気を配る、強く意識する意（古今六帖・一・七四八「心おきて見ばこそわかめ白雪もいづれか花のちるにまがへる」）。「てむ」は強い意志を示す。「置き」は「露」の縁語。**○これ**　菊の花を指す。**○隔つべきかは**　分け隔てをするはずがあろうか、いやない。強い反語。「露」は隔てなく草葉に置くという前提に立つ（源氏物語・若菜下・（光源氏）「契りおかむこの世ならでも蓮葉に玉ゐる露のこころへだつな」）。また、露が花を色褪せさせるという観念のもとに展開する遣りとりである。本集60「千代もとて結びし言の葉にさへや花うつろはす露は置くらむ」参照。

38 **○心おく**　前歌と同じ語句を、敢えて「隔意を持つ」意に解釈したもの（後拾遺集・秋上・三〇〇・筑前乳母「はらからなる人の家に住み侍りけるころ、萩のをかしう咲きて侍りけるを、家主はほかに侍りて音せざりければいひ遣はしける、白露も心おきてや思ふらん主もたづねぬ宿の秋萩」。）　**○知られてき**　助動詞自発の「れ」、同完了「て」、同過去「き」が連接する。自ずと解ってしまった、の意。**○着たりと**　今まさに「着ている」と。**○濡れぎぬ**　和歌初学抄に「ぬれぎぬ　無実也」、綺語抄・中に「ぬれぎぬ、なきなり」（古今集・別「かきくらしことはふらなむ春さめにぬれぎぬきせて君をとどめむ」）。「雨」「露」など「濡れる原因になる物」と取り合わせる（古今六帖・五・三三二二「ぬれぎぬと人にいはすな菊の露よはひのぶとぞわがそぼちつる」、頼政集Ⅰ・二四七「なき名のみいはれの野べの女郎花露の濡れ衣着ぬはあらじな」）。「（ことの）葉」「露」「濡れ」は縁語。

**〔補説〕**　季節は、晩秋から初冬。先の（二一）と同年か否かは不明。

36出仕先での遣り取りであろう。先の「人」が、またしても主殿に強く関わってくる。今度は恋愛沙汰への好奇心である。移ろった菊の花に付けたことからは、既に主殿には「夫」とも思しい男がいたことが読み取れよう。浮き名を「露のあだ名」だと打ち消して、「人」が移ろう菊によそえたことに抗議をする。もとより、そうすることが許される親密な信頼関係の上に立ってのことである。

37主殿の反撃に対抗して、もうしばらく様子を見てはっきりさせてやると、応酬する。

38「心おく」の語句を巡る応酬であるが、「人」の方の詠み振りに、主殿の再反撃を招く隙があったのである。

## （二三）

やまさとなるおきなのせさい
あはせにをもしろきゝくを
いたしてよめりし

やまかつのかきほなからにきくの

はなしもにそいたくうつろひにける
　返しよめとありし
40
いかてかく山かくれにてきくのはな
露のいたらぬえたなかりけん」16ウ

〔校異〕 ○をもしろき→おもしろき

〔整定本文〕 山里《やまざと》なる翁《おきな》の、前栽合《せざいあ》はせにおもしろき菊《きく》を出《い》だして詠《よ》めりし

39 山《やま》がつの垣《かき》ほながらにきくの花霜《はなしも》にぞいたく移《うつ》ろひにける

　返し、詠《よ》めとありし

40 いかでかく山がくれにてきくの花《はな》露のいたらぬ枝《えだ》なかりけむ

〔現代語訳〕 山里にいる翁が、前栽合に美事な菊の花を出して、詠んだ歌、

39 山賤の垣根全体、霜が置いて、菊の花の色がひどく移ろってしまいました（山里に居て聞きつけまして、菊をお出しします、まあひどく年を取ってしまったことです）。

　返しの歌、「詠むように」と言われて、

40 どうしてこのように、山に隠れた状態で咲いた菊の花なのに、露が置かない枝がないのでしょう（満遍なく移ろって見事なこと。どうやって聞きつけられたのでしょう）。

〔語釈〕 39 **○翁**　誰か不明。萩谷朴が［歌合大成二二六］の当歌合解説の中で、39初二句が天暦十年宣耀殿歌合六の歌句（後掲）を引くことから、相当の識者と見て、経信の如き人物かと推測しているが、証明不能。**○前栽合はせ**　物合わせの一つ。前栽に模した州浜などの優劣を左右に分けて競う遊び（内裏前栽合「康保三年（九六六）八月十

五夜、大盤所にて前栽合させたまふ、題歌人、左絵所、右作物所、二壷にわけてうゑたり」)。貫之集に見える延長五年（九二七）九月、「東院前栽合」が早い例か。嘉保二年（一〇九五）郁芳門院前栽合など。このような行事を主催するのは一般の個人ではあり得ない。あるいは四条宮寛子周辺での催しであったか。**○山がつの**　樵人など、山に住む身分低い者を指す。山住みの身を言ったもので、翁自身の謙退表現。（「山がつとは、物おもひしらぬを云、あやしき人をも云、山里にすむをも云」（能因歌枕）、「山里に栖《スム》をばやまがつといふ」同）。**○垣ほながらに**　「垣ほ」は巻頭序（語釈）参照。「ながらに」は、さながら、全体の意で、「移ろひにける」に懸かる。また、「居るままで」の意で、翁の山住みの状態を指す。初二句が一致する先行例に、宣耀殿歌合・六「やまがつの垣ほながらに移しうゑていつとなく見む常夏の花」（村上天皇御息所、師尹女芳子の主催）、恵慶集・七八「（撫子を、ある所に奉る）、山がつの垣ほながらに見るよりは色まさるべき宿に移さむ」がある。**○きくの花**　「菊」に「聞く」を掛ける。**○霜にぞいたく移ろひ**　霜によって、花や葉などが色褪せることを言う。後拾遺集・雑二・九一四・公信「実方のむすめに文通はしけるを、蔵人行資にあひぬと聞きて、この女の局をうかがひて見顕はして詠み侍りける、朝な朝なおきつつみれば白菊の霜にぞいたく移ろひにける」には下句が一致。ただし当歌の「移ろふ」は、詞書「翁」からして頭髪が白くなったこと、老いたことの喩と見なされ、心変わりを含意するのではない。

40**○詠め**　主殿に対する詠歌の指示。敢えて記すのは、寛子の言葉ゆえか。**○山がくれ**　山に隠れていること。逼塞していることの喩。「菊」に「聞く」を掛け、前栽合わせのことを翁が耳にしたことを、含意。拾遺集・雑春・一〇七三・実方「陸奥国にまかり下りて後、郭公の声を聞きて、年を経てみ山がくれの郭公きく人もなきねをのみぞなく」のように、「時鳥」について用いられることが多い。**○露のいたらぬ**　露が置いていない（元輔集Ⅰ・四「吹く風はすずしかりけり草しげみ露もいたらぬはぎの下葉も」）。「山がくれ」であれば、隠れた部分には「至らぬ」部分もあろうに、とするもの。贈歌「霜」を「露」に置き換えている

**〔補説〕**　39語釈に示したように、初二句・下句共に先行歌から借りて合わせた感の深いもので、経信の詠としては

如何か。

寛子後宮での前栽合か。合わせるべく差し出した菊が、「垣根に生えている情景のまま」であったことを示す初二句。歌の趣向は「長元五年（一〇三二）上東門院菊合」四・弁乳母「薄く濃くうつろふ色は置く霜にみな白菊と見えわたるかな」（大弐三位集一三）に相似る。

40寛子の許で主殿がどのような位置にあったかは、一切不明である。この一首が下命を受けての詠であるとすれば、歌人としての活躍を僅かに窺わせるものとなる。

## 〔二四〕

まつのはをなむすくなとさ
る、人のさうしのひわすれて
いをくひけるをみて

41 まつのは、すくかすかぬかつとめぬか
いかなるつゆかけふはをつべき

返し

42 よそにてはをつるかはほにて
しら露はこゝろにかゝるものにやはあらぬ

**【校異】** 41○なとさる、（底）・なとさる、如本申落カ（書）→底本のまま。書本は「如本申落カ」と傍書するが取らない。

○さうし→しゃうし（直音表記を拗音表記に訂す）　○をつへき→おつへき　42○をつる→おつる　○かはほ（底・書）→かほ（衍字と見て訂す）

【整定本文】

41 松《まつ》の葉《は》をなむすくなど戯《ざ》るる人の、精進《しやうじん》の日忘《わす》れて魚食《いをく》ひけるを見《み》て

41 松《まつ》の葉《は》はすくかすかぬかつとめぬかいかなる露《つゆ》かけふは落《お》つべき

返し

42 よそにては落《お》つる顔《かほ》にて白《しら》露は心《こころ》にかかるものにやはあらぬ

【現代語訳】「松の葉を食べて暮らしている」などと戯れ言を言っていた人が、精進の日を忘れて魚を食べたのを見て、

41 （出家者のように）松の葉を食べているのかどうか存じませんが（魚を食べたようで）、精進のお勤めはしないのですか。一体、今日は、どんな罪の露が松の葉から漏れて落ちるのでしょうか。

返しの歌、

42 他では「落ちる」風情でいて、罪の白露は、実は心に「懸かる」ものではなかったかな、そうでしょう。

【語釈】41 **○松の葉**　「久しきことには　ミヅガキ　松ノハ……」（和歌初学抄・喩来物）とされるが、ここは出家者の食物として象徴的に言う（宇津保物語・あて宮「源少将は、山に籠もりにし日より、穀を断ち、塩断ちて、木の実、松の葉を食きて、六時間なくおこなひて、涙を海とたたへ、歎きを山と生ほして歎き渡るを、帝よりはじめたてまつりて、惜しみ悲しまぬ人なし」、加茂保憲女集Ⅰ・序「あるは世をそむき、法におもむいて心を深き山にいれて、蓑をかけて石の畳に身をかけて、苔の衣、木の葉を坏にして、松の葉を食ふ、これはよはひを保つと聞きたり」）。**○すく**　「食く」。食べる（源氏物語・総角「（弁）いかなるひとか、いとかくて世をば過ぐしはてたまふべき、松の葉をすきて勤むる山伏だに、生ける身の棄てがたさによりてこそ、仏の御教へをも道々別れては行ひなすなれ、などやうの、よからぬことを……」）。**○戯るる**　下二段動詞「戯る」の連体形。たわむれる。ふざける。**○精進**　仏語。仏道修行に励むこと（中序③参照。往生要集・上「第五、人道」3

無常「又罪業応報経偈云、水流不常満、火盛不久燃、日出須臾没、月満已復欠、尊栄高貴者、無常速過是、当念勤精進、頂礼無上尊（また、罪業応報経の偈に云く、水流るれば常に満ず、火盛なれば久しくは燃えず、日出れば須臾にして没し、月満ち已れば復欠く、尊栄高貴なる者も、無常の速かなること是に過たり、当に念じ勤め精進して、無上尊を頂礼すべし）」など）。また、一定期間を定めて、身を清め不浄を避けること。そのために言語・行為・飲食（魚・肉類など）に制限を加える。ここは後者。**〇すくかすかぬか**　「すく」は「食く」。詞書を受けて、本当に「松の葉を食しているのか」とからかい気味に述べ、同様の口調で本題の「勤めぬか」を導く（好忠集Ⅰ・三六九（百首序）「……難波なるあしきもよきも同じ事、すくもすかぬもことならず、名をよしただとつけてけれど、いづこぞわが身、人と等しきとぞや」、恵慶集・一九六（百首序）「……あはれ、世中はささがにのいやしきたふときも、春の田のすくもすかぬも、いひせめては、同じみやまの雲霞とのぼりぬるをやといへる事どもを……」）。ここでは、「食く」に「透（隙）く」を掛ける（重之集・一九八「大弐の御手本、年ごとに枝さす松の葉をしげみ君をぞたのむ露なもらしそ」）。**〇勤めぬか**　精進のお勤めはどうしたのか、と詰め寄る体。**〇露**　ここは、罪障の喩。経文による（発心和歌集（選子Ⅲ）・五三「普賢経　衆罪如霜露、慧日能消除、是故応至心、懺悔六情根、つくりおける罪をばいかで露霜の朝日にあたるごとく消してん」、二奏本金葉集・七〇八・覚誉法師「衆罪如霜露といへる文をよめる、罪はしも露ものこらず消えぬらんながき夜すがらくゆる思ひに」（同巻第十、六三三の次）、同・覚樹法師・六三三「普賢十願文に願我臨欲命終時といへることをよめる、命をも罪をも露にたとへけり消えばともにや消えんとすらん」）。**〇けふは落つべき**　精進の日の「今日」を強調。「いかなる～か～べき」の構文で、強く詰問する。どんな露も落としようがないだろう、と当然の「べし」は反語的に働く。「露」が「隙」から「落ちる」という文脈が成り立つ。

42**〇よそにては**　精進の場を意識した表現。**〇落つる顔**　18「知り顔」参照。落ちる風情で（実はそうではない）。「落つ」「懸かる」は対語（後拾遺集・秋上・二九八・中納言女王「ひとしれずものをや思ふあきはぎのねたるかほにてつゆぞこぼるる」）。**〇心にかかる**　「気に懸かる」意（高遠集・三七八「うらみつる夜の涙は袖ならで心に懸かるものにざりける」）。罪の意識は心に懸かって在る、と言う認識。露がこぼれて「懸かる」を掛ける。**〇ものにやはあらぬ**　「やは」反語。ものではないのか、そうだろう、の意（古今六帖・七七二「風はやみ水の面にかかるます鏡くもり割れなんものにやはあらぬ」、能宣集Ⅰ・二九六「かなしてふことは世の常身になればいはむかたなきものにやはあらぬ」）。


**【補説】**（二四）宮仕え中のことか、不明。男性との機知的な遣り取り。

41精進して罪を濯ぎ落とすはずが、精進破りをしたのだから落としようがないだろうと、「露＝罪障」を「落つ」と言う言葉に絡めて、揶揄する。日頃の言動への皮肉がある。

42「露」が「心に懸かる」とは、どのように解すべきか。露が罪と同定された贈歌への返しなので、それを踏まえているものと考えられ、とすれば、祓い落としたと思っていても、「罪」の意識は気に懸かっているものだ、という開き直りの弁解となろう。

## （二五）

あるおとこのうちよりとのゐ
ものとりにをこせたりけるに」17オ

43 まつほとはかへすころもになくさ
めついまはなみたをなにゝつゝまん

返し

44 ひるはきてよるはふすまとなるも
のをいつれ《本》ひまにつゝむなみたそ

**【校異】** 43○おとこ―をとこ　○をこせ―おこせ　44○いつれひ《本》まに（底）・い《本》つれ《のカ》ひまに（書）↓いつれのひまに

（脱字と見て「の」を補う）

【整定本文】 ある男《をとこ》の、内《うち》より宿直物《とのゐもの》とりにおこせたりけるに

43 待《ま》つほどは返《かへ》す衣《ころも》に慰《なぐさ》めつ今《いま》は涙《なみだ》を何《なに》に包《つつ》まむ

返し

44 昼《ひる》はきて夜《よる》はふすまとなるものをいづれの暇《ひま》に包《つつ》む涙《なみだ》ぞ

【現代語訳】 ある男が、内裏から宿直用の夜衣を取りに使いをよこした時に、

43 あなたを待っている間は衣を裏返しながら、いま来るかと期待することで心は慰められていたのに、この衣を返してしまったら、今からは一体何に涙を包めばいいのでしょう。

返しの歌、

44 昼間は着て、夜は夜着となるのに、一体いつの暇に衣に涙を包むというのかね（昼はやって来て、夜は共に伏しているのに、何が悲しいのかね）。

【語釈】 43 **○宿直もの** 宿直用の衣類など。**○返す** 「裏返す」と「返却する」の両義。衣を裏返すのは、男の来訪を願う俗信による行為。古今集・恋二・五五四・小町「いとせめて恋しき時はむば玉の夜の衣を返してぞ着る」に依拠したもの。

44 **○昼はきて夜はふすまと** 「きて」は「着て・来て」の掛詞、「ふすま」は「褥・伏す（ま）」の掛詞。（多武峰少将物語・八四「夜とてもうちふすまなき山伏は衣さだめずいまよりぞしく」）。これを「昼」と「夜」に分けて対置させたもの。 **○いづれの暇に** どんな合い間に。昼も夜も暇なく尽くしている、と主張する。

【補説】 夫と思しき男との親密な遣り取り。

43 「宿直物」があったのは、男が「夫」に相当する存在だったからであろう。別離の状況ではないにもかかわらず、敢えてそうであるかのように大げさに訴えて、男の来訪を促す歌である。

44 大げさに嘆いてみせる女の歌に合わせて、男は機知的にからかい気味に問い返す。

## （二六）

そこはかとなうくるしうてなん
よへはこさりしといふ人にいひし

45 たえむとやいはれのいけのねぬな
はのそこはかとなく、るしといふらん

返し

46 ときのまもきみをみぬまのね」18ウ
ぬなはのいとこひしきにくるしきそかし

〔校異〕 45○、るし―くるし

〔整定本文〕 そこはかとなう苦しうてなむ、昨夜《よべ》は来《こ》ざりしと言《い》ふ人に言《い》ひし

45 絶《た》えむとやいはれの池《いけ》のねぬなはのそこはかとなくくるしと言ふらむ

返し

46 時《とき》の間《ま》も君《きみ》をみぬまのねぬなはのいと恋《こ》ひしきにくるしきぞかし

〔現代語訳〕 「何となく気分が悪くて昨夜は行かなかった」と言う人に、次のように言った、

45「絶えよう」と言うので、磐余の池の根蓴菜《ねぬなわ》を「繰る」のではないけれど、「何となく苦しい」と言うのでしょう。

返しの歌、

46 片時もあなたを見ぬ間は、見沼の根蓴菜を「繰る」のではないけれど、とても恋しくて苦しんでいるのですよ。

〔語釈〕45 ○そこはかとなう 「なう」は「なく」の音便形。これといった理由もなく。何となく。○よべ 昨夜。○絶えむとや 「絶えよう」と言うのか。「絶え」は関係が切れる意。「根蓴菜《ねぬなは》」の縁語で、「(根を)絶ゆ」の意を掛ける。「言は」と同音の「磐余」に懸かる。○いはれの池 「言ふ」から磐余の池を導く。磐余の池は大和の歌枕（万葉集・巻三・四一六「大津皇子被レ死之時磐余池坡流レ涕御作歌一首、百伝ふ磐余の池に鳴く鴨を今日のみ見てや雲隠りなむ」）。「蓴菜《ぬなは》」と共に詠まれることが多い（拾遺集・恋二・七〇一「なき事をいはれの池のうきぬなはくるしき物は世にこそ有りけれ」、古今六帖・三「いけ」・一六七〇「あだなりとなにはいはれの池なれば人にねぬなはたつにざりける」）。○ねぬなは 根蓴菜。蓴菜《じゅんさい》の古名。池や沼に自生するスイレン科の水草で、根茎から茎を長く伸ばし、盾形の葉は水面に浮かぶ。若芽は食用となる。「寝ぬ」を掛けることが多い（古今集・雑体・一〇三六・忠岑「隠れ沼の下よりおふるねぬなはの寝ぬ名は立てじくるないとひそ」）。「繰る」は縁語。○そこはかとなく 何となく（高光集・一「十月九日、冷泉院の釣殿にて、神な月といふ事をかみにおきて歌よませたまふに、神な月風に紅葉のちる時はそこはかとなくものぞ悲しき」）。「池」の縁語「底」を掛ける。○くるし 「苦し」に、「根蓴菜」の縁語「繰る」を掛ける。

46 ○みぬま 「見ぬ間」。「沼」を掛け「ねぬなは」を導く（綺語抄・上「沼 かくれぬ……いはがきぬま……こもりぬ……みぬまとよめり おほきみは神にしませば水鳥の姿みぬまをすかたとなしつ」）。○くるしき 「根蓴菜」の縁語「繰る」を掛ける。贈歌と同一技法で、苦しい理由のみを言い換える。

〔補説〕（二六）の「人」は、（二五）の「男」と同一人物であろうか。

45男の弁解のことばをそのまま下句に繰り込み、上句では、弁解の理由を忖度する。「苦し」から想を得た「繰る―ねぬなは」に寄せて縁語・掛詞を駆使、拗ねてみせる（後拾遺集・雑二・九六五・少将内侍「わづらふといひて久しう音せぬ男のほかには歩くと聞きて遣しける、ねぬなはのくるしきほどの絶えまかと絶ゆるを知らで思ひけるかな」）。語釈に指摘したように他の細部にも縁語・掛詞が折り込まれ、遊びの要素が強く、深刻なものではない。

46「磐余の池」の根蓴菜に、「見沼」の根蓴菜を対置、男は抗弁するが、技法的には劣勢である。

## （二七）

よふけてかた、かへにきたる
おとこをあやしきかたに思な
してつとめてをこせた
り

47 をきつなみよるそけしきをみし
まなるうたかひにこそおもひわひぬれ

返し

48 うたかひをきよきなきさにひ
ろはれはかへりてなみのつみそあるへき

なをこれにつけてふすふる」19オ
ことありて二月はかりおとも
せて、こほりたるあしたに

49 と、こほることやみゆらんみつくきもかきなかされぬものにそありける

返し

50 なかれてもあるにもあらぬみつくきのと、こほるこそたゆるさまなれ

〔校異〕 47○おとこ→をとこ　○をこせ→おこせ　○をきつなみ→おきつなみ　49○なを→なほ

〔整定本文〕 夜更《よふ》けて方《かた》たがへに来たる男《をとこ》を、あやしき方《かた》に思ひなして、つとめておこせたりし

47 沖《おき》つ波《なみ》よるぞけしきをみしまなるうたがひにこそ思《おも》ひ侘《わ》びぬれ

返し

48 うたがひを清《きよ》き渚《なぎさ》に拾《ひろ》はればかへりて波《なみ》の罪《つみ》ぞあるべき

なほこれにつけてふすぶることありて、二月ばかり音《おと》もせで、凍《こほ》りたる朝《あした》に

49 とどこほることや見《み》ゆらむ水茎《みづぐき》もかき流《なが》されぬものにぞありける

返し

50 流《なが》れてもあるにもあらぬ水茎《みづぐき》のとどこほるこそ絶《た》ゆるさまなれ

〔現代語訳〕 夜が更けて方違えに来た男のことを、私が怪しいと思いこんだその翌朝、男が詠んで寄越した、

47 （沖の波のように）立ち寄って、夜、あなたの様子を窺い見たという（三島の浜の貝ならぬ）疑いを懸けられて、辛い思いでいます。

返しの歌、

48「疑い」という貝を、清い渚（である私のところ）で拾えるならば、却って、貝を運んできた波ならぬあなたに罪があるにちがいありません。

なおも、このことでぐずぐずすることがあって、二月ほど音信が途絶えて、凍り付くような寒い朝に（男が）、

49 氷を見て、音信が滞るということも目に見えたでしょう、水茎も、凍りついては書き流せないものでした。

返しの歌、

50 流れているともいえないほどの水茎が凍って滞ったのは、もうこれは途絶えたという状態ですね。

**〔語釈〕** 47**○方たがへ**　方角を違える習俗で、陰陽道の天一神、太白神・金神の居る方角を避けて、一旦、別の方角に宿を変えて泊まり、そこから目的の所に向かうことを言う。**○あやしき方に**　不審な風に。歌から、女の居るところを覗いたという疑念であると分かる。**○思ひなして**　思いこんで。推測して。**○おこせたりし**　「おこす」は、こちらに寄越す意（源氏物語・玉鬘「われはいと覚え高き身と思ひて、文など書きておこす」）。ここは、男が寄越したのである。**○沖つ波**　沖の波。枕詞的に「寄る」から、同音「夜」を導く。**○けしきをみしまなる**　女方の「気色を見しま」に、「景色」「三島」を掛ける。「三島」は、「摂津」の歌枕（和歌初学抄・八雲御抄三）。淀川に浮かぶ三つの中州に因むという。「なる」は、助動詞断定の「（三島）にある」意と、伝聞推定の「（見しま）なる」の両意。**○うたがひ**　「疑ひ」に「貝」を掛ける（増基法師集・一二「……いほぬし、なにごとにかあらん、ものうたがひは罪得なりとて、拾ひたる貝を手まさぐりに投げやりたれば……」、童蒙抄（異本歌）・躬恒九六四「ありそ海のうらめしくこそおもほゆれうたがひをのみ人のひろへば」）。「沖つ波」「寄る」「三島」「貝」は、縁語関係にある。

48**○清き渚に**　「うたがひ」に対し「清き」を用いて、女の居所を「渚」に寓す（後撰集・恋四・少将内侍・九四四「忍びてかよひ侍りける人、今帰りてなど頼めおきて、公けの使ひに伊勢の国にまかりて帰りまうできて、久しうとはず侍りければ、人謀る心の隈は汚くて清き渚をいかで過ぎけん」）。**○拾はれば**　「れ」は可能「る」の未然形。仮定条件。拾うこと

が可能なら。**〇かへりて**　却って（源氏物語・総角（薫）「しるべせしわれやかへりてまどふべき心もゆかぬあけぐれの道」）。あらぬ疑いと言うよりは、逆に貝を持ち込んだ側に罪がある、とする。「寄せた波」が「返る」意を掛ける。**〇波の罪**　貝を渚に打ちあげた波、即ち疑いを招いた相手を難じて言う比喩。

49**〇ふすぶる**　34参照。自動詞下二段「燻ぶ」の連体形。嫉む。いさかいをする。**〇とどこほる**　「（手紙が）滞る」に「凍る」を掛ける。**〇見ゆらむ**　目に見えない「滞る」事態が、「凍り」で実体化されたとする機知。**〇水茎**　筆。筆跡。消息。「水茎」も凍ったとする。**〇ものにぞありける**　ものだったのだなあ。今気づいたとする詠嘆的言い回し。

**〔補説〕**（二七）「方たがへに来たる男」との、二組の贈答歌。主殿のつれなさが際だつ。

47方違えに因む同様の男女のいざこざは、他にも詠じられている。例えば、紫式部集・四「かたたがへにわたりたる人の、なまおぼおぼしきことありて、かへりにけるつとめて、あさがほの花をやるとて、おぼつかなそれかあらぬかあけぐれのそらおぼれするあさがほの花」など。

48やや舌足らずで分かりにくい歌であるが、男を波に見立て、「疑い」という「貝」を清き渚（自分のところ）に運んできたのは「波」だとする。「疑われる様なことをしたあなたが悪い」と、言い返したもの。

49・50　47・48の諍いの後日談ともいえる贈答歌。根に持った形ながら、男の方から、寒さに寄せて無沙汰の言い訳けを言ってきたのに対し、同じ「水茎」に寄せて、そっけなく「もう絶えた間柄でしょう」と突き放したもの。

## （二八）

つねに物こしにてもきて物
いはむといふ人にさるましき

51

よしをのみいひけれはおとこ」20ウ
よにちたひゆめにはかよふあふさかに
けふもやいたりつかしとすらむ

〔校異〕51○おとこ↓をとこ

〔整定本文〕つねに、「物ごしにても来《き》て物言《い》はむ」と言《い》ふ人に、さるまじきよしをのみ言《い》ひければ、男《をとこ》、
51 夜《よ》に千《ち》たび夢《ゆめ》にはかよふ逢坂《あふさか》に今日《けふ》もや至《いた》り着《つ》かじとすらむ

〔現代語訳〕いつも、「物を隔ててでも、通ってきて話をしたい」と言う人に、「そうはいかない」ということを言ってばかりいたところ、その男が、
51 一晩に千回も夢では通っている逢坂に、今日もまた至り着かず、あなたに会えないことになるのでしょうか。

〔語釈〕51○**夢にはかよふ**　「は」により、夢路と違って、現実にはそうはいかないことが示される（古今集・恋二・五五八・敏行「寛平御時后の宮の歌合の歌、恋ひわびて打ち寝る中に行き通ふ夢のただ路はうつつならなむ」、同　恋三・六五八・小町「夢ぢには足も休めず通へどもうつつにひと目見しごとはあらず」）。○**逢坂**　地名。人に「逢ふ」意を掛ける。18参照。○**至り着かじ**　散文語。「逢坂に行き着かない」即ち、男女が「会うに至らない」意。

〔補説〕（二八）主殿の男性関係を示す歌が続く。概して、主殿の強気な様が伺われる。51では、男の歌のみを掲げる。男の歌を称揚したいのか、男の関心を誘う自身の魅力を誇示したいのか。後に出家という形で否定することになるのが前半生の諸事であれば、否定される題材として掲げられたものなのであろうか。

（二九）

あきころとほくいくおとこは

きにつけていひをくれる

52 うしろめたつくを《本》ゝるこそ秋はきに
おもはぬかたの風もこそふけ

返し

53 しめそむるもとあらのこはきたは
やすくゆくてのかせになひく物かは

なを人のよもしらすこの」21オ
たひはちかくてなといひておとこ

54 しのふくさいさやかたみにむすひて
むうきよはたれもしらぬいのちを

返し

55 むすひてもまたむすはてもしのふ
草わすれかたみにおもはれよかし

**〔校異〕** 52○おとこ→をとこ　○いひをくれ→いひおくれ　○つくを《本》ゝる（底・書）→つゆをおく（「く」は「ゆ」の誤写、「る」は「く」の誤写と見て訂す）。54○なを→なほ　○おとこ→をとこ

**〔整定本文〕** 秋《あき》ごろ、とほくいく男《をとこ》、萩《はぎ》につけていひおくれる

52 うしろめた露《つゆ》を置《お》くこそ秋萩《はぎ》に思《おも》はぬ方《かた》の風もこそ吹《ふ》け

返し

53 占《し》めそむるもとあらの小萩《こはぎ》たはやすく行《ゆ》く手《て》の風《かぜ》に靡《なび》くものかは

なほ、人の世《よ》も知《し》らず、このたびは近《ちか》くてなど言《い》ひて、男《をとこ》

54 忍《しの》ぶ草《ぐさ》いざやかたみに結《むす》びてむ憂《う》き世《よ》はたれも知《し》らぬ命《いのち》を

返し

55 結《むす》びてもまた結《むす》ばでも忍《しの》ぶ草忘《わす》れがたみに思《おも》はれよかし

**〔現代語訳〕** 秋頃、遠い国に赴任する男が、萩に付けて言い送ってきた歌、

52 気になることです、露が置くのが。秋萩に、思いもしない方角から風が吹くのではないかと思うと。

返しの歌、

53 あなたが占め初めた元荒の小萩が、簡単には、行きがけの風に靡いたりするものですか。

さらに、「人の命はいつどうなるかも知れないし、今度は近くで（会いたい）」などと言って、男が詠んだ歌、

54 忍ぶ草を、さあ、お互いに形見として結び合いましょう。この憂き世では、誰もいつまで続く命かわからないのだから。

返しの歌、

55 忍ぶ草を結んでも結ばなくても、この世での忘れ難い形見と思ってください。

**〔語釈〕** 52 **○うしろめた** 初句切れ。「後ろめたし」の語幹。倒置表現で、第二句の詠嘆的な結びになる。後が気になる。心配だ（能宣集Ⅰ・五九「人々あまたものいひ侍る人につかはす、うしろめた風の先なる白波のいづれの方に寄らんとすらん」、拾遺集・春・二九・元良親王「朝まだき起きてぞ見つる梅の花夜のまの風のうしろめたさに」）。**○露を置くこそ**

（秋萩に）露が置くことこそ。結びは初句。置いた露がこぼれ落ちる事への懸念（相模集Ⅰ・二五九「さを鹿の鳴く声きけば萩原におきてし露もうしろめたしな」）。**○秋萩** 残していく女の喩。**○思はぬ方の風** 予期しない方角から吹く風。他の男が言い寄ることの喩。**○もこそ吹け** 吹くのではないか。吹いたら大変だ、の意。この先の女の行動に対する男の不安を示す。古今集・恋四・六九四「宮城野の元荒の小萩露を重み風を待つごと君をこそ待て」に拠る。

53 **○占めそむる** 占め初めた。「占む」は、占有する、占有を示すこと。ここは男女関係について言う。**○もとあらの小萩** 根元が疎らな小萩。自身の喩。前掲古今集・六九四歌の歌句を引く。**○行く手の風** 行く方向に吹く風、行きがけの風（輔親集Ⅰ・七八「十月ばかりに、妹を懸想ずる人の、ことは成るまじきなめり、文をだにかへし得てんと言へるに、木がらしの風の行く手に任せてし人のことの葉とまらざりけり」）。

54 **○なほ** 52 53の歌での遣り取りの後に、さらに言い寄って、の意に解した。**○忍ぶ草** 29参照。**○いざや** いざ。（二九）は、（二八）の男の歌一首を受けたものか。53「占めそむる」から、男女関係が生じて程なくの地方赴任だったことが解る。誘いかけの語の強調形。**○人の世** 人の命（後撰集・哀傷・一三九八・定方「人の世の思ひにかなふ物ならばわが身は君におくれましやは」）。**○かたみに** 形見として。「お互いに」の意を掛ける。また、忍ぶ草を入れる「筐」を響かせる（後撰集・雑二・一一八七・兼忠朝臣母の乳母「結びおきしかたみのこだになかりせば何に忍の草を摘ままし」）。3・29参照。**○結びてむ** 「てむ」で強い勧誘を現す。「忍ぶ草」を「結ぶ」とする例は少ない（朝光集・一〇五「かへし、浅茅生をたづねざりせば忍ぶ草結び置きけん露を見ましや」、風葉集・哀傷・六九五「贈皇后宮にうちとけずながらみなれ侍りけるが、隠れ給ひてのち、軒のしのぶをみて、雫に濁る中納言、まことには結びやはせし忍ぶ草などあやにくに露けかるらん」）。**○知らぬ命を** 不定の寿命を言う。接続助詞「を」は、順接条件を表す。何時までの命かを知らないのだから（和泉式部集Ⅰ・七六一「人に頼めて、思にあはれなればいふ、頼めても儚くのみぞおもほゆるいつをいつとも知らぬ命を」）。

55 **○忘れがたみ** 「忘れ難」から同音で「形見」に転じ、「籠」を響かせる（狭衣物語・巻三（狭衣）「忍ぶ草見るに心は慰まで忘れがたみに漏る涙かな」）。**○思はれよかし** 「れ」は尊敬の助動詞。「かし」は終助詞。1・46参照。念を押す（後拾遺集・雑六・一二一六・能因「白波の立ちながらだに長門なる豊浦の里のと寄られよかし」）。

**〔補説〕**（二九）は（二八）の男の歌一首を受けて展開するか。52「秋頃、とほくいく男」は、地方官として任地に下ったのであろう。57に依れば、それは陸奥国であった。また、53「占めそむる」や、60詞書「物言ひそめて遠く往にける」からは、この男との関係が生じたのは赴任間際のことだったと知られる。

52比喩歌である。秋萩に露が置くことを懸念するのは、それを吹き落とす風を予想するからである。女が古今集・恋四・六九四「宮城野のもと荒の小萩露を重み風を待つごと君をこそ待て」のように、他の男の訪れを待つかもしれないという不安である。

53女は男の懸念に対し、古今集・六九四歌を表に出して「私はそんなに浮気じゃない」と強く反発し、男への誠意を表す。52 53の贈答は、男の任地、陸奥国の歌枕「宮城野」を意識してのものであろう。

54遠国への出立、又、女との別れを前にして、「人の世《よ》も知《し》らず」と男の言葉は不安げであり、歌もその不安を基に、女との関係を堅固にしようと迫る。「忍ぶ草を結ぶことで女との愛を誓い」、55で女もそれを承諾するとする説（針本正行「平安女流日記の終焉―四条宮家の女房日記『主殿集』を素材として」日本文学論究・55）がある。

55初二句からは、女の冷静さが浮かび上がる。男の不安を慰める態度はあるものの、別れを悲しむ女の感情は歌われない。

（二九）から（三二）までは、一人の男との経緯を巡る一群の歌である。

（二九）52　秋頃、とほくいく男……
（三〇）56　遠きほどにありける人に……
（三一）57　陸奥国へ往にける人を……
（三二）60　秋ころ、物言ひそめて遠く往にける男の……

便宜、右の四群として扱った（各群の冒頭歌詞書の出だしを掲げた）。

56・60にのみ「侍り」が用いられていることからすると、あるいはこの部分は寛子当たりを意識して歌物語的に纏められたものであろうか。とすれば、跋文執筆時とは異なる時点で、異なる意図のもとに纏められた資料が、編集されていることになる。歌集の成立を考える上で注意されるところであろう。

## （三〇）

とほきほとにありける人に
たよりふみと人のこひはへり
けれはいひやるける」22ウ

山風のたよりにつくることのはを
いさあらしとやいはむすらむ

**〔校異〕** 56○いはむすらむ（底）・いはむ《如本》す《とカ》らむ（書）→いはむとすらむ（脱字と見て「と」を補う）

**〔整定本文〕** 遠《とほ》きほどにありける人に、便《たよ》りぶみと人の乞《こ》ひ侍《はべ》りければ、言《い》ひやる

56 山風の便《たよ》りに告《つ》ぐる言《こと》の葉《は》をいさあらじとや言《い》はむとすらむ

**〔現代語訳〕** 遠い所にいた人に、「便りを」と、ある人が求めてきましたので、次のように言い遣りました、

56 山風が風の便りに告げる言葉を、さあ、嵐―何もあるまい―とでも言おうとするのでしょうか。

**〔語釈〕** **○便りぶみ** 消息文。手紙。**○乞ひ侍り** 当歌と（三二）60歌に「侍り」が使われる。**○山風の便り** 山風に任せて送る消息。人伝てであることを意識した物言い。**○いさあらじ** 「さあ、ないでしょう」。「嵐」を折り

込み、初句「山風」に対応させる。古今集・秋下・二四九・文屋康秀「吹くからに秋の草木のしをるればむべ山かぜをあらしといふらむ」を踏む。

〔補説〕漢字を部首・旁に分け詩中に折り込むなどの離合詩の方法を、和歌に応用した遊戯的な表現。
前述の通り、「侍り」の使用は、この歌集を読むはずの人への謙退表現と見られる。

## 〔三一〕

みちのくにへいにける人を
いとしのひてくる人につと
めていひをこせける女

57 かくてのみあるめるうみもをな
しなをなみこすいそのあらはれねかし

返し

58 すゑおこす波だになくはいまこ
そはねはあらはれめやそしまのまつ」23オ

かくなむあるときゝてある
人の御もとよりかれをは
いかに思なりぬるそとありければ

あたなみにたえすこさるゝみと
なりておもひもかけすゝゑのまつをは

〔校異〕 57〇いひをこせ↓いひおこせ　〇をなし↓おなし　58〇おこす↓をこす

〔整定本文〕 陸奥国《みちのくに》へ往《い》にける人をいと忍《しの》びて来《く》る人に、つとめて言《い》ひおこせける、女

57 かくてのみあるめる海《うみ》も同《おな》じ名《な》を波《なみ》こす磯《いそ》のあらはれねかし

返し

58 末《すゑ》を越《こ》す波だになくは今《いま》こそはねはあらはれめ八十島《やそしま》の松《まつ》

かくなむあると聞《き》きて、ある人の御もとより、彼《かれ》をばいかに思ひなりぬるぞとありければ、

59 あだ波《なみ》にたえず越《こ》さるる身《み》となりて思《おも》ひもかけず末《すゑ》のまつをば

〔現代語訳〕 陸奥に行ってしまった男のことを、大層はばかって通ってくる男に、会った翌朝言って寄越したのに対して、女の詠んだ歌、

57 こうしているだけのような海も、どうせ末の松山と同じ名が立つのだから、波が洗う磯のように露わになっておしまいなさいな。

返しの歌、

58 末の松山の松の木末を越す波さえなかったら、今こそ、八十島の松の根のようにあなたとの共寝の関係は露わになるでしょうが。

こんな状況だと聞きつけて、ある御方の所から、「彼のことはどうなってしまったのですか」といってきたので、

59 （末の松山を越すあだ波ならぬ）新たな恋人に絶えず通われる身になって、もはや末の松のことなど気にも懸けて

いませんもはや彼を待ってはいません。

〔語釈〕 57 ○忍びて来る　隠れて通って来る（和泉式部集Ⅰ・七三四「しのびてくる人の、つとめて、人のあらはれぬる事といふに、おなじ五日」）。○いひおこせける　31・43・47参照。何かをこちらに言って寄越す。その内容は示されないが、陸奥国の男に関わることであろう。○かくてのみあるめる海　「海」は「忍びて来る人」の喩。「かくてのみある」は詞書「忍びて来る」に対応する状態を指す。拾遺集・恋一・六三一「かくてのみあり磯の浦の浜千鳥よそになきつつ恋ひやわたらむ」を踏む。○同じ名を　同じ浮き名が立つことだから、の意。続く「波こす」の語から「末の松山」が想起されていることが分かる。古今六帖・五「をしまず」・三〇六八に、「同じ名を立ちと立ちなばから衣きてこそなれめうらふるるまで」があり、「どうせ同じ噂になるのなら」の意が読み取れる。○波こす磯の「波こす」は「波が越していく」意で、古今集・東歌・一〇九三「君をおきてあだし心をわがもたば末の松山波も越えなむ」に依り、「心変わり」を示す。ただし当歌の場合は、「磯」に連接することから、古今六帖・六・四一一三・人丸「風ふけば波こす磯のそなれ松ねにあらはれて泣きぬべらなり」の歌をも踏み、通常の「波が洗う磯」の意を保ちながら、次句「あらはれねかし」を導く。○あらはれねかし　「ね」は強意の助動詞「ぬ」の命令形。「洗われ」「顕れ」の両義。「かし」も強意、念を押す。1・46・55参照。

58 ○末をこす波　末の松山の松の木末を越える波。裏切ることになる「陸奥の人」の喩。○だになくは　せめて（陸奥の男のことが）なければ、の意。○ねはあらはれめ　「根」「寝」の掛詞。「根が洗われる」「寝が顕れる」意の両義。前掲古今六帖・六・四一一三・人丸「風ふけば波こす磯のそなれ松ねにあらはれて泣きぬべらなり」に依る。○八十島の松　「八十島」は数多くの島の意（一条摂政御集（伊尹）・四五「人知れず思ふ心の深ければ言はでぞしのぶ八十島の松」）。片桐洋一『歌枕歌ことば辞典』では、「陸奥の場合は松島湾のそれとみるのがよさそう」とする。また、当歌の現代語訳として、「末の松山の松の梢を越す波がなければ（男が他に心を移すことがなければ）、「今こそは根にあらはれめ」つまり共寝をする関係になっていただろう。『根』と『寝』を掛ける」とする。主殿の詠として解したものであろう。〔他出〕参照。
59**○かくなむある**　別の男を通わせている事を指す。話し言葉の口調。**○ある人の御もと**　誰かは不明。身分ある女性寛子か。**○あだ波**　新たな男の喩。以下、古今集・東歌・一〇九三「君をおきてあだし心をわがもたば末の松山波も越えなむ」に依る。**○思ひもかけず末のまつをば**　「末の松」は、陸奥の男の喩。「松」に「待つ」を懸け、もはや陸奥の男を待とうと思わないと明言する。

**〔補説〕**　57針本は、「不在中に新しい男が通ってきた。逢瀬の朝、女は『なみこすいそのあらはれねかし』と詠む。」と捉える。語釈「波こす磯の」に掲げた古今歌、古今六帖歌をうまく重ね合わせ、男の弱腰を衝く。

58詞書「陸奥国へ往にける人をいと忍びて」に対応する歌内容で、新たな恋人は、陸奥の国にいる男への裏切りを「末を越す波」と捉え、そのことさえなければと公表を躊躇し引き気味である。夫木抄は、主殿の詠とする。

59早速に聞きつけた「ある人の御もと」から、事の成り行きへの興味津々のお尋ねがあったことが記される。女は「待とうなどとは思いもしない」と「古今歌とは全く逆の意味を提示」(針本)し、その問に答える。「現在の新しい恋に身を委ねている身にとっては陸奥国の男は過去の物」(同)なのであろう。

宮仕え中の主殿の動静の一駒を示すもので、内輪話が成り立つような主従の関係にあったことが知られる。36でも、同様な関心を見せていた。

**〔他出〕**　58夫木和歌抄・巻二十三・雑部五・一〇五二五「家集、みちのくへ下りける人をしのびて、主殿、末をこす浪だになくは今こそはねはあらはれめ八十島の松」

## （三二）

秋ころ物いひそめてとほく

いにけるおとこの九月はかりに
きくの花をふみの中にいれ
ていひはへりける」24ウ

60 ちよもとてむすひしことのはに
さへやはなうつろはす露はをくらん

返し

61 つゆむすひしもさへいまはをく
めれといろもかはらてまつそあやしき

**〔校異〕** 60〇おとこ→をとこ　〇をく→おく　61〇をく→おく

**〔整定本文〕** 秋ごろ物言《い》ひそめて遠《とほ》く往《い》にける男《をとこ》の、九月ばかりに菊《きく》の花を文《ふみ》の中に入《い》れて言《い》ひ侍《はべ》りける

60 千代《ちよ》もとて結《むす》びし言《こと》の葉《は》にさへや花移《はなうつ》ろはす露は置《お》くらむ

返し

61 露《つゆ》むすび霜《しも》さへ今《いま》は置《お》くめれど色《いろ》も変《か》はらでまつぞあやしき

**〔現代語訳〕** 秋の頃交際し始めて程なく遠国に下った男が、九月頃に菊の花を手紙の中に入れて、言いましたことには、

60 いつまでもと約束した言の葉にまでも、花を移ろわせる露は置いているのだろうね（心変わりをしているのだろうね）。

返しの歌、

61（お別れしてから時が経ち）葉の上に露が玉を結び、今は霜まで置くようですが、松と同様に色も変わらず、心変わりもせずあなたを待っているのは、どうしたことでしょう。

**〔語釈〕** 60 **〇遠く往にける男** 57「陸奥国へ往にける人」と同一人物であろう。**〇言ひ侍りける** 「侍り」が使われる。56参照。**〇結びし言の葉** この「結ぶ」は、契る、約束する意。露の縁語。契り交わした言葉（能宣集Ⅰ・二五六「結びこし言の葉をだにしるべにて露の身はなほ頼むばかりぞ」）。**〇花移ろはす露** 「露が花を色褪せさせる」という和歌的な発想による（古今集・物名・四四〇・友則「あきちかう野はなりにけり白露のおける草ばも色かはりゆく」、後撰集・秋下・三七〇「秋の野にいかなる露の置きつめば千々の草ばの色かはるらん」）。「うつろはす」は、人の心変わりを促す意を掛け、「花」は女、「露」は新たな男の喩となる。**〇置くらむ** 「らむ」は現在推量。今頃は置いているだろう、の意（古今集・恋二・五七四「夢ぢにも露や置くらむよもすがらかよへる袖のひちて乾かぬ」）。人事にも働き、今頃は心変わりしているだろうと、女の現在を推量する。

61 **〇露結び** 露が玉を結ぶ意。おのずと「花うつろはす露」という男の言葉を容認する意味合いが生じる。**〇霜さへ** （秋の露に加え冬の）霜までも（玄玉集・時節歌下・四三四・道因「しら露を秋のかたみとみるべきにあすは霜にや置きかはるらん」）。葉の色をさらに褪せさせるものとして霜を加える。色が変わらない榊が取り合わせられることが多い（貫之集Ⅰ・一九「十一月、神楽、おく霜に色もかはらぬ榊葉に香をやは人のとめて来つらむ」、永久百首・五七〇・仲実「霜おけど色もかはらぬ榊葉は君がちとせのかざしなりけり」）が、ここはむしろ「露霜」的なとらえ方か（貫之集Ⅰ・一七〇「かげとのみ頼むかひありて露霜に色がはりせぬかへのやしろか」）。**〇まつぞあやしき** 「待つ」に「松」を掛ける。変色の条件は十分過ぎるほどなのに、常緑の松のように、心変わりもせずに待っているのが不思議だとする。

**〔補説〕** （三二）主殿の恋愛模様を纏めた（二九）52からの歌は、この贈答歌で終了する。

60詞書は「秋ごろ」から「九月ばかり」への時の経過を意識して書かれている。高々三ヶ月に満たない間のことだが、男は女の思いを質さずにはいられない。都を離れている故に、女の「今」が分からず、現在推量の形で詠まざるを得ないのである。「女の本心を問い質そうとして　探りを入れる」（針本　同）のであろう。

61上句で、明確に新たな男の存在を仄めかしながら、自らの変わらない思いをも伝えようとする。矛盾する自己の言動を「あやしき」に込める。針本は「女はこの疑問に『心変わりをしないでいるなど不可避である』と返事をする」と解するが如何であろうか。

## （三三）

たゝし、この人かくてたはれた
のしふといへともこゝろのうちに
かすならぬにしもあらねとを
ひ《本》かねのいたゝきしろきたら
ちめのありけるにひかされて」25オ
いはのかけはしふみならし
おもひたつことかたかりけるを
やまとことのうらさひしきに
つれ〳〵とうらさひしきにいそ
のかみふるめかしき事

ことをあはれふ

62 ありはてぬわか身やちかくなりぬらん
あやしくもの、のなけかしきかな

63 かりのくるみふねのみふねの山にゐる」26ウ
くものつねにあらむ物と我おもはなくに

64 せりつみしむかしの人もわかことや
こゝろにもの、のかなはさりけん

65 いくよしもあらしわかみをなそも
かくあまのかるもにおもひみたる、

このうた四をは四すのはなに
よするなるべし

【校異】 62○をひ《本》かね（底・書）→かひかね（「を」は「か」の誤写と見て訂す） 63○みふねのみふねの山（底・書）→「みふねの山」に訂す。 65○四す→四しゅ（直音表記を拗音表記に訂す）

【整定本文】 ただし、この人かくてたはれ楽《たの》しぶと言《い》へども、心《こころ》のうちに、数《かず》ならぬにしもあらねど、甲斐がねの頂《いただ》き白《しろ》きたらちめのありけるに引《ひ》かされて、岩《いは》のかけ橋踏《はしふ》みならし思《おも》ひたつことかたかりけるを、やまと琴《ごと》のうら寂《さび》しきに、つれづれと石上《いそのかみ》ふるめかしきことをあはれぶ

62 ありはてぬ我《わ》が身や近《ちか》くなりぬらむあやしくものの嘆《なげ》かしきかな

63 雁《かり》の来《く》る三船《みふね》の山にゐる雲《くも》のつねにあらむ物と我が思《おも》はなくに

64 芹摘《せりつ》みし昔《むかし》の人も我《わ》がごとや心《こころ》にもののかなはざりけむ

65 いく世《よ》しもあらじ我《わ》が身《み》をなぞもかくあまの刈《か》る藻《も》に思《おも》ひ乱《みだ》るる

この歌《うた》四つをば、四種《しゅ》の花《はな》に寄《よ》するなるべし

**〔現代語訳〕** ただし、この人は、こうして戯れ楽しんで暮らしているといっても、内心では軽視しているわけではないけれど、甲斐の白根の峰のように頂が白い老いた母親がいることに引きずられて、（岩の架け橋を踏みならして）出家することも決断できずにいたのだが、（大和琴の音のように）心寂しくて、することもないままに、古めかしい歌の事に心を寄せているのだった、

62 何時までもこのままではいられない我が身が、終りに近づいたのだろうか、訳もなく嘆かわしい思いがすることだ。

63 雁が渡ってくる吉野の三船山にいつも懸かっている雲のように、いつまでも永らえてあるものとは、自分は思わないことだなあ。

64 芹を摘んだという昔の人も、私と同じように、思うに任せないことがあったのだろうか。

65 いつまでも生きながらえられるはずもない我が身なのに、どうしてこのように、まるであまの刈る藻の乱れのように思い乱れるのであろう。

この歌四首を、四種の花に擬えるのであろう。

**〔語釈〕** 62 **○この人** 第三者的呼称により客観的な纏めを図る。**○かくて** こうして。「かく」は、これ以前の在俗期の歌及びその生活万般を括る詞として働く（山本淳子「指示副詞「かく」使用歌による歌群表現―『古今集』『和泉式部続集』『四条宮主殿集』における―」国語国文・第七〇巻二号　平成一三年二月）。既出57。**○たはれ** 戯れる。ふざける。**○数ならぬにしもあらねど** 取るに足りない、価値のない事ではないけれど。出家のことを指す。**○甲斐がね**

甲斐が峰。「甲斐国の山をいふ」（和歌童蒙抄・三）。ここは白根山を意識したものか（「かひがねとは甲斐のしらね也」和歌色葉）。白髪への連想から、老齢に絡めて詠う（貫之集Ⅰ・一六一「延長二年ひだりのおとどの北のかたの御屏風のうた十二首、鶴、甲斐がねの山里みればあしたづの命をもたる人ぞすみける」、同・八二五「忠岑がもとに、甲斐がねの松に年ふる君ゆゑに我はなげきと成りぬべらなり」）。**○頂白き**　冠雪した山頂から、頭頂の白髪へと導く。「白根山」の名称からするイメージがあろう。**○岩のかけ橋踏みならし**　古今集・雑下・九五一「世にふれば憂さこそまされみ吉野の岩の懸け道踏みならしてむ」に依る。「かけ橋」は「かけ道」に同じ。険しい岩場に板橋を掛け渡して造った道、桟道（十巻本和名抄・「桟道　漢語抄云、夜末乃加介知」）。「踏みならし」は踏んで平らにする意。「険しい山に入り現世から出離する」意を踏まえて、自らの出家のことに繋ぐ。**○やまと琴**　和琴。六弦琴。雅楽・神楽に用いる。身近で派手さのない物とされる（源氏物語・常夏「いと奥深くはあらで……け近く今めかしきものの音なり」、同・若菜下「……にぎははしく、大和琴にもかかる手ありけりと聞き驚かる」）。また和歌では「懐かしき」音色としての扱い（古今六帖・五「こと」三三九〇「やまと琴人にありせばいかばかりこと懐かしきことち聞かまし」、同三三九一「たれぞこの声懐かしき山とごと寝覚めわびしき人の聞かくに」）。**○うら寂しきに**　心寂しい、何となくもの悲しい時に。**○つれづれと**　本集では唯一の語例。**○石上**　大和の歌枕。石上神社（布留の社）がある。枕詞として、布留と同音の「古る」に掛かる。**○古めかしきこと**　以下の古歌を指す。**○ありはてぬ……**　以下の三首が古歌を引くことからして、当歌も古歌の引用かと推測されるが、典拠不明。初句は、何時までも今の状態ではいられない、の意（伊勢集Ⅰ・一六八「ありはてぬ命待つまのほどばかり憂きことしげくおもはずもがな」、源氏物語・浮舟「世の中にえありはつまじきさまをほのめかして言はむなどおぼずに、まづ驚かされて先だつ涙を包みたまひて、物も言はれず。」など）。出家への意思を示す。**○我が身や近く**　自分が出家をする時に近づいたのか。

63 **○雁の来る三船の山……**　万葉集・巻三・二四二「弓削皇子遊二吉野一時御歌一首、滝の上の三船の山に居る雲の常にあらむと我がおもはなくに」の引用（家持集・一七〇初句「みよしのの」、四句「つねならむとも」）。「三船の山」は、大和の歌枕。奈良県吉野町宮滝の南に在る山。「雲の」までが序で「常にあらむ」に掛かる。63歌は万葉歌と初句が異なるが、古今集・雑下・九三五「雁のくる峰の朝霧はれずのみ思ひつきせぬ世中のうさ」の初句が「み」音に続くことから、転用したものか。三船山と雁の取り合わせ例に、恵慶集・二二〇「雁がねは御ふねの山やこえつらん舵かけたりとあまつ声する」がある。**○思はなくに**　「なく」は打ち消し「ず」のク語法。「に」は接続助詞。ないものを。ないのだなあ。

64**○芹摘みし……**　典拠不明。但し、『俊頼髄脳』以下の諸歌書に「古歌」として引かれる。「献芹」の本文（列子・楊朱）に依るとする説と、后が芹を食するのを見た庭掃除の男の遺言により「芹」を功徳を積む機縁にした（俊頼髄脳）とか、あるいは行基の化身・智光往生の話（奥義抄）に絡めるなどの説を並記する例が多い。枕草子・「一条の院をば今内裏とぞ……」の段（二二七）では不如意なことは何もないとして、「……『芹摘みし』などおぼゆる事こそなけれ」と、わが身に無縁のこととしてこの歌の初句を引用する。注目されるのは更級日記の例で、結婚直後の記事に「……いとよしなかりけるすずろ心にても、ことのほかにたがひぬる有様なりかし」と期待にそぐわなかった半生を振り返り、「幾ちたび水の田芹を摘みしかば思ひしことのつゆもかなはぬ」と詠んでいる。

65**○いく世しも……**　古今集・雑下・九三四「題しらず、いく世しもあらじわが身をなぞもかくあまの刈る藻に思ひみだるる」（古今六帖・一八五〇）の引用。「いく世しもあらじ」は、自分の寿命について、どれほども生きるわけでもあるまいとする。無常感に基づく言い回し（好忠集Ⅰ・四五七「いく世しもあらじと思ふ世の中のえしも心にかなはぬぞ憂き」）。「あまの刈る藻」は、絡まりあう海藻のイメージから「乱る」を導く。

**○この歌四つ……**　左注。**○四種の花**　「四華」を指す。「四華」は、諸経典に見られるが、法華経・序品「説是経已、即於大衆中。結跏趺坐、入於無量義処三昧。身心不動、是時天雨、曼陀羅華・摩訶曼陀羅華・曼珠沙華・摩訶曼珠沙華、而散仏上、及諸大衆、普仏世界、六種震動（この経を説き已りて、即ち大衆の中に於いて結跏趺坐し、無量義処三昧に入りて、身心動じたまわず。この時、天は曼陀羅華・摩訶曼陀羅華・曼珠沙華・摩訶曼珠沙華を雨して、仏の上および諸々の大衆に散じ、普く仏の世界は六種に震動す)」が、仏を賛嘆する部分として広く膾炙した。ただし、擬えられたとする歌四首は、仏徳賛嘆にはほど遠い悲観的な内容である。**○寄するなるべし** きっと寄せたのであろう。確信ある推定。

**〔補説〕** (三三) ここで前編を終わる。詞書「ただし」以下では、今まで展開してきた世界を全否定するかのように、「心の内」に抱いてきた出家への思いを吐露し、自らの寂寥感に適う古歌四首を掲げて、後編へと繋ぐ。

末尾の「四種の花に寄するなるべし」という第三者的な左注は、古歌四首の醸す厭世感・無常感を、強く仏徳礼讃に誘う役割を担う。

（三四）

①ある本もにいはくいさいのも
ろ〳〵のせけんにむまるゝ物は
みななしありいのちはかり」27オ
なしといへとかならすをはり
をはるさかりなるものはか
ならすおとろふあふものはかなら
すわかる②こふのいしすちな
をつきぬまつかへあきの~~せゆ~~
こらむや③みつなかるれと
つねにみたすひさかりなれと
ひさしくもえす日いてゝ
すなはちいりぬ月いてゝ
もてかけぬ④ひとのいのちとまら」28ウ
さることやまみつよりもす

きたりけふはありといへと
あくれは又たもちかたし、
この日すてにすきぬれは
いのちおとろへゆくこむ川
つのうみのことしこれな
にのたのしきことかあらむ
⑤ひのかけしきりにかたふ
きとしのひかりむなしく
うつれはいさうなかはすき
てのこりのいのちいくはく」29オ
なし⑥ふけうあひかたく
ひとしけふなり⑦いまさいはい
そかれうのりにあへりとき
をうしなはすしてつ
とむへし⑧われかうへのうゐに

ゆきをいたゝくこゝろふかく
あかにしめりいさうはつき
ぬといへとけ明はなをたえ
すむなしくいまのさうをすく
してきなるいつみのそこ
にいらむときかのた百ゆ千」30ウ
なむのえむみの中にをちて
天によはひちをたゝくと
いふともさらになにのやくか
あらむたからのやまにいりて
てをむなしくて返る《へか》事
なかれ⑨こさうのつかひのおには
たかきをもえらはす⑩かまへは
そらの中のくもの一時にさむ
するかことし⑪まさにしるへし

かのたかきまゆあをきまなこ」31オ
しろきはあかきくちひる
といへともさかりなるとし
ひさしくとまらすぅるわし
きいろやまひにけかされぬ
⑫いはんやかせの方なひとた
ひいたれは百ゟ《く》みにあつまり
たれかた《こ》れをまぬかれん⑬うみ
にもあらめ、やまにもあらめ
のかれんところなし⑭かたちは
つねのあるしなくたましひ
はつねのいへなし⑮かのつかのあ」32ウ
ひたにすてられてほねを
うつまれさるものはかせふき
ひさらしあめそゝきしも

すすつ⑯たゝめのまへのたのしひ
のさかりてかなしひのきたる
のみにもあらす又いのちをはり
てのちつみにしたかひて
くにをつる⑰ありとありしる
しみつらからすかくのことさとり
をはりてまさくにこのみをい
とふへし⑱ほんなうのはやき」33オ
をはしらすよをたゝよはす
はす⑲かくの事あくをつく
りくをうけてさうしいた
つらにすて給へはくるまのわの
はしめをはりなきかことく
三かい朩六たうにりんゑす
ることきはなし⑳かのつみに

をつるものは十方のつちの
ことしたうにうまる、ものは
つめのうゑのつちのことし
㉑いこうすくなをしかなり」34ウ
いかにいはんやむこうかいをや
㉒くかいをはなれて上とにわう
上せんことた、しいまのさうに
あり㉓このむ上におとろきて
つきなみのもろ〳〵つみをさ
むけす

①

〔校異〕○本も→本もん（「ん」を表記）○いさい→いっさい（促音を表記）○みなな（底・書）→みな（「な」衍字と見て訂す）

〔整定本文〕ある本文《もん》にいはく、

一切《いっさい》のもろもろの世間《せけん》にむまるる物は、みな死《し》あり、命量《いのちはか》り無《な》しと言《い》へど、必《かなら》ず終《をは》り尽《をは》る、盛《さか》りなるものは必《かなら》ず衰《おとろ》ふ、会《あ》ふ者《もの》は必《かなら》ず分《わ》かる、

〔現代語訳〕ある経文に次のように言っている、

一切の諸々の世間に生まれるものには、皆、死がある。生命は限りないと言うが、必ず終りがある。盛んなものは必ず衰える、会うものは必ず別れる。

〔語釈〕 **○ある本文** 補説に揚げた『往生要集』所引の「大経偈云」を受ける。「大経」は、涅槃経。ただし、以下、別の仏典からの引用については、特に断りがないことから、『往生要集』自体を指す可能性がある。**○命量り無し** 無量寿（梵語 amitayus の訳語）の読み下し。永遠の命。安楽浄土の如来である阿弥陀仏について言う。**○必ず終り尽る……** 世間に生まれる者について言う。

〔補説〕『往生要集』上・第五「人道」3無常 の一文による。③に続く部分。

……如大経偈云、一切諸世間、生者皆帰死、寿命雖無量、要必有終尽、夫盛必有衰、合会有別離、壮年不久停、盛色病所侵、命為死所呑、無有法常者（……大経の偈に云ふが如し。「一切の諸の世間に 生ける者は皆死に帰す。寿命、無量なりといへども、要必ず終尽することあり。それ盛んなれば必ず衰ふることあり。合ひ会へば別離あり。壮年も久しく停まらず、盛んなる色も病に侵さる。命は死の為に呑まれ、法として常なる者あることなし」と）［332下・39／14］

＊岩波思想大系『源信』所収「往生要集」の当該ページを［ ］で示す。上段が原文ページ・段、下段が現代語訳本文ページおよび行。（以下同じ）

②

〔校異〕 ○いしすち（底）・いしすち《らカ》（書）→いしすら ○なを―なほ ○まつかへ（底・書）→まつかえ ○のこらむや（［底］は、「めや」と続け書きした「め」の上に「む」を重ね書き。［書］は、「め」の上に「むや」と続け書き。「むや」に訂したものと見る）

〔整定本文〕
劫《こふ》の石《いし》すらなほ尽《つ》きぬ、松《まつ》が枝《え》秋残《あきのこ》らむや。

〔現代語訳〕 劫の石ですら、やはりいつかは摩滅し尽きてしまう。千歳の松もその枝が、秋に残るだろうか、残りはしない。

〔語釈〕 **○劫の石** 「劫」は仏語。極めて長い時間を表す単位。『雑阿含経』「天人が方四十里の大石を薄衣で百年に一度祓い、石が摩滅しても終わらない長い時間」（日本国語大辞典）。「一云有一大城東、西千里南北四千里。満中芥子百歳諸天來下。取一芥子盡劫猶未盡。一云有一大石方四十里。百歳諸天來下。取羅穀衣拂石盡劫猶未窮。此亦應是別劫也」（『法苑珠林』事彙部・外教部・目録部）「経云、方四十里の石を三年に一度梵天よりくだりて、三銖の衣にて撫に盡を為一劫。うすくかろき衣なり」（奥義抄・中釈）。「若宮社歌合」顕昭判詞にも、「是は、梵天以三朱衣、払尽四十里磐石、為一劫　といふ経説をよめるなり」とする解説がある。広く和歌にも取り込まれる経説（拾遺集・賀・二九九「君が世はあまのは衣まれにきてなづともつきぬいはほならなん」、同・元輔・三〇〇「動きなきいはほのはても君ぞ見むをとめの袖のなでつくすまで」など）。**○松が枝** 「松」は、常緑不変のイメージから「千歳の松」のように言われる。16参照（後撰集・冬・四七五「年ふれど色もかはらぬ松がえにかかれる雪を花とこそ見れ」、拾遺集・賀・二六四・能宣「ちはやぶる平野の松の枝しげみ千世もやちよも色はかはらじ」）。**○秋残らむや** 秋に残っているだろうか、枯れ落ちるではないか（「玄冬季月景猶寒　げんとうすゑのつきけいなほさむし　露往霜来被似単　つゆゆきしもきたりてふすまひとへににたり　松柏凋残枝惨冽　しようはくてうざんしてえださんれつ　竹叢変色欲枯弾　ちくそういろをへんじてかれつきなんとす」新撰万葉集・上冬・一六〇）。「や」は疑問・反語を表す。本文の「めや」の上に為された「むや」の上書きは、已然形接続か終止形接続かの揺れを示すもの。「残る」についた例に、夫木抄・雑十六・八条院高倉一六二六五「誓仏智恵水　永洗煩悩塵、のこらめや心のたまに水すまばよにつもれるちりふかくとも」があるが、これは、已然形接続の形を残す。

〔補説〕『往生要集』の文言に依らない部分で、①③が踏む要集の文言の間に割り込む形になっている。「劫の石」は仏語で、歌語ではないが本説として詠まれる素材ではある。

「千歳の松」を、その「枝」の凋落に着目して、無常に繋ぐ。漢詩に多い発想ではある。

③

〔校異〕　ナシ

〔整定本文〕

水流《みづなが》るれど常《つね》に満《み》たず、火盛《ひさか》りなれど久《ひさ》しく燃《も》えず、日出《い》でてすなはち入《い》りぬ、月出《い》でてもて欠《か》けぬ、

〔現代語訳〕　水は流れるけれども、いつも満ちることがない。火は盛んに燃えるけれど、何時までも燃え続けるのではない。日は出ても直ぐに沈んでしまう。月は出てそして欠けてしまう。

〔語釈〕　**○水流るれど……**　①「補説」に掲げた『往生要集』に続く部分の引用。「水流るれど常に満たず」の部分は、原文は「水流不常満」で、「岩波」読み下し文は「水流るれば、火盛んなれば」と順接にとっているが、以下との繋がりからしても、当該本文のように逆接に採る方が自然であろう。「水は絶えず流れて来るにもかかわらず……火は盛んに燃えるにもかかわらず……」の意と取る。

〔補説〕　『往生要集』上・第五「人道」3無常、①に続く部分。

又罪業応報経偈云、水流（底―渚）不常満、火盛不久燃、日出須臾没、月満已復欠、尊栄高貴者、无常速過是、当念勤精進、頂礼無上尊〈已上〉。（また、罪業応報経の偈に云く、水流るれば常に満たず、火盛んなれば久しくは燃えず。日出づれば須臾にして没し、月満ち已ればまた欠く）［332下・40／1］　法門百首参照。

④

〔校異〕　○こむ・つ（底）「川」の書損じ一文字、こむ 如本 つ（書）→こみつ（「む」は「み」の誤写と見て訂す）　○うみ（底・書）→うを（誤写と見て訂す）

〔整定本文〕

人《ひと》の命《いのち》停《と》まらざること、山水《やまみづ》よりも過《す》ぎたり、今日《けふ》はありといへど、明《あ》くれば又保《たも》ちがたし、この日既《すで》に過《す》ぎぬれば、命《いのち》衰《おとろ》へゆく。小水《こみづ》の魚《うを》のごとし、これ何《なに》の楽《たの》しきことかあらむ、

〔現代語訳〕　人の命が流れて留まらないことは、山川の水以上である。今日生きていたと言っても、明日の命は保証の限りではない。この日が既に過ぎてしまうと、余命は少なくなっていく。小さな水たまりの中にいる魚のようなものだ。これがどうして楽しいことがあろうか。

〔語釈〕　**〇人の命……保ちがたし**　終末へ向かって流れる寿命の儚さを言う。『往生要集』に「涅槃経云」として引用される。**〇小水の魚**　死期の近いことの喩え。『往生要集』に「出曜経云」として引用される。〔補説〕参照。説話・平家物語などに成句「小水の魚」として使用例が見られる。

〔補説〕『往生要集』上・第五「人道」3無常、①③の前、「無常」の冒頭部分。

三無常者、涅槃経云、人命不停、過於山水、今日雖存、明亦難保、云何縦心、令住悪法、出曜経云、此日已過、命即減少、如小水魚、斯有何楽。（三に無常とは、涅槃経に云く、人の命の停まらざること、山の水よりも過ぎたり、今日存すといへども、明くればまた保ち難し。いかんぞ心を縦にして、悪法に住せしめん、と。出曜経に云く、この日已に過ぎぬれば、命即ち減少す。小水の魚の如し、これ何の楽かあらんと）［332下・39／3］

⑤

〔校異〕　〇いさう→いっしゃう（直音表記を、促音・拗音表記に訂す）

〔整定本文〕
日《ひ》の影《かげ》しきりに傾《かたぶ》き、寿《とし》の光《ひかり》虚《むな》しくうつれば、
一生半《いっしゃうなか》ば過《す》ぎて、残《のこ》りの命《いのち》幾許《いくばく》なし、

〔現代語訳〕　陽の光が絶え間なく傾いていき、寿命も虚しく移ろうと、一生も半ばを過ぎて、残りの命も幾らもない。

〔語釈〕　**〇一生半ば過ぎて**　主殿の実年齢を言うか。

〔補説〕『往生要集』には検索されない部分。自らの状況に引きつけての感懐か。無量寿（仏）の観念（「観経云、無

量寿仏、身量無辺」［358上］、「無量寿極楽世界」［383上］など）に対比しつつ、現世の無常を言う。

⑥

〔校異〕○ふけう→ふっきゃう（直音表記を、促音・拗音表記に訂した）

〔整定本文〕

仏教遇《ぶっきゃうあ》ひがたく、ひとしけふなり、

〔現代語訳〕仏の教えに遇うことは難しく、（以下不明）

〔語釈〕**○仏教遇ひがたく** 仏教との出合いの稀少性を言う。〔補説〕参照。**○ひとしけふなり** 不明。要集によるとすれば、「得人身甚難」、「生人趣者、如爪上土」、「此人亦復難」に相当する部分を指すと見て、「人趣《しゅ》希有《う》」とするか。神谷は「人死今日なり」と読む。

〔補説〕『往生要集』上・第七「惣結厭相」。

我等未曾修道故、徒歴無辺劫、今若不勤修、未来亦可然、如是無量生死之中、得人身甚難、縦得人身、具諸根亦難、縦具諸根、遇仏教亦難、縦遇仏教、生信心亦難、故大経云、生人趣者、如爪上土、堕三途者、如十方土、法華経偈云、無量無数劫、聞是法亦難、能聴是法者、此人亦復難、而今適具此等縁、当知、応離苦海往生浄土、只在今生、（我等、いまだ曾て道を修せざりしが故に、徒に無辺劫を歴たり。今もし勤修せずは未来もまた然るべし。かくの如く無量生死の中に、人身を得ること甚だ難し。たとひ人身を得とも、諸根を具することまた難し。たとひ諸根を具すとも、仏教に遇ふことまた難し。たとひ仏教に遇ふとも、信心を生ずることまた難し。故に大経に云く、人趣に生るる者は爪の上の土の如し。三途に堕つる者は十方の土の如しと。法華経の偈に云く、無量無数劫にも　この法を聞くことまた難し　能くこの法を聴く者あらば　この人も亦また難しと。しかるに今、たまたまこれ等の縁を具せり。当に知るべし、苦海を離れて浄土に往生すべきは、ただ今生のみにあることを）。［333下・44／6］

⑦

〔校異〕○さいはい（底・書）↓さいはひ　○れう（底・書）↓りう（「れ」は「り」の誤写と見て訂す）

〔整定本文〕

今幸《いまさいは》ひ、そが流《りう》、法《のり》にあへり、時《とき》を失《うしな》はずして勤《つと》むべし、

〔現代語訳〕今幸いにも、往生の手懸かりである仏法に巡り会った。時を逃さず勤行するべきだ。

〔語釈〕**○流**　流れ。（少善にして）往生できる者の列。

〔補説〕『往生要集』下・大文第十「問答料簡」第三。＊連続する⑥⑧の間に割り込む形

此諸仏土中、今娑婆世界、有修少善当往生者、我等幸遇釈尊遺法、億劫時、一預少善往生流、応務勤修、莫失時焉（此の諸の仏土の中に、今娑婆世界に少善を修して、当に往生すべき者あり。我等幸に釈尊の遺法に遇ひたてまつり、億劫の時に、一たび少善往生の流に預れり。応に務めて勤修すべし。時を失うことなかれ）［394下・279／6］

⑧

〔校異〕○うゑ↓うへ　○いさう↓いっしゃう　○け明↓け望（「明」は「望」の誤写とみて訂す）　○さう↓しゃう　○をちて↓おちて　○へか事↓返る事（「へか」は「返る」の誤写と見て訂す）　○ゆ千なむ↓ゆせん那（「なむ」は「那」の和訓とみて「那」に訂す）　○えむみ↓えむび（「み」は「美」としての表記と見る）

〔整定本文〕

我《わ》れ頭《かうべ》の上《うへ》に雪《ゆき》を戴《いただ》く、心《こころ》深《ふか》く垢《あか》に染《し》めり、
一生《いっしゃう》は尽《つ》きぬといへど、け望はなほ絶《た》えず、
むなしく今《いま》の生《しゃう》をすぐして、黄《き》なる泉《いづみ》の底《そこ》に入《い》らむ時《とき》、
かの多《た》百踰繕那《ゆぜんな》の炎火《えむび》の中に堕《お》ちて、天に呼《よ》ばひ
地《ち》を叩《たた》くといふとも、さらに何《なに》の益《やく》かあらむ、
宝《たから》の山《やま》に入《い》りて、手《て》を虚《むな》しくて帰る事なかれ、

〔現代語訳〕我（等）は頭髪も白くなり、心は深く俗塵にまみれている。一生は尽きてしまうといっても、欲望はなお絶えることがない。空しく今の生を過ごして、死して黄泉の底に入ろうとする時、あの数由旬に及ぶ猛火の中に堕ちて、天に助けを呼び求め、地を叩いても、何の効果があろうか。仏縁を得ながら、帰依しきれずに俗世に戻ってはいけない。

〔語釈〕**○け望** 『往生要集』「希望」に相当。欲望に基づく願望。否定されるべきもの（長享本方丈記「一生は尽くるといへども、希望は尽きず」）。**○黄なる泉** 黄泉。死者の行く他界。冥途。地獄のイメージとも結合して使われる。**○踰繕那** 距離を表す単位、由旬に同じ。約一四・四キロ。**○炎火** 『往生要集』では、「洞然猛火」とする。「然は燃。広く、または疾風の如く、全てを焼き尽くすこと」（岩波頭注）。**○宝の山…帰る** 仏縁を逃す。一般に好機を逃す意で、諸書に引用される（今昔物語・二八巻卅八「守、『僻事ナ不云ソ、汝等ヨ。宝ノ山ニ入テ、手ヲ空クシテ返タラム心地ゾスル。「受領ハ倒ル所ニ土ヲ爴メ」トコソ云ヘ』ト云ヘバ……」）。

〔補説〕『往生要集』上・第七「厭相惣結」、⑥に続く部分。

而我等頭戴霜雪、心染俗塵、一生雖尽、希望不尽、遂辞白日下、独入黄泉底之時、堕多百踰繕那洞然猛火中、雖呼天扣地、更有何益乎、願諸行者、疾生厭離心、速随出要路、莫入宝山空手而帰（しかるに我等、頭には霜雪を戴き、心俗塵に染みて、一生は尽くといへども希望は尽きず。遂に白日の下を辞して、独り黄泉の底に入らんとする時、多百踰繕那の洞然たる猛火の中に堕ちて、天に呼ばはり地を扣くといへども、更に何の益かあらんや。願はくはもろもろの行者、疾く厭離の心を生じて、速かに出要の路に随へ。宝の山に入りて手を空しくして帰ることなかれ）［333下・44／14］

⑨

〔校異〕○こさう（底・書）→むせう（「こさ」を「むせ」の誤写と見て、「むしやう」と拗音表記する）

〔整定本文〕

無常《むじやう》の使《つか》ひの鬼《おに》は高《たか》きをも選《えら》ばず、

〔現代語訳〕無常の使いの鬼は、豪傑・賢人とて容赦しない。

〔語釈〕**○無常の使ひの鬼**　『往生要集』に、摩訶止観によるとして載せる。（補説）参照。「鬼」は「殺鬼」。仏語。死に至らしめるもの、無常の喩。絶対に逃れがたいものとして説かれる。**○高き**　『往生要集』の「豪賢」に相当。豪傑と賢人。「をも」で他はもちろん、の意を含む。

〔補説〕『往生要集』上・大文第一・第五「人道」3無常の段による。

当知、諸余苦患、或有免者、無常一事、終無避処、須如説修行欣求常楽果、如止観云、無常殺（底―煞）鬼、不択豪賢、危脆不堅、難可恃怙、云何安然、規望百歳、四方馳求、貯積聚斂、聚斂未足、溘然長往、所有産貨、徒為他有、冥々独逝、誰訪是非（当に知るべし、もろもろの余の苦患は、或は免るる者あらんも、無常の一事は、終に避くる処なきを。すべからく、説の如く修行して常楽の果を欣求すべし。止観に云ふが如し。無常の殺鬼は豪賢を択ばず。危脆にして堅からず、恃怙すべきこと難し。いかんぞ安然として百歳を規望し、四方に馳求して、貯へ積み聚め斂らん。聚め斂ることいまだ足らざるに、溘然として長く往かば、所有の産貨は徒らに他の有となり、冥々として独り逝く。誰か是非を訪ねん）［332下・40／10］

⑩

〔校異〕○かまへは（底・書）→たとへは（「かま」を「たと」の誤写と見て訂す）

〔整定本文〕

たとへば空《そら》の中の雲《くも》の一時に散《さむ》ずるがごとし、

〔現代語訳〕例えば、空中の雲が、瞬く間に消え去ってしまうようなものだ。

〔語釈〕**○たとへば**　⑨「高きをも選ばず」の譬喩として「空中の雲……」を示す文脈だが、展開が急で必ずしも分明ではない。⑨「高き」から⑩（補説）往生要集中の「王位高顕」を媒介にこの比喩を得たのであろうが、「無常既に至れば誰か存つことを得んものぞ」の一文を補って文意が明確となる。

**〔補説〕** 無常の前には、（高位高官と言えども）すべてが散ずる雲のごとくであることをいう。
『往生要集』上・大文第一・第七「厭相惣結」。
若存略者、如馬鳴菩薩頼吒和羅伎声唱云、有為諸法、如幻如化、三界獄縛、無一可楽、王位高顕、勢力自在、無常既至、誰得存者、如空中雲、須臾散滅（もし略を存たば馬鳴菩薩の、頼吒和羅の伎声に唱へて云ふが如し。有為の諸法は、幻の如し、三界の獄縛は、一として楽ふべきものなし。王位は高顕にして勢力自在なるも、無常既に至れば、誰か存つことを得ん者ぞ。空中の雲の須臾にして散滅するが如し）［334下・47／9］

⑪

**〔校異〕** ナシ

**〔整定本文〕**

まさに知《し》るべし、かの高《たか》き眉《まゆ》、青《あを》き眼《まなこ》、白《しろ》き歯《は》、赤《あか》き唇《くちびる》といへども、
さかりなる歳久《としひさ》しく止《と》まらず、うるはしき色病《いろやま》ひに穢《けが》されぬ、

**〔現代語訳〕** まさに知らなければならない。あの秀でた眉、蒼い目、白い歯、赤い唇といっても、壮年の時は長くは続かず、麗色も病には穢されてしまうのだ。

**〔語釈〕** **○高き眉……赤き唇** 壮年の若々しさの対句的表現。〔補説〕（1）参照。**○さかりなる……穢されぬ** 「夫盛必有衰」の説明部分に当たる。

**〔補説〕**（1） 前段は、『往生要集』上・大文第一・第五「人道」の三相のうち、「不浄」を説く段による。
若証此相、雖復高眉翠眼皓歯丹唇、如一聚屎粉覆其上、亦如爛屍仮著繒彩（もしこの相を証らば、また高き眉、翠き眼、皓き歯、丹き唇といへども、一聚の屎に、粉もてその上を覆へるが如く、また爛れたる屍に、仮りに繒彩を著せたるが如し。なほ眼に見るをえず、いはんや身をもて近づくべけんや）［332上・38／1］
（2） 後段は、『往生要集』上・大文第一・第五「人道」の三相のうち、「無常」を説く段による。

設雖有長寿業、終不免無常、設雖感富貴報、必有衰患期、如大経偈云、一切諸世間、生者皆帰死、寿命雖無量、要必有終尽、夫盛必有衰、合会有別離、壮年不久停、盛色病所侵、命為死所呑、無有法常者（たとひ長寿の業ありといへども、終に無常を免れず。たとひ富貴の報を感ずといへども、必ず衰患の期あり、大経の偈に云ふが如し、一切の諸の世間に、生ける者は皆死に帰す、寿命、無量なりといへども、要必ず終尽することあり、それ盛なれば必ず衰ふることあり、合ひ会へば別離あり、壮年も久く停まらず、盛んなる色も病に侵さる、命は死の為に呑まれ、法として常なる者あることなし、と）［332下・39／15］

（3）往生要集の不浄を説く段から無常を説く段へと繋ぐ。大意は通じるが、途中の数行を省略しているため、前段の述語が曖昧になるなど、若干の不整合が生じている。

⑫

〔校異〕○方な→かたな　○百く（「く」を消し、傍に「く」と記す）

〔整定本文〕

いはむや風《かぜ》の刀《かたな》ひとたび至《いた》れば、百苦身《くみ》に集《あつ》まり、誰《たれ》かこれを免《まぬか》れむ、

〔現代語訳〕ましてや、臨終の風気が起こると、あらゆる苦痛が身に集まり、誰がこれを逃れ得ようか。

〔語釈〕**○風の刀……百苦身に集まり**〔補説〕（1）参照。**○風の刀**　岩波頭注に「死の瞬間に起こる一種の風気。身体の支節をばらばらにするところから、刀に喩える」とする。〔補説〕（2）に揚げた一節が、その結果を詳しく説明する。『往生要集』中・巻末「十、正臨終時」の問答中にも、「風刀解時、寒急失声、寧得好火……（風刀の解くる時、寒さ急しくして声を失し、寧ろ好き火を得て……）」、「此人罪報、臨命終時、風刀解身、偃坐不定、如被杖楚（この人の罪報は、命終の時に臨みて、風刀身解くに、偃坐定まらず、杖楚を被るが如し）［378下・215／8］などの形で散見。同・下巻第五「明臨終念相」条には、「由此安楽集云、一切衆生、臨終之時、刀風解形、死苦来逼、生大怖畏、乃至、便得往生（これに由りて、安楽集に云く、一切衆生は、臨終の時、刀風形を解き、死苦来り逼るに、大なる怖畏を生じ、

乃至、便ち往生を得」と）」［397下・291／7］と記す。「百苦」「死苦」で臨終時の恐怖を表す。**〇誰かこれを免れむ**

〔補説〕2参照。要集は「もし前々から念仏の習慣がなかったら、念じようとすることをどうして口にすることができようか」と臨終行儀として述べていくが、主殿集本文は、逃れようのない恐怖に引きつけた形を取る。

**〔補説〕**（1）『往生要集』中・大文第六・第二「臨終行儀」。

若刀風一至、百苦湊身、若習先不在、懐念何可弁、各宜同志三五、預結言要、臨命終時迭相開暁、為称弥陀名号願生極楽、声々相次使成十念（もし刀風、一たび至らば、百苦身に湊まる。もし習の先よりあらずは、念ぜんと懐ふこと、なんぞ弁ずべけん。おのおの宜しく同志三、五と、預め言要を結び、命終の時に臨みて、迭に相開き暁して、為に弥陀の名号を称へ、極楽に生れんと願ひ、声々相次いで、十念を成ぜしむべし）［376下・208／7］

（2）『往生要集』上・大文第一・「厭離穢土」・一地獄。

復有別所、名闇火風、謂彼罪人、悪風所吹、在虚空中、無所依処、如輪疾転、身不可見、如是転已、異刀風生、砕身如沙、分散十方、散已復生、生已復散、恒常如是、若人作如是見、一切諸法、有常無常、無常者身、常者四大、彼邪見人、受如是苦、余如経説〈正法念経〉（また別所あり。闇火風と名づく。謂く、彼の罪人、悪風に吹かれ、虚空の中にありて、所依の処なし。輪の如く疾く転じて、身見るべからず、かくの如く転じ已るに、異なる刀風生じて、身を砕くこと沙の如く、十方に分散す、散じ已れば復生じ、生じ已れば復散ず、恒常にかくの如し、もし人、かくの如きの見を作さん、「一切の諸法には、常と無常とあり。無常のものは身なり、常のものは四大なり」と。彼の邪見の人、かくの如き苦を受く。余は経に説くが如し〈正法念経〉）［327上・21／8］

⑬

**〔校異〕**　ナシ

**〔整定本文〕**

海《うみ》にもあらめ、山《やま》にもあらめ、逃《のが》れむ所《ところ》なし、

〔現代語訳〕 海にであれ、山にであれ、どこにも逃れる所はない。

〔語釈〕 **○海にも……山にも** 〔補説〕参照。〔補説〕に掲げた「空に騰り、海に入り、巌に隠れし三人の因縁は、経に広く説くが如し」の部分について、岩波頭注は、「法句譬喩経によると、五通を得ていた四人兄弟のバラモンがいて、ともに七日後に死の迫ったのを知り、これを免れるために、一人は海中に、一人は須弥山に、もう一人は虚空に、最後の一人は雑踏の中に隠れることにしたが免れ得なかったことを、釈尊が聞いて、生老病死の逃れ得ぬことを説き読んだ詩」と記す。**○逃れむ所なし** 死が免れがたいことを言う。

〔補説〕『往生要集』上・大文第一・第五「人道」の三相のうち、「無常」を説く段による。

非唯諸凡下有此怖畏、登仙得通者、亦復如是、如法句譬喩経偈云、非空非海中、非入山石間、無有地方処、脱止不受死〈騰空入海隠巌三人因縁、如経広説〉（ただ諸の凡下のみこの怖畏あるにあらず。仙に登り通を得たる者も、亦またかくの如し。法句譬喩経の偈に云ふが如し。空にもあらず海の中にもあらず、山石の間に入るにもあらず、地の方処として脱れ止まりて死を受けざるものあることなし、と〈空に騰り、海に入り、巌に隠れし三人の因縁は、経に広く説くが如し〉）［332下・40／7］

⑭

〔校異〕 ナシ

〔整定本文〕

形《かたち》は常《つね》の主《あるじ》なく、魂《たましひ》は常《つね》の家《いへ》なし、

〔現代語訳〕 形には常の主が無く、魂には落ち着くべき常の家がない。

〔語釈〕 **○形は……常の家なし** 〔補説〕参照。『仁王経疏』が「用彼無常。以顕無我。形無常主。明形無常。神無常家。明神無常」と言い換えるように、「明形無常」「明神（魂）無常」を言う。形は、体を為すもの、魂（神）は、精神・心を言う。

〔補説〕『佛説仁王般若波羅蜜經』など諸経に見られるが、『往生要集』には検索されない。『六度経集』では、当該句の次に「形神尚離」ではなく、「三界皆幻」が来る。

⑮

〔校異〕○すすつ（底・書、書傍書「きえつカ」）→すゐつ（「す」は「ゐ」の誤写と見て訂す）

〔整定本文〕

かの塚《つか》の間《あひだ》に捨《す》てられて、
骨《ほね》を埋《うづ》まれざるものは、
風《かぜ》吹《ふ》き、陽《ひ》晒《さら》し、雨《あめ》そそぎ、霜《しも》据ゑつ、

〔現代語訳〕あの墓の間に捨てられて、骨を埋められなかった者は、風が吹き晒し、陽に曝されて、雨が降り注ぎ、霜が置いてしまう。

〔語釈〕**○霜据ゑつ**　底本「霜すすつ」では意味不明、書陵部本傍書「きえつカ」とするが、「消えつ」では、これも要集「封」とは逆になり対応しない。「据ゑつ」と読み、「封」に即し、霜が置いたままになる意と解した。

〔補説〕『往生要集』上・大文第一・第五「人道」の三相のうち、「不浄」を説く段による。

況復命終之後、捐捨塚間、経一二日乃至七日、其身膖脹、色変青瘀、臭爛皮穿、膿血流出、鵰鷲鵄梟、野干狗等、種々禽獣、摣掣食噉、禽獣食已、不浄潰爛、有無量種虫蛆、雑出臭処、可悪過於死狗、乃至成白骨已、支節分散、手足髑髏、各在異処、風吹日曝、雨潅霜封、積有歳年、色相変異、遂腐朽砕末、与塵土相和〈已上、究竟不浄、見大般若止観等〉（況やまた命終の後は、塚の間に捐捨すれば、一二日乃至七日を経るに、其の身膖れ脹れ、色青瘀に変じ、臭く爛れ皮は穿けて、膿血流れ出づ。鵰・鷲・鵄・梟、野干・狗等、種々の禽獣、摣み掣いて食ひ噉む、禽獣食ひ已りて、不浄潰れ爛るれば、無量種の虫蛆有りて、臭き処に雑はり出づ。悪むべきこと死せる狗よりも過ぎたり。乃至、白骨と成り已れば、支節分散し、手足・髑髏、おのおの異る処にあり。風吹き日曝し、雨潅ぎ霜封み、積むこと歳年あれば、色相変異し、遂に腐れ朽ち、砕

末となりて塵土と相和す〈已上は、究竟の不浄なり、大般若・止観等に見ゆ〉［332上・37／6］

⑯

〔校異〕 ○をつる↓おつる

〔整定本文〕

ただ目《め》の前《まへ》の楽《たのし》びの離《さか》りて、悲《かな》しびの来《き》たるのみにもあらず、
又命終《いのちをは》りてのち罪《つみ》にしたがひて苦《く》に落《お》つる、

〔現代語訳〕〈死は〉ただ単に、眼前の楽しみが遠離って、悲しみがやって来たというだけのことではない。
再度、命が終わった後に、生前の罪に従って苦界に落ちるのである。

〔語釈〕 ○罪 24・48参照。 ○苦 ここでの「苦」は、「人道の三相」として揚げられる「不浄・苦・無常」に言う現世での「初めて生まれし時より常に受ける」苦悩〈内苦・外苦〉の意味ではない。死後のそれである。〈補説〉参照。

〔補説〕 この部分は、⑮からの繋がりが緊密ではなく、本文自体も、「又」を「苦に落つる」の修飾句と見ないと前後の続きが不自然になる。「又」以降は、次による。

『往生要集』上・大文第一・第七「惣結厭相」。

臨終罪相始倶現、後入地獄嬰諸苦〈臨終に罪相始めて倶に現れ、後に地獄に入りて諸の苦を嬰《いだ》かん〉［334上・45／16］

⑰

〔校異〕 ○ありとあり↓ありとある〈「り」を「る」の誤写とみて訂す〉 ○しるしみ↓くるしみ〈「し」を「く」の誤写とみて訂す〉

〔整定本文〕

ありとある苦《くる》しみ辛《つら》からず、

かくのごと悟《さと》りをはりて、まさしにこの身《み》を厭《いと》ふべし、

〔現代語訳〕あらゆる苦しみは辛くはない。このように悟り終わって、心底から自分の身を厭いなさい。

〔語釈〕○身を厭ふ　「身」が不浄であることは、『往生要集』上・大文第一・第五「人道」の三相の内の、「不浄」が描き尽くして余すところがない。⑮参照。

〔補説〕『往生要集』上・大文第一・第五「人道」の最後に、正確に合致する訳ではないが、次の条がある。

人道如此、実可厭離（人道かくの如し。実に厭離すべし）［332下・41／6］

⑱

〔校異〕○をは（底・書）→かは（誤写と見て訂す）。○しらすよ（底・書）→「しゅさう」の誤写か（誤写と見て訂し、「しゅじゃう」と拗音表記する）○たゝよはすはす（底・書—「はす」は見セケチ）

〔整定本文〕

煩悩《ぼんなう》の駃《はや》き河《かは》、衆生《しゅじゃう》を漂《ただよ》はす、

〔現代語訳〕煩悩という早い川は、衆生をそこに浮かべ漂わせるのである。

〔語釈〕○煩悩　この語の歌集初出は、万葉集・巻五雑歌、大伴旅人「大宰帥大伴卿報二凶問一歌一首」（「神亀五年六月二十三日」）の左注末尾の漢詩（新歌番号七九七「愛河波浪已先滅、苦海煩悩亦無レ結、従来厭二離此穢土一、本願託二生彼浄刹一」（愛河の波浪は已先に滅び、苦海の煩悩も亦結ぶ無し、従来此の穢土を厭離す、本願は生を彼の浄刹に託せむ）である。和歌では発心和歌集の経文題「煩悩無辺誓願断」に見え、「数ふべき方もなけれど身に近きまづは五つの障りなりける」の歌が載る。勅撰集では千載集・釈経歌の部に「煩悩即菩提のこころをよめる」として載る歌が初出。○駃き河　「駃」は速い意。次々に生起する「煩悩」の比喩表現。以下の「（衆生を）漂はす」との縁で「河」としたもの。○衆生　仏語。一切の命あるもの。あらゆる人間。仮に、「しらすよ」を、「衆生」（しゅじゃう）と読んで解した。

〔補説〕底本本文は「煩悩のはやきをば知らず、世を漂はす」と読んでいる可能性があるが、意味が通らない。

『往生要集』上・大文第一「厭離穢土」第七「惣結厭相」による。
煩悩駃河漂衆生、為深怖畏熾然苦、欲滅如是諸塵労、応修真実解脱諦、離諸世間仮名法、則得清浄不動処（煩悩の駃河《けつが》衆生を漂はし、深き怖畏、熾然の苦となる。かくの如き諸の塵労を滅せんと欲はば、応に真実解脱の諦を修すべし。諸の世間の仮名の法を離るれば、則ち清浄不動の処を得るなり、と）［334下・47／6］

⑲

〔校異〕 ○かくの事↓かくのこと ○さうし↓しやうし（直音表記から拗音表記に訂した） ○ホ六たう（底・書―書き損じ）

〔整定本文〕

かくのごと悪《あく》をつくり、苦《く》を受《う》けて、生死《しやうじ》いたづらに捨《す》て給《たま》へば、
車《くるま》の輪《わ》の始《はじ》め終《をは》りなきがごとく、三界《がい》六道《だう》に輪廻《りんゑ》すること、際《きは》なし、

〔現代語訳〕 このように悪を作り苦を受けて、生死をただ無駄にお捨てになれば、車輪に始め終わりがないように、三界六道で輪廻して、際限がないのである。

〔語釈〕 **○かくのごと** 後掲〔補説〕（1）の『往生要集』の文言「如是展転、作悪受苦、徒生徒死、輪転無際（かくの如く展転して、悪を作り苦を受け、徒に生れ徒に死して、輪転して際なし）」をそのまま引用したもの。ただし、「かく」が受ける意味内容は、⑱まで縷々述べ来たったことになり、厳密に言えば要集文言とは異なる。**○捨て給へば** 底本「給」とするが、ここのみに尊敬語が使われるのは不審。誤写の可能性があるか。あるいは、経文の引用が、書記資料によるのではなく口説の記憶の痕跡を留めたものか。**○車の輪の始め終りなきがごとく** これも後掲〔補説〕（2）の『往生要集』「（如云心地観経偈）有情輪廻生六道、猶如車輪無始終（心地観経の偈に云ふが如し。……有情、輪廻して六道に生るること、猶し車輪の如く始終なし）」による。**○三界六道** 三界は、欲界・色界・無色界の総称。三有。六道は、地獄・餓鬼・畜生・修羅・人間・天上の各道・各世界。凡夫は、生死を繰り返しながらこの三世界を

輪廻するとする仏教での考え。**〇輪廻** りんゑ。りんね。転生。生命を無限に転生を繰り返すものと捉え、終始のない輪転に喩えて言う。

**〔補説〕** 次に掲げた二つの経文が、混じり合う形で引かれる。

（1）「かくのごと……」以下の行は、『往生要集』上・大文第一「厭離穢土」第七「惣結厭相」からの引用。

第七、惣結厭相者、謂一篋偏苦、非可耽荒、四山合来、無所避遁、而諸衆生、以貪愛自蔽（底―弊）、深著於五欲、非常謂常、非楽謂楽、彼如洗癰置睫、猶盍厭、況復刀山火湯漸将至、誰有智者、宝玩此身乎、故正法念経偈云、智者常懐憂、如似獄中囚、愚人常歓楽、猶如光音天、宝積経偈云、種々悪業求財物、養育妻子謂歓娯、臨命終時苦逼身、妻子無能相救者、於彼三途怖畏中、不見妻子及親識、車馬財宝属他人、受苦誰能共分者、父母兄弟及妻子、朋友僮僕并珍財、死去無一来相親、唯有黒業常随逐（底―遂）〈乃至〉閻羅常告彼罪人、無有少罪我能加、汝自作罪今自来、業報自招無代者、父母妻子無能救、唯当勤修出離因、是故応捨枷鎖業、善知遠離求安楽、又大集経偈云、妻子珍宝及王位、臨命終時不随者、唯戒及施不放逸、今世後世為伴侶、如是展転、作悪受苦、徒生徒死、輪転無際

（第七に、惣じて厭相を結ぶとは、謂く、一篋は偏に苦なり。耽荒すべきにあらず。四の山合せ来りて避け遁るる所なし。しかるにもろもろの衆生は貪愛を以て自ら蔽ひ、深く五欲に著す。常にあらざるを常と謂ひ、楽にあらざるを楽と謂ふ。かの癰を洗ひ、睫を置くものの如し。なほなんぞ厭はざらん。いはんやまた刀山・火湯、漸くまさに至らんとす。誰か智あらん者、この身を宝玩せんや。故に正法念経の偈に云く、「智者の常に憂を懐くこと、獄中に囚はるるに如似たり　愚人の常に歓楽すること　猶し光音天の如し」と。宝積経の偈に云く、「種々の悪業もて財物を求め、妻子を養育して歓娯すと謂へども　命終の時に臨んで、苦、身に逼り妻子も能く相救ふ者なし、かの三途の怖畏の中に於ては、妻子及び親識を見ず、車馬・財宝も他の人に属し、苦を受くるに誰か能く共に分つ者あらん、父母・兄弟及び妻子も　朋友・僮僕并に珍財も、死し去らんには一として来り相親しむものなし、ただ黒業のみありて常に随逐す（乃至）閻羅常にかの罪人に告ぐ、少かの罪も我能く加ふることあることなし、汝自ら罪を作りていま自ら来る、業報自ら招いて代る者なし、父母・妻子も能く救ふものなし、ただ当に出離の因を勤修すべし、この故に

応に枷鎖の業を捨て、善く遠離を知りて安楽を求むべし、と。また大集経の偈に云く、「妻子も珍宝も及び王位も、命終の時に臨んでは随ふ者なし、ただ戒と及び施と不放逸とは、今世と後世の伴侶となる」と。かくの如く展転して、悪を作り苦を受け、徒に生れ徒に死して、輪転して際なし）［333下・42／16］

（2）「車の輪の……」以下の行は、『往生要集』上・大文第二「欣求浄土」第六「引接結縁の楽」からの引用。

第六、引接結縁楽者、人之在世、所求不如意、樹欲静而風停、子欲養而親不待、志雖舂肝胆、力不堪水菽、君臣師弟妻子朋友、一切恩所、一切知識、皆亦如是、空労痴愛之心、弥増輪廻之業、況復業果推遷、生処相隔、六趣四生、不知何処、野獣山禽、誰弁旧親、如心地観経偈云、世人為子造諸罪、堕罪三途長受苦、男女非聖無神通、不見輪廻難可報、有情輪廻生六道、猶如車輪無始終、或為父母為男女、世々生々互有恩、若生極楽、智慧高明、神通洞達、世々生々、恩所知識、随心引接……（第六に、引接結縁の楽とは、人の世にあるとき、求むる所、意の如くならず。樹は静かならんと欲するも、風停まず。子は養はんと欲するも、親待たず。志、肝胆を舂くといへども、力水菽に堪へず。君臣・師弟・妻子・朋友、一切の恩所、一切の知識、皆またかくの如し。空しく痴愛の心を労して、いよいよ輪廻の業を増す。いはんやまた業果推し遷りて、生処相隔つときは、六趣・四生、いづれの処なるを知らず。野の獣、山の禽、誰か旧の親を弁へん。心地観経の偈に云ふが如し。「世の人、子の為にもろもろの罪を造り　三途に堕罪して長く苦を受くれども　男女、聖にあらざれば神通なく　輪廻を見ざれば報ずべきこと難し　有情、輪廻して六道に生るること　猶し車輪の如く始終なし　或は父母となり男女となりて　世々生々に互に恩あり」と。もし極楽に生るれば、智慧高く明かにして神通洞く達し、世々生々の恩所・知識、心の随に引接す。……）［339上・64／3］

「生死無始無終」は、他の経典にも散見する。

⑳

〔校異〕　○をつる→おつる　○うゑ→うへ

〔整定本文〕

かの罪《つみ》に落《お》つるものは十方の土《つち》のごとし、
道《だう》に生《う》まるるものは爪《つめ》の上《うへ》の土《つち》のごとし、

〔現代語訳〕三途の罪に落ちる者は、広大無辺の多さである、人間界に生まれる者は、爪の上の土ほどの少なさである。

〔語釈〕**○かの罪**　要集本文は「堕三途」。地獄・餓鬼・畜生の三悪道。火途・血途・刀途の三途。**○十方の土**「方」は、縦横の長さが同じこと。平方。広大な地面の土。多量であることの喩。**○道**　人間道。人間界。『往生要集』本文「人趣」。「趣」は、菩提・道とも訳される。「涅槃」の意にも。**○爪の上の土**「十方の土」の対。僅少であることの喩。〔補説〕参照。

〔補説〕『往生要集』上・大文第一「厭離穢土」第七「惣結厭相」からの引用。⑥に続く部分。
故大経（＊涅槃経）云、生人趣者、如爪上土、堕三途者、如十方土（故に大経に云、人趣に生るる者は、爪の上の土の如し。三途に堕つる者は、十方の土の如し、と）［333下・44／9］

㉑

〔校異〕○いこう→いっこふ（促音を表記）　○すく（底・書）→すら　○なを→なほ　○むこうかい（底・書）→むらうかう（「こ」「い」を「ら」「う」の誤写と見て訂し、拗音表記する）

〔整定本文〕
一劫《いっこふ》すらなほ爾《しか》なり、いかに況《いはむ》や無量劫《むりゃうかう》をや、

〔現代語訳〕一劫ですら、なおこのようなのである。ましてや量り得ない程の無限の劫は、言いようもないことである。

〔語釈〕**○一劫**　②参照。極めて長い時間の単位。サンスクリット語のカルパの音写文字「劫波（劫簸）」の省略形。**○爾なり**　⑲「如是展転、作悪受苦、徒生徒死、輪転無際」に続く、「経（雑阿含経）の偈に云ふが如し。一人

の、一劫の中に受くる所のもろもろの身の骨、常に積みて腐敗せずは、毘布羅山の如くならん、と。」を受ける文言。**〇無量劫**　計りがたい無限の時間。

**〔補説〕**『往生要集』上・大文第一「厭離穢土」・七「惣結厭相」からの引用。

如経偈云、一人一劫中、所受諸身骨、常積不腐敗、如毘布羅山、一劫尚尓、況無量劫（経の偈に云ふが如し。一人の、一劫の中に受くる所のもろもろの身の骨、常に積みて腐敗せずは、毘布羅山の如くならん、と。一劫すら尚しかり、いはんや無量劫をや）［333下・44／1］

㉒

**〔校異〕**〇上と（底・書）↓じやうと　〇わう上（底・書）↓わうじやう　〇さう（底・書）↓しやう（「せう」の誤写と見て訂し、拗音表記する）

**〔整定本文〕**

苦海《くかい》を離《はな》れて浄土《じやうど》に往生《わうじやう》せむこと、只《ただ》し今《いま》の生《しやう》にあり、

**〔現代語訳〕**　この苦界を離れて浄土に往生することは、ただ、今生に懸かっているのである。

**〔語釈〕**　**〇苦海**　苦しみの多い現実世界の喩。**〇只し**　底本「たゝし」。『往生要集』本文からして「只」の意味だが、強意の「し」として残した。**〇今の生**　今生。前生・後生に対する現生、現世。この世に生きている間。

**〔補説〕**『往生要集』上・大文第七「惣結厭相」からの引用。⑧へと続く。

当知、応離苦海往生浄土、只在今生（当に知るべし、苦海を離れて浄土に往生すべきは、ただ今生のみにあることを）［333下・44／13］

㉓

**〔校異〕**〇む上（底・書）↓むじやう　〇もろ〳〵↓もろ〳〵の（「の」を補う）

**〔整定本文〕**

この無常《むじゃう》に愕《おどろ》きて、月次《つきなみ》のもろもろの罪《つみ》を懺悔《ざむげ》す、

**〔現代語訳〕** この無常に愕然として、月々の諸々の罪を懺悔することにする。

**〔語釈〕** **○この無常** これまで述べてきた『往生要集』に依拠した中序全体を受ける。**○月次の** 月々の、毎月の。**○懺悔** さんげ。ざんげ。仏語（『菩薩蔵経』「如是一切諸悪、我今於十方諸仏、発露懺悔」等）。『往生要集』では、中巻、大文第五「助念方法」の第五に「懺悔衆罪」の条がある〈補説〉参照。自ら犯した罪過を悔い、神仏に告げ許しを請うこと。韻文関係では、『万葉集』巻五・雑歌（八九六・八九七の間）・新九〇一・山上憶良「沈痾自哀文」（天平五年詠か）に見えるのが初出。「竊以、朝夕佃二食山野一者、猶無二災害一而得レ度レ世、……、況乎我従二胎生一迄二于今日一、自有二修善之志一、曽無二作悪之心一、謂レ聞二諸悪莫作諸善奉行之教一也、所以礼二拝三宝一無二日不一レ勤、毎レ日誦経、発二露懺悔一也、敬二重百神一鮮二夜有一レ闕、謂レ敬二拝天地諸神等一也、嗟乎愧哉、我犯二何罪一遭二此重疾一、謂下未レ知二過去所レ造之罪、若是現前所レ犯之過一、無レ犯二罪過一何獲二此病一乎上……」。他には『発心和歌集』の経文題の中に、九「普賢十願　懺悔業障我昔所造諸悪業、皆由無始貪恚痴、従身語意之所生、一切我今皆懺悔、年ごろぞつきせざりける我が身より人のためまでなげきつづくる」、同五三「普賢経　衆罪如霜露、慧日能消除、是故応至心、懺悔六情根、つくりおける罪をばいかで露霜の朝日にあたるごとく消してん」がある。

**〔補説〕** 『往生要集』中・大文第五「助念方法」の第五に懺悔について詳述する。

「一目之羅、不能得鳥、万術助観念、成往生大事、今以七事、略示方法、一方処供具、二修行相貌、三対治懈怠、四止悪修善、五懺悔衆罪、六対治魔事、七惣結要行」と七つの助念の方法を示し、その第五に「懺悔衆罪者、設為煩悩迷乱其心、毀禁戒者、応不過日、営修懺悔、如大経十九云、若覆罪者、罪則増長、発露懺悔、罪即消滅、又大論云、身口悪不悔、欲見仏、無有是処〈已上〉懺法非一、随楽修之、或五体投地、徧身流汗、帰命弥陀仏、念眉間白毫、発露涕泣、応作是念（第五に、懺悔衆罪とは、もし煩悩の為にその心を迷乱して禁戒を毀らんには、応に日を過さずして、懺悔を営み修すべし。大経の十九に云ふが如し。もし罪を覆へば、罪則ち増長す。発露懺悔すれば、罪即ち消滅す。と。ま

た大論に云く、身・口の悪を悔いずして仏を見たてまつらんと欲するも、この処あることなし。と。（已上）懺法、一にあらず。楽の随にこれを修せよ。或は五体を地に投じ、偏身に汗を流して弥陀仏に帰命し、眉間の白毫を念じ、発露涕泣して、応にこの念を作すべし。）」［370下 371上・185／6］と記す。

当序が、後編全体に及ぶ序として書かれたことは確かであろうが、㉓「月次の」により、以下の十二首の月次歌にのみ懸かることになり、「罪」は一挙に矮小化される。

なお「懺悔」の語を巡る平安期仮名文の在り様については、今西祐一郎『源氏物語覚書』「懺悔なき人々」（一九九八、岩波書店）参照。

以上、見てきたように、『往生要集』を踏まえた長大な中序である。が、その引用は、上巻の「無常」などの部分によるものが多く、また整序された思考の展開を見せる訳ではない。今西の指摘するように、厳密な経文理解というよりは説教の享受の影響なども考えられよう。

神谷は以上の序を、⑦末尾「失なはずして勤むべし」、⑰末尾「この身を厭ふべし」で三段落に分け、主殿が自己の感懐を折り込みながら、「第一段落は諸行無常を、第二段落は堕地獄の戒めを、第三段落は、半生を悔い、身命を厭い衆罪を懺悔せんとする意志を表白したもの」と見ている。



## （三五）

正月かすみをめてし心

春かすみかすめるそらをなかむとて
くもへたてたるみとそなりぬる

二月はなにそみし心」35オ

67 こつたひてをりくらしこし
よものはなみよのほとけに心さしてん
三月やなきによりし心
68 あをやきをはちすのいとにくり
ませて人をみちひくえにくむすはん

〔校異〕68〇えにく↓えにし（誤写と見て訂す）

〔整定本文〕正月、霞《かすみ》をめでし心
66 春霞《がすみ》かすめる空《そら》をながむとて雲《くも》へだてたる身《み》とぞなりぬる
二月、花《はな》に染《そ》みし心
67 木《こ》づたひて折《を》り暮《く》らし来《こ》し四方《よも》の花《はな》三世《みよ》の仏《ほとけ》に心ざしてむ
三月、柳《やなぎ》によりし心
68 青柳《あをやぎ》を蓮《はちす》の糸《いと》にくりまぜて人を導《みちび》く縁《えにし》結《むす》ばむ

〔現代語訳〕正月、かつて霞を愛でた心情を、
66 春霞に霞んでいる空を眺めるといって、（仏道から遠く）雲を隔てた身になってしまったことだ。
二月、かつて花に耽溺した心情を、
67 木から木へと渡り歩いては花を折り取って過ごしてきた、その四方の花を、今は三世の仏様に差し上げましょう。
三月、かつて柳に心惹かれた心情を、

68（かつて賞美した）青柳の枝を、今は蓮の糸に繰り混ぜて、人を導かれる仏様との縁を結びましょう。

〔語釈〕66○**めでし**「愛づ」。過去の体験を示す助動詞「き」を添え、過ぎ去った行為であることを明示する。以下の月次歌の詞書に共通する。○**心**　かつての自らの心情を捉え返す。以下の詞書も同じ。○**春霞**　序・1歌参照。補説参照。○**かすめる空**「る」は存続。春到来の象徴的表現（赤染衛門集Ⅰ・五五三「兼房の君、春待つ心の歌よみてこれ定めよとありしに、正月一日きこえし、いつしかと霞める空の気色かな春待つ人はいかが見るらむ」）。○**ながむとて**「とて」は、引用の格助詞「と」に接続助詞「て」が連接したもの。「……眺める」ということで、眺めるうちに（山家集・一二〇「ながむとてはなにもいたくなれぬればちるわかれこそかなしかりけれ」）。○**雲へだてたる**　隔絶した遠さを表す（斎宮女御集Ⅱ・二四四「なにのをりにかありけむ、宮の御、あまつそらくもへだてたる月影のおぼろけにものおもふわがみを」）。雲は、現世を隠し隔てるものとして働く。信仰との距離を示す（発心和歌集Ⅲ・三六「提婆達多品　皆遥見彼、竜女成仏、普為時会、人天説法、心大歓喜、さはりにもさはらぬためし有りければ隔つる雲もあらじとぞ思ふ」、新撰朗詠集・五六三・康資王母「鷲の山隔つる雲やあつからむ常にすむなる月を見ぬかな」）。

67○**染みし**「染む」は自動詞四段。染まった、耽溺した。○**木づたひて**　木から木へと移動する。通常、鴬などの鳥の動作として使う（万葉集・巻十　雑春・一八五四「詠花、鴬之　木伝梅乃　移者　桜花之　時片設奴（うぐひすの　こづたふうめの　うつろへば　さくらのはなの　ときかたまけぬ）」、古今集・春下・一〇九・素性「こづたへばおのが羽風に散る花をたれにおほせてここら鳴くらむ」、加茂保憲女集・一五「鴬のはなのえごとにこづたひてあすもはるひにゆるぎなくなり」）。ここは、自身の動作。まるで鴬のように、の意を込める。○**折り暮らし**「折り」は他動詞。四方の花を折っては暮らす、意。○**四方の花**「四方」は、東西南北、上下左右。まわり。いたるところ。総体としての花を言う（恵慶集・二四六「あらしだに音せぬ春と思ひせばのどけく見まし四方の花々」）。○**三世**　仏語。前世・現世・来世の三つを言う（後撰集・春下・一二三・僧正遍昭「やよひばかりの花のさかりに、道まかりけるに、折りつればたぶさにけがるたてながら三世の仏に花たてまつる」）。○**心ざしてむ**　志す。好意・礼意を表して、贈る。供養の喜捨をする。強意「つ」・意志「む」の助動詞を重ね決意を示す。

68 **○柳によりし** 柳のもとに「(立ち)寄る」意に、柳の枝を糸に見立て「(糸を)縒る」意を掛ける。**○青柳を** 青柳の糸(枝)を。3番歌参照。**○蓮の糸** 蓮の葉柄の繊維。極楽往生の縁を結ぶものとする(源賢法眼集・四四「法花経とく所にて、むすぼほる蓮の糸をとかれずは葉ずゑのいかに乱れざらまし」)。100番歌参照。**○くりまぜ** 用例ナシ。古今集・春上・五六「見渡せば柳桜をこき混ぜて都ぞ春の錦なりける」の「こき混ぜ」を、糸の縁で「繰りまぜ」として転用したものか。**○人を導く** 散文語。仏の導きを表す(散木奇歌集(俊頼Ⅰ)・八八二「不断光仏、ちかひおきて導く人のひまなきに光もたえぬ物にぞありける」、同・九四一「もろもろの衆生を導かんとちかはせ給ふ力によりてなん、此のよにはおはしますといへる事を、紫の雲のあだにも見えぬかな人を導く心づよさに」)。**○縁** ここは、仏との縁。**○結ばむ** 縁を繋ぐ。「む」は意志。「繰る」「結ぶ」は、「糸」の縁語。本集3番歌、参照。

**〔補説〕** (三五)66以下十二首の月次歌の詞書は、「〜し心」の形を取る。井上宗雄「『心を詠める』について—後拾遺・金葉集にみられる詞書の一傾向—」(立教大学『日本文学』35 一九七六・二)、同「再び『心を詠める』について—後拾遺・金葉集にみられる詞書の一傾向—」(立教大学『日本文学』39 一九七七・一二)に言う本意形成過程の一特徴に適う例かとも見えるが、ここは、自らの過去の心情そのものを取り上げ相対化するものと解する方が適切であろう。回想性の顕著な歌群となる。(一五)との比較対象。

66 (参考 1春霞立ちゐ下待つ鶯の来ても鳴けかし梅の花笠)

上句「かすめる空」と下句「雲へだてたる」が対置される。「あらたまの年たちかへるあしたより、春の霞にとも引かれ……」(序文)、1「春霞立ちゐ下待つ……」と詠ったかつての趣味的生活は、「かすめる空」に集約される。それが、同じく天象を「眺める」行為のうちにいつしか信仰へと価値の基軸が動いたのである。「雲へだつ」という現状認識により、かつての趣味的生活は相対化され、後悔の対象に転化する。

67 (参考 2我が背子は心と見てや思ふらむ花見る山の斧の柄により)

「四方の花」を第三句に据え、その前の初二句で「木づたひてをり暮らし来し」過去、すなわち2「花見る山」に時を忘れた前半生を総括し、下句では、その花を仏に献じようと、仏への帰依へと価値観を変えた今の心境を写す。

「四方」と「三世」の「よ」音の繰り返しと数の対比に、なお機知・遊びがあるか。

68 （参考 3春のくる柳の糸に手をかけて花のかたみと結ぶべきかな）

66・67のような上下句の対比構造はとらないが、「柳の糸」を「繰る」という3歌と同一用語・同一趣向によって、柳の枝で「結ぶ」対象を3の「花」から「仏縁」へと転化させ、価値観の転換を表す。

古今集は都の盛りの春を「柳桜をこき混ぜて」と詠じたが、「青柳の糸」に「蓮の糸」を「繰り混ぜ」るという特異な表現は、古今歌を想起させるが故に、仏縁へと傾くこの歌の特異性をより鮮明にすることになろう。

## （三六）

四月ほと、きすにかたらひし
をくゆる心

69 すさめりやよをうの花のほと、、
きすたえなるのりのこゑならずして」36ウ

五月あやめくさつまに
よそ〃ふへし心

70 つみふかきつまにおひこしあやめ

71 くさねをあらはしていまはすゝかん

六月風をよろこひし心

よものひのかとをはいてゝあちき
なくつねなき風にすゝみけるかな

**〔校異〕** 69 ○たえなる→たへなる

**〔整定本文〕** 四月、郭公《ほととぎす》にかたらひしを悔《く》ゆる心

69 すさめりや世《よ》をうの花《はな》の郭公《ほととぎす》妙《たへ》なる法《のり》の声《こゑ》ならずして

五月、菖蒲草《あやめぐさ》つまによそへし心

70 罪深《つみふか》きつまに生《お》ひこし菖蒲草根《あやめぐさね》をあらはして今《いま》はすすがむ

六月、風を喜《よろこ》びし心

71 四方《よも》の火《ひ》の門《かど》をば出《い》でてあぢきなく常無《つねな》き風に涼《すず》みけるかな

**〔現代語訳〕** 四月、かつて時鳥に語ったことを悔いる意を、

69 （鳴くのが）嫌になってしまったのか、世を憂えて卯の花に来ている郭公よ、霊妙なる法音の声ではないので。

五月、菖蒲草を「妻」に擬えて詠ったことを、

70 罪深い妻ならぬ軒の端に生えてきた菖蒲草。今は、その根を顕わにして洗って、罪を濯ぐことにしましょう。

六月、かつて涼風を喜んだことを、

71 かつては、四方を火に囲まれた火宅の門を出て、何の意味もなく無常の風に涼んだことだったなあ。

**〔語釈〕** 69 **○かたらひし** 親しく語りかけた行為、またその内容を指す。4歌を前提とする。〔補説〕参照。**○す**

**さめりや**　郭公への問いかけ。「荒む」（他動詞四段）は、辞める、棄てる、嫌ふ意。**○世をうの花**　「う」は「憂」「卯」の両義。「世を憂」から「卯の花」に転じる（高遠集・一八〇「人の家の、かきねの卯花を、しろたへのいもがたもとと見えつるはよをうの花のさかりなりけり」、四条宮下野集・一七〇「殿上人、梅のかき、卯の花のかきね、いづれまさるとあらそひしころ、女房もおもひおもひによりしに、梅のかきねによりたりしを、卯の花によりし政長の少将、中将になるべかりしを、えならざりし頃いひたる、ものへまかりしに、梅のかきねのつねよりもにほひをかしき見れども、このほどは、いとどうの花になむとて、にほふめるかきねの梅もなにならずよをうの花とおもふ身なれば」）。**○妙なる**　「法の声」が霊妙であることを言う。**○法の声**　法音。経文を読む声。（伊勢大輔集Ⅰ・二九「月あかきよ、右大殿の御堂見に人人おはしたりしに、つとめて、おほ殿、よのつねにあらじとまがふ滝つせのこゑも法とや思ひなすらん」、同・三〇「返し、滝つせは法のこゑにぞなみよりしすずしきかぜも吹きかよひつつ」、和泉式部集Ⅰ・四四四「ものにまうでたるに、いとたふとく経よむ法師のあるに、ものをのみおもひのいへをいでてこそのどかに法のこゑも聞きけれ」）。

70**○罪深きつま**　「罪」は、24・48及び中序参照。「つま」は、「妻」に、菖蒲を挿す軒の「端」を掛ける。「罪深い妻」から「深い軒端」の意を導く。「罪深し」の用例は、玄玄集・五八「前の一宮より、亀のかたをつくりて、一眼のなどありてたてまつり給へりければ、つみふかきみたらし川のかめなれば法の浮木にあはぬなりけり」、四条宮下野集・二三「あまのりといふものを、あまなるはらからにやるとて、すくふべきあまのりをこそたづねつれわたつみ深きみにはとおもへば」など。**○根をあらはして**　「（菖蒲草の）根を洗は」から、掛詞で「（罪を）現はす」意に転じる。他動詞「現はす」により、罪（の根）を自ら明らかにしようとする姿勢を打ち出す。「根」は、通常自動詞「現はる」「洗はる」（「る」は受身助動詞）の掛詞と共に用いられることが多い（宇津保物語・祭使・（仲澄）「涙がはみぎはのあやめひく時は人しれぬねのあらはるるかな」、仲文集・九「承香殿にさぶらひける人をかたらひけるが、みそかに人をもたりて、まかりたりしかば、まどひかくしてけるに、くつのありけるをみて、まへのやり水におひたりける根ぜりをとりて、さは水につみあらはるるしのびねをかくせりけるはうき心かな」）が、当歌は他動詞「洗ふ」を掛ける。**○今は**　前半生とは異なる信仰に目覚めた「今」を示す。後半の用例に、70「今はすすがむ」、73「今はこの世をそむくべければ」、75「今はいはひの雨」、92「今はじめたる色ならばこそ」、95「今はけがれじ」、96「かばかり今はなれる身」がある。前半の用例（37・43・61）とは異質の意味合いとなる。**○すすぐ**　根を洗い濯ぐ意から、罪を濯ぐ意に導く（実方集Ⅱ・一八三「宣耀殿の宰相の君の里にいきたるに、人あるけしきなればかへるとて、中河に芹あらひける女して、中河にすすぐたぜりのねたき事あらはれてこそあるべかりけれ」。栄華物語・くものふるまひ（出羽弁）「罪すすぐ昨日今日しも降る雨はこれや一味と見るぞ嬉しき」、同（大和）「すすぐべき罪もなき身は降る雨に月見るまじき歎きをぞする」）。

71**○四方の火**　火宅。苦に満ちているこの世を、猛火に包まれた家に喩える。『法華経』譬喩品による（『法華経』譬喩品「三界無安　喩如火宅　衆苦充満　甚可怖畏　常有生老　病死憂患　如是等火　熾然不息　如来已離　三界火宅　寂然閑居　安処林野」（三界は安きことなし、なお火宅のごとし。衆苦充満してほなはだ怖畏すべし。常に生・老・病・死の憂患あり。かくの如きらの火、熾然として息まず。如来はすでに三界の火宅を離れて寂然として閑居し、林野に安処せり）。**○門をば出でて**　『法華経』譬喩品、三車火宅の譬え――「家の外を三車（羊車、鹿車、牛車）が通る」と教え（釈尊の導き）られ、燃え盛る家（煩悩の世界）の門から外へ飛び出した子どもたちが見たものは、大白牛車（一仏乗）であった――による。釈教歌に詠まれる（公任集・二六一「譬喩品、かどでには三つの車と聞きしかど果は思ひの外にぞ有りける」、経家集・九三「経正朝臣、廿八品歌よみてと申ししかば、譬喩品、をぐるまにのりの心もふかければ思ひのほかの門出をぞする」等）ほか、赤染衛門集Ⅰ・一〇二「人の車にて殿にまゐりしを見て、同じ人、門の外《と》の車に乗りて出でしかば思ひに胸の内ぞこがるる」、同・一〇三「かへし、門の外《と》の車にはなほ乗りぬべし思ひのうちにいらぬ身なれば」のように、通常の歌にもよく使われる。**○あぢきなく**　無益に。**○常無き風**　無常の風。用例は、当歌以外に、草庵集・一三三三「母の思ひにて侍りし比、兼好歌をすすめ侍りし返事に、おもへただつねなき風にさそはれし歎きのもとはことのはもなし」と南北朝期の一例のみ。

**〔補説〕**　69（参考　4深山よりわづかに出でて郭公まだ卯の花の陰にしのぶる）

4歌を受ける。4歌が、「四月の時鳥」を忍び音になくものとして、言わば〈本意〉通りに詠んでいたことに対し、そうではなかったのだね、と「四月」の郭公に語りかける形で捉え返す。忍び音を、仏身にあらぬ身の発する声を厭っての事と忖度するのは、自らの現在の心情に重ねてのことである。やや奇矯とも言える初句「すさめりや」の和歌での使用例は、他に検索されない。長能集Ⅰ・三の「東宮の、大后宮女房におほせたまふ事ありき、いつの年にかはべりけん、三月三日、草もちひして、法師のかたをつくりて、是に室つくりてまゐらせよと、おほせごとはべりしかば、かたのやうなるすはまつくりて、室のかたはらに木どもなどたてたるに、郭公のかたつくりて、まゐらせしにつけて侍りし、みやこにはまつ人あらんほととぎすすさめぬ草の宿にしもなく」は、「すさむ」を慰み興じる意に使ったものだが、当歌では「嫌う」意にずらして、郭公の信仰心を忖度する形をとる。

70（参考　5生ひ茂る蓬の宿のいぶせきになにかあやめに葺けるなるらむ）

5歌と同じ軒の「菖蒲草」を扱いながらも、そこに自身を投影し、「罪深き」妻としての身を濯ごうとする意志を詠う。前掲、四条宮下野集・二三もまた「わたつみふかきみにはとおもへば」と掛詞によりながら身の「罪深さ」を詠じていた。

71（参考　6明けたてば涼しき風に誘はれて立ち返りうき岸の川波）

かつて6歌のように「立ち返り憂き」とまで、涼風を喜んだことを悔いる歌。無常の風とも思わずに涼んでいたこと、かつての無知が、信仰を得た「今」において、いかにも「無益なこと」として後悔されるというのである。

## （三七）

七月ひこほしにかしてなかめし心
くもまよりゆくゐもしらぬたなはた

にこゝろかしてなになけきけん」37オ
　八月つきにあそひし心
73 むしのねもさやけき月もなになら
すいまはこのよをそむくへけれは
　九月きくにうつろひし心
74 あけたてはひとへにきくをおもひ
つゝいろにもみてきかにもうつりき

〔校異〕 72 ○ゆくゑ→ゆくへ　○こゝろかして（底）・こゝろかして如本（書）→こゝろをかして（脱字と見て「を」を補う）

〔整定本文〕 七月、彦星《ひこぼし》にかして眺《なが》めし心
72 雲間《くもま》よりゆくへもしらぬ七夕《たなばた》に心《こころ》をかして何嘆《なになげ》きけむ
　八月、月《つき》に遊《あそ》びし心
73 虫《むし》の音《ね》もさやけき月も何《なに》ならず今《いま》はこのよを背《そむ》くべければ
　九月、菊《きく》にうつろひし心
74 明《あ》けたてばひとへに菊《きく》を思《おも》ひつつ色《いろ》にも見《み》てき香《か》にも移《うつ》りき

〔現代語訳〕 七月、かつて牽牛星に思いを手向けて、眺めたことを、
72 雲間を通って何処へ行ったかも解らない彦星に思いを重ねて、私は一体、何を嘆いたのだったかしら。
　八月、かつて月を愛で楽しんだことを、

73 虫の音も明かな月も、最早何ほどのものでもない、今はもうこの世を捨てるのだから。

九月、かつて菊の花に心を寄せたことを、

74 夜が明けるともう、ひたすらに一重の菊の花のことを思い思いして、美しい色も見たし、香りにも染みた事だった。

**〔語釈〕** 72 **○彦星** 牽牛星。「いぬかひ星をば、ひこほしといふ」（能因歌枕）。七夕詩の多くが、織女星が天の河に架かる橋を渡り訪ねてくる形を取るのに対し、当代和歌では彦星が訪れて来る設定で詠われる。**○かして** 「かす」は、供える、手向ける、使わせる、提供する意。後掲「心をかして」参照。**○ながめし** 七夕の歌であることから、「（天空を）眺めた」と取るのが第一義であろうが、結句の自問からして「物思いにふける」要素も加味して捉えるべきであろう。**○雲間より** 「より」は通過を現す。雲の間を通って。**○七夕** 棚機・織女星。牽牛・織女二星。織女を指すことが多いが、ここは詞書により彦星ととる。**○心をかして** 「心をかす」は、感情移入するとでも言う状態と捉えれば分かりやすいであろうか。用例を見るに、例えば、「右兵衛督忠君朝臣の月令屏風のうち」と題する能宣集Ｉ・一三九「七月、たなばたまつりする家、男女かたらふところ、たなばたに心をかして天の河うきたる空にこひやわたらむ」の歌では、増田繁夫『能宣集注釈』（貴重本刊行会）は、「心をかして」が「一時的に自分の心が織女の心になること」で、「織女には布や糸をかすが（88）、ここは心を貸すというのが新趣向。男の立場の歌」であるとする。一方、相模集Ｉ・二五三「たなばたに心をかして思ふにもあかぬわかれはあらせざらなむ」について、武内・林・吉田『相模集全釈』（風間書房）では「七夕に私の心を手向けて、胸の思いが叶えられるようにお願いするに付けても、織女星に名残尽きない別れはさせたくないものです」と釈しているが、増田説のように感情移入しての意で捉えるならば、「織女星の気持ちになって思うにつけても、（名残尽きない別れはさせたくないものです）」ということになろう。

73 **○月に遊びし** 月を愛で楽しむ（忠見集Ｉ・八四「八月十五夜の月に遊ぶ人あり、大空をてらす月をばおきながらかつらのかげはくらくやあるらん」)。過去の体験を言う。**○虫の音もさやけき月も**　本集8番歌（補説参照）に対応。**○何ならず**　「なら」は断定助動詞「なり」。何ほどのことでもない。何でもない。94参照。（金葉集二奏本・三三一・後冷泉院「天喜四年皇后宮の歌合に祝ひの心をよませ給ひける、長浜の真砂の数も何ならず尽きせず見ゆる君が御代かな」、69語釈に引用した四条宮下野集・一七〇など）。**○この世を背くべければ**　確定条件句。「べけれ」は「べし」の已然形。確信ある推量を表す。必ずや出家することになろうからと、上句の感懐が起こる事情を示す。

74**○菊にうつろひし**　「うつろふ」は、移る、今までと様態が変わる意の自動詞。「菊の花に心が移った―心を移した」の意となる（皇后宮春秋歌合「……かの女ばうたち、左、はるのはなのにほひをつくし、右は、秋のもみぢ、きくにうつろはせたり」、弁乳母集・六八「春秋のちくさのはなの色はみなひともと菊にうつろひにけり」）。菊の花の色が変わる意を含ませ、縁語的に用いたもの。**○あけたてば**　夜がすっかり明け渡ると。明けるのを待って、の意を込める。**○ひとへに**　一途に。ひたすらに。「一重（の菊）」を掛ける。**○思ひつつ**　接続助詞「つつ」は、「ひとへに」との対応から、動作の継続を示すものと取る。**○色にも見てき**　「に」は、感覚動詞「見る」の内容を示す。色を見る（伏見院御集・一〇二四「秋風、色にみる草木のうへのあきをなほこゑにたつるは風にぞありける」、高遠集・三一九「うつろふにつけてぞおもふ菊の花こころのほどの色にみゆれば」）。「てき」は、完了「つ」と過去「き」の助動詞を重ねて、過去に於いてそれが完了したことを表す。過去への感懐である。**○香にも移り**　香りが移ってその香になる（小侍従集・三七「盧橘薫枕、軒ちかき花たちばなのかをるかしうつりにけりな手枕のそで」）。

**〔補説〕**　72（参考　7長き夜にをりてぞ明かす彦星のまれに来て寝るとこなつの花）

「雲間よりゆくへもしらぬ七夕」なのにすっかり感情移入して、何を嘆いていたのだったろうか、と過去を自問する。現在の現実認識の前には、七夕のロマンはもはや通用しない。

73（参考　8なく虫の涙の玉を拾へとやさやけかるらむ秋の夜の月）

初二句「虫の音もさやけき月も」は、8歌を前提にしていよう。それを「何ならず」と完全否定するのが、この歌である。下句の「今は」が状況の決定的な変化を示す。
74 〔参考　9霜枯れの籬の菊を惜しむとてこのもかのもにあから目もせず〕
前半9の世界を、完全な過去のこととして回想する。〔語釈〕の用例に揚げた皇后宮春秋歌合は、四条宮寛子が、父頼通の後援により、後冷泉天皇参加の下、天喜四年（一〇五六）四月三〇日に、一条院で催した春秋九題、祝一題を加えた歌合である。善美を尽くしたとされる世界を、過去のものとするのである。

## （三八）

十月しくれにしたかひて
ともにかなしひし心」38ウ
75 あけかたくゝれやすきしきひの
しくれこそいまはいはひのあめとなりけれ
十一月きえやすきを《ゆき》うらみし心
76 はたれゆきあたにもあらてきえぬ
めりよにふることやものうかるらん
十二月おいをなけきし心
77 ゆくとしをなけきとゝめしあちき
なしふしのくすりに心やすめて」39オ

〔校異〕 75〇くれやすきしきひの（底・書）→くれやすきひの　76〇きえやすき《ゆき》を（底・書）→きえやすきゆきを

〔整定本文〕 十月、時雨《しぐれ》にしたがひてともに悲《かな》しびし心

75 明《あ》けがたく暮《く》れやすき日《ひ》の時雨《しぐれ》こそ今《いま》はいはひの雨《あめ》となりけれ

十一月、消《き》えやすき雪《ゆき》をうらみし心

76 はだれ雪《ゆき》あだにもあらで消《き》えぬめり世《よ》にふることやもの憂《う》かるらむ

十二月、老《お》いを嘆《なげ》きし心

77 行《ゆ》く年《とし》を嘆《なげ》きとどめじあぢきなし不死《ふし》の薬《くすり》に心やすめて

〔現代語訳〕 十月、かつて、ものさびしい時雨が降るのに連れて悲しみに沈んだことを、

75 明けがたく暮れやすい冬の日の時雨こそが、今となっては出家を祝う雨となったことだ。

十一月、かつて、消えやすい雪を恨んだことを、

76 斑雪は儚いというほどもなく消えてしまったようだ。この世に降って時を経ることがいやなのだろうか。

十二月、かつて、老いを嘆いたことを、

77 過ぎ去って行く年月を嘆いて留めようとしたりはするまい。味気ないことだから。不死の薬ともなる御法に心を安らげて。

〔語釈〕 75**〇時雨** 本集10歌参照。**〇悲しびし** バ行動詞「悲しぶ」は、悲しむ意。神無月の時雨を「悲し」の範疇で捉える例は多い（後撰集・冬四五三・増基法師「山へいるとて、神な月時雨ばかりを身にそへてしらぬ山ぢに入るぞかなしき」、古今六帖・一・二二一「ちはやぶる神無月こそかなしけれたれをこふとか常に時雨るる」）。**〇いはひの雨** （出家を）喜び祝福する雨。『往生要集』大文第二「欣求浄土」の中の「蓮華初開楽」の部分による。「普賢の願海に入った」即ち、「始入仏界」により招来された歓喜の雨である。〔補説〕参照。本集跋文（「歌においては、これ仏事のために益ないことなれど、これにおいては、祝ひを詠みて千歳を願ふにあらず……」）では、長寿を予祝する現世での営みとしての

祝いの意で、「いはふ」が用いられている。

76**〇はだれ雪**　斑雪。「斑」は、はだれ・はだら・まだら。むらのある状態を指す。『顕注密勘』は、古今集・雑体・一〇〇二・紀貫之の長歌「……にはもはだれに降る雪……」の注に、「はだれはまだらと云詞也。はだれ雪とも読り。ただはだれとよみて雪と続けぬ歌もあり」とする（古今六帖・一・六七八「あま雲のよそにかりがね聞きしよりはだれ霜ふり寒しこの夜は」、林葉集・六〇四「あさ風のさむけきなへにすが原や伏見のたゐにはだれ雪ふる」）。**〇あだに**　形容動詞「あだなり」の連用形。無用・無駄である、実意がない、空しい意（後撰集・春下・八二、拾遺集・雑春・一〇五四「ひさしかれあだにちるなとさくら花かめにさせれどうつろひにけり」、同・五四一「あだにこそちるとみるらめ君にみなうつろひにたる花の心を」など多い。教長集・九七七「短歌、ちはやぶる　神のみよより　まぼろしの　よはあだなりと　きくながら　あだにもあらで　すごせども……」）。11歌「むらぎえわたる雪」に対応。〔補説〕参照。**〇世にふる**　「ふる」は「経る」「降る」の掛詞。「降る」は「雪」の縁語（紫式部集Ⅰ・一一三「ふればかくうさのみまさる世をしらであれたるにはにつもるはつ雪」、源氏物語・幻（光源氏）「うき世にはゆき消えなんと思ひつつおもひの外になほぞほどふる」）。

77**〇老いを嘆きし**　十二月、歳暮に「嘆老」をよむ例は多い。当歌は過去の嘆老を無意味なことと捉える。**〇あぢきなし**　味気無し。無益でつまらない、の意。**〇不死の薬**　飲めば、死ぬことなく永遠の生を保つとされる薬。仙薬（竹取物語「天人の中に持たせたる箱あり。天の羽衣入れり。又、あるは不死の薬入れり」）。古今集・雑体・一〇〇三・壬生忠岑の長歌「……おとはの滝の音に聞く　老いず死なずの薬がも　君が八千代を　わかえつつ見む」について、『顕注密勘』は「文集、空中有三神山、山上多生不死薬」と注す。また和泉式部（Ⅱ）続集・四二一「患ふときく人の許に、葵にかきて、亀山にありと聞くにはあらねども老いず死なずのもも薬なり」は「亀山（蓬莱山）」「葵」に寄せて「会えば命も延びよう」としたもの。ただし当歌では「御法」を指す。『法華経』薬王品「病即消滅不老不死」に依る（法門百首・四四「薬王品　病即消滅不老不死、舟の中に老いを積みけるいにしへもかかるみ法を尋ねましかば、法花経は閻浮提の人の良薬なりといふ文なり、蓬莱不死は名のみ聞きてその益なし、円融実相の薬は求めずして自ずから得たり」）。

【補説】 75（参考　10露けくて秋の日ごろは過ぐしてきしぐるる月をいかでくらさむ）

冬三首の最初の歌。十月は、序に「時雨に袖を貸し」と象られ、出家前には、10のように、まさに本75歌詞書での回顧に相当するような、涙に暮れる時雨の月として詠われていた。今それが、「祝いの雨」と捉えられる。この時期に出家を果たしたか。『往生要集』大文第二「欣求浄土」（十楽の内）―2蓮華初開楽の中の「聞一実道、入普賢之願海、歓喜雨涙、渇仰徹骨、始入仏界、得未曾有、行者昔於娑婆、纔読教文、今正見此事、歓喜心幾乎〈多依観経等意〉（一実の道を聞いて、普賢の願海に入り、歓喜して涙を雨らし、渇仰して骨に徹る、始めて仏界に入りて、未曾有なることを得、行者、昔、娑婆に於いて、纔に教文を読みたらんには、今正しくこの事を見て、歓喜の心、幾ばくならんや〈多くは観経等の意に依る〉）」などが、意識されているか。

76（参考　11垣根原むら消えわたる雪はあれど我が待つ人はとくべくもあらず）

出家前の11歌「むら（斑）消えわたる雪」は、同じ意味の「はだれ（斑）雪」に置き換えられた。が、かつては解けがたい恋人の心が連想されたのに対し、ここでは、この「世」から姿を消した雪への共感が詠われる。

77（参考　12霜冴えの衣の上の凍りゆく下まで冷ゆる大鳥の羽）

前半の十二首目が、独り寝の侘びしさを大鳥に寄せた冷感によって表そうとしたのに対し、当歌はそれとは全く関わりなく「嘆老」を巡って構想される。円融実相の薬を得、永遠の安息を得ようとする今、かつての「嘆老」は「あぢきなし」と否定される。信仰の前に過去の日月が否定され、異質の時間の内に生きることが択ばれていく。「不死の薬も何にかはせむ」（竹取物語）とは、全く逆の発想である。

以上、月次の歌十二首により、繰り返し各季各月の数寄への耽溺が顧みられ後悔される。懇切に過去の時間が辿られることにより、十二首の間に回想的なしかも連続性ある主題的時間構造が生じることになる。

【他出】 76夫木和歌抄・巻十八・冬三・七一九五「家集、十一月、きえやすき雪をうらみし心、主殿、はだれ雪あだにもあらできえぬめり世にふることや物うかるらん」

（三九）

けち願

まほろしもひゝきもかけもかけろふもわかよゝりはたのとけかりけり

【校異】ナシ

【整定本文】結願《けち》

78 幻《まぼろし》も響《ひび》きも影《かげ》もかげろふも我《わ》が世《よ》よりはたのどけかりけり

【現代語訳】結願、

78 儚いものとされる幻も響きも影もかげろうも、私の一生に比べれば、まだしも猶予あるものだったのだなぁ。

【語釈】**○結願** 13参照。十二首の総括的意味合いは13に同じ。ただし、13が美的な景物を愛惜した一年の範囲での纏めであったのに対し、我が人生総体の総括を表すものとなる。**○幻も響きも影もかげろふも** 実体として捉えられないもの、瞬く間に消えるものを列挙する（後拾遺集・恋四・八三一・和泉式部「白露も夢もこの世も幻もたとへていへば久しかりけり」）。『維摩経』方便品・十喩「諸仁者如此身、明智者不怙、是身如聚沫、不可撮摩。是身如泡、不得久立。是身如炎、従渇愛生。是身如芭蕉、中無有堅。是身如幻、従顛倒起。是身如夢、為虚妄見。是身如影、従業縁現。是身如響、属諸因縁。是身如浮雲、須臾変滅。是身如電、念々不住」による。公任集・二八九～二九八「維摩ゑの十のたとへ」の中から、「幻・響き・影・かげろふ」の歌を揚げると、二九一「此身かげろふのごとし、夏の日のてらしもはてぬかげろふのあるかなきかの身とはしらずや」、二九三「この身幻のごとし、此身をばあともさだめぬ幻の世にある物は思ふべしやは」、二九六「この身響きのごとし、ありときくほどに聞えず成りぬれば身は響きにも増らざりけり」。同様の例は、赤染衛門集・四五五〜四六三「維摩経十喩」歌などにも見られる。「幻のごとし、まことにもあらぬ心のなせる身はなに幻のありとたのまじ」〈桂本による補遺〉、四六〇「影のごとし、水にうかぶ影はなかにもあらねどもそれはありとはたのむべきかは」、四六一「響きのごとし、いつまでか声もきこえむ山びこのよろづにつけて物ぞ悲しき」など。**○我が世**　自分の一生。**○はた**　上に述べたことを受け、それに反することを言う。とはいえ。**○のどけかりけり**　「のどけし」は、時間的に余裕があること。「けり」は気づき・詠嘆の助動詞。世の無常を意識して始めて得た感懐として詠じる。（拾遺集・哀傷・一二七四・小野宮実頼「むすめにまかりおくれて又の年の春、桜の花ざかりに、家の花を見ていささかにおもひをのぶといふ題をよみ侍りける、桜花のどかりけりなき人をこふる涙ぞまづは落ちける」）。

**〔補説〕**（参考　13春は花秋は紅葉と惜しむ間に年ふる雪に埋もれぬべし）

先の四季・結願の歌13に対応する。13が四季の花・紅葉の美に耽溺している間にも過ぎてきた年月を振りかえるものだったのに対し、78は、信仰を得た後の自身の価値観の変化を、四季の景物に無常の影を読み取ることで示す。かつての数寄への耽溺を、月次歌の一首一首によって覆し覆ししてきて、今、結願の歌は、『維摩経』方便品「十喩」をなぞりながら、「我が世」の儚さ・無常に帰着する。往生要集の全き受容である。

## （四〇）

またある本もむにいはく三
かいの中にるてんしておむあ
いたつことあたはすをんおす
て、むゐにいるしんちのほうを

むのものなりとあるにつきて
おもひたつにはたいつのいかは」40ウ
ねられける　まつのかせにま
かひてかり人こすきこゆ
79 ものおもふねさめのよはのかりかねは
くものあなたかくものこなたか
やのうゑのひまよりほしみゆ
80 さしかはるほしのまよひにはて
ぬへきわかみにすはるつみそかなしき
からうしてあけぬれはさる
へきところのすたれうち」41オ
をろしてすゝのをのたえ
たるを、すけへやるところに
81 たまのをのいろらもしらすいそけ
ともけふあまふねにのりはしむへし
されと、れいのたはふれことそと思

けらして〃

【校異】 79○をんお（底・書）→おんを　○しんち（底・書）→しんじち　○ほうをむ（底・書）→ほうおむ　○かり人（底・書）→かりの（「人」は「の」の誤写と見て訂す）　○こす（底・書）→こゑ（「す」は「ゑ」の誤写と見て訂す）　80○うゑ→うへ　○すはる（底・書）→そはる（「す」は「そ」の誤写と見て訂す）　81○いろら（底・書）→いのち（「ろら」は「のち」の誤写と見て訂す。今西『大観』に同じ）　○けらして〃（底・書）→けらし

【整定本文】 また、ある本文にいはく、「三界《がい》の中に流転《るてん》して、恩愛断《おむあいた》つことあたはず。恩《おん》をすてて無為《むゐ》にいる、真実《しんじち》の報恩《ほうおむ》のものなり」とあるにつきて、思《おも》ひたつに、はた、いつの寝《い》かは寝《ね》られける、

松《まつ》の風《かぜ》にまがひて、雁《かり》のこゑ聞《き》こゆ

79 物思《ものおも》ふ寝覚《ねざめ》のよはの雁《かり》がねは雲《くも》のあなたか雲《くも》のこなたか

屋《や》のうへの隙《ひま》より、星見《ほしみ》ゆ

80 さしかはる星《ほし》のまよひに果《は》てぬべき我《わ》が身《み》にそはる罪《つみ》ぞ悲《かな》しき

からうじて明《あ》けぬれば、さるべきところの簾《すだれ》うちおろして、数珠《ずず》の緒《を》の絶《た》えたるを、挿《す》げへやるところに

81 玉《たま》の緒《を》の命《いのち》も知《し》らず急《いそ》げども今日《けふ》あま舟《ぶね》に乗《の》りはじむべし

されど、例《れい》のたはぶれごとぞと思ひけらし、

【現代語訳】 また、ある経文に、「三界の中に流転して恩愛断つことあたはず、恩を捨てて無為に入る真知の報恩の者なり（この迷いの世界に生まれ、流されながら生活している者にとって、親に対する恩や愛着はなかなか断ちがたいものだが、その恩愛を捨てて、仏の道に入ることが、本当の意味で親の恩に報いることである）」とあることに寄せて出家を決心したとはいえ、一体いつ安らかに眠ることができようか。

松風に混じって、雁の声が聞こえる、

79 思い悩んで眠れずにいる夜半に聞こえてくる雁の声は、雲の彼方から聞こえてくるのだろうか、こちらからなのだろうか。

屋根の隙間から、星が見える、

80 射してくる星の光が前とは違って定まらないように、きっと迷いの内に終わってしまうに違いない。我が身に添い加わる罪が悲しいことだ。

ようやく夜が明けたので、然るべき所のすだれを降ろして、数珠の緒の切れていたのを、すげ替えに出した所に、

81 玉を連ねる緒のように絶えやすい命のほどもいつまでとも知らずに生き急いできましたが、今日、尼舟に乗り始めるつもりです（いつとも知らず数珠のすげ直しを急ぎましたが、今日、出家をします）。

けれども、いつもの戯れ言と思ったらしい。

**〔語釈〕** 79 詞**○ある本文** 「本文」は、古書にあって典拠となる文句。ここは経文。**○「三界の中に流転して、恩愛断つことあたはず。恩をすてて無為にいる、真実の報恩のものなり」**「流転三界中恩愛不能脱。棄恩入無爲真実報恩者」という偈文は、『法苑珠林』剃髪部第三や『諸経要集』入道部第四、出家縁第三に見える。また出家作法を記す『四分律刪繁補闕行事鈔』に、「……復施二勝座擬二師坐。欲出家者著本俗服。拝辞父母尊者訖。口説偈言。流轉三界中、恩愛不能脱。棄恩入無爲、真実報恩者。乃脱俗服。」と引用される。得度式では、この句を剃髪の際に唱えることで、父母に別れを告げ俗世から離脱する。源氏物語・手習巻の浮舟が出家する場面に、「わが御表の衣、袈裟などをことさらばかりとて着せたてまつりて、『親の御方拝みたてまつりたまへ』と言ふに、……『流転三界中』など言ふにも、断ちはててしものをと思ひ出づるも、さすがなりけり。御髪も削ぎわづらひて……」と見える他、平家物語・維盛出家の段などにも見られる。「三界」は、仏語。三種の迷いの世界、欲界・色界・無色界を言う。衆生は「恩愛」を断ち切れずに、この三種の世界を、生死輪廻即ち「流転」するとされる。「棄恩入無爲」

の「恩」も「恩愛」に同じ。煩悩の根源である渇愛、肉親間の愛情は捨てられるべきもので、消滅変化のない無為涅槃の世界に入ることが目指されるのである。〇**思ひたつ**　決心する。〇**はた**　そうはいうものの。とはいえ。〇**寝かは寝られける**　「寝《い》」を「寝《ぬ》」の形に、反語「かは」が付き、可能助動詞「らる」、詠嘆「ける」が連接したもの。寝られようか、寝られはしない。

**〔語釈〕**79〇**松の風**　悲秋を感じさせる景物としてその音が取りあげられる（後撰集・秋上・二六四「秋風の吹きしく松は山ながら浪立帰るおとぞきこゆる」、散木奇歌集・秋・四七〇「百首歌中に擣衣をよめる、松風のおとだに秋はさびしきに衣うつなりたまがはのさと」）〇**まがひて**　紛れて、混じって。松風と雁の音の取り合わせは、少ない（住吉百首・帰雁・三一三・俊成「春の空ことぢに見えて帰る雁松の風にぞ声かよふなる」）。〇**物思ふ**　思いにふける。思い悩む。後拾遺集・雑三・藤原延子「松風は色やみどりに吹きつらんもの思ふ人の身にぞしみける」は、松風と物思う自分自身を重ね、色彩に寄せて詠んだ一首。当歌は、詞書では松風の音に雁の声を重ねるが、歌は雁の音のみに集中し、一途に聞き分けようとする姿勢を示す。〇**寝覚**　眠れずにいる状態。〇**雁がね**　雁が音。雁の鳴き声は、秋の景物として詠まれる。夜中になく雁の声も古今集以来の素材である（古今集・秋上・一九二「さ夜なかと夜はふけぬらし雁がねのきこゆる空に月わたる見ゆ」、同・二一三「うき事を思ひつらねて雁金のなきこそわたれ秋の夜なよな」など）。当歌も秋の歌と見なされる。〇**雲のあなたか雲のこなたか**　遠称「あなた」と近称「こなた」を対置させ（古今集・離別・三七九・良岑秀崇「友の東へまかりける時によめる、白雲のこなたかなたに立ちわかれ心をぬさとくだく旅かな」）、二分しながらも、いずれかと判別できない迷いを詠うことで、出家の決断への迷いを示す。千々に乱れる心象の表現。

80〇**さしかはる**　光が前と変わった状態で差す（秋篠月清集・五三四「ながきよの月ははるかにふけにけりいたまにかげのさしかはるまで」）。〇**星のまよひ**　「星のまよひ」は、星の数が多いことからこれと判別できないことを言うか（古今集・雑体・一〇二九・紀有朋「あひ見まくほしは数なく有りながら人に月なみ迷ひこそすれ」）、中務集Ⅰ・二二一「七月七日、星まよふほどを会ふとて七夕のやすき空なき雲ゐなりけり」。生きる方途に迷う意との両義で、「まよひに果てぬ」を導く。○**身にそはる**　「添はる」は、四段・自動詞。増し加わる、添う。身に自ずと添う（信明集Ⅰ・五〇「ながらへん命ぞしらぬ忘れじとおもふ心は身にそはりつつ」、輔親集Ⅰ・一二三「身にそはるあふぎの風はわすられて秋の空にもまかせたるかな」）。

81○**からうじて**　漸く。まんじりともせず長い一夜を明かしたことを表す。○**さるべきところ**　そうする予定の所。出家を遂げようとする場所。○**数珠の緒**　数珠の糸。出家のための準備をしていたのであろう。「数珠」は後撰集以降の日常詠の詞書に散見する。○**挿《す》げ**　緒などを孔に刺し通して結ぶ（重之集・五七「日向の国にことひきの松あり、枝に波のよするを、白波のよりくる糸を緒にすげて風にしらぶることひきの松」）。○**玉の緒の**　「命」に懸かる枕詞。玉を貫き通す紐の状態から「絶ゆ」「長し」「短し」等にも掛かる。ここは「絶ゆる（命）」「短かき（命）」等の省略と見る。数珠の緒の意を掛ける。○**命も知らず**　何時までの寿命とも知らず。和泉式部集Ⅰ・九「秋までの命もしらず春の野の花のふるねをやくとやくかな」、堀河百首・顕仲一四八二「玉きはる命もしらず別れぬる人をまつべき身こそ老いぬれ」○**あま舟**　「海人舟」に「尼舟」を掛ける（和泉式部続集（和泉Ⅱ）・一七四「説経すとて、そなたのきしになん心はよせたる、といひたりしに、はるかなるきしをこそみれあまぶねにのりにいでずはこぎいでざらまし」）、古今六帖・二「尼」・一四五〇「波ながら袖ぞ濡れぬる海人小舟乗りおくれたるわが身と思へば」）。○**例のたはぶれごと**　いつもの戯れ言、本気ではない言辞（多武峰少将物語「女君に、法師になりに山へまかるぞと聞こえ給ければ、例のこととたはぶれに思してなん聞こえ給ける」）。○**思ひけらし**　「けらし」は「けるらし」の縮約形。過去推量。思ったらしい。

**〔補説〕**　78剃髪の際に最後に口にする偈文によって、「真実の報恩」を「恩を捨て無為にはいること」と見定め、出家を決意したことが述べられる。が、逡巡の内に眠れぬ一夜を過ごすことになる。続く二首の導入部である。
79眠れぬ夜の第一首では、夜の静寂の中、寝覚めのままに松風の音に紛う雁の音を聞き分ける。が、雁の音は「雲のあなた」から聞こえてくるのか、「こなた」からなのか。現世からの出離という一大事が、境界を示す「雲」ということばの繰り返しによって鮮明に象られ、なお迷う心情が「こなたか」「かなたか」の振幅で表される。

雁の音は、平安中期の加茂保憲女集Ⅰ・九三「秋の夜の寝覚めのほどを雁がねの空に知ればやなきわたるらん」や、高遠集・一五五「ふよりくだりて博多になみかけといふところにて、舟に乗り始めし夜雁のこゑをききて、なみかけの浦のねざめにいとどしくものおもひそふる雁がねのこゑ」などでは、寝覚めの景物として体験的に、また時に語戯的に捉えられている。が、やがて「物思い」を示す景物として、教長集・七五四「内裏会、寒雁添恋、さえわたる夜半の寝覚めの雁がねはこひせぬにだにいかが悲しき」、摂津集・四七「雁、雁がねの秋の夜深くなくこゑに寝覚の床の袖ぞぬれぬる」のように歌題化し、本意が明確化するようになる。

80寝覚めの歌の第二首。目に入るのは、屋根の隙間からの星のみ。「星みゆ」に込められた限りない孤独感。その光も、刻々に差し具合が変わり移ろっていく。その定め無さは「星のまよひ」とも見える。自分もきっと、出家を遂げてもなお定めない迷いの内に果てるのであろうと、己れの身に添う罪深さを嘆く。

先の歌と共に、出家前夜の思いを詠う。揺るがない信念の下に出家へと踏み出すのではなかった。星—迷い—罪への展開が、「星のまよひ」の歌語と併せ、特異な趣向として目に付く。

81出家を決意しながらなお迷い、身の罪深さを嘆くうちに、長い一夜が明ける。出家を果たすべく、緊張の一日が始まる。緒の切れていた数珠をすげ替えさせた所に、出家が今日であることを伝えたものの、左注によれば、日頃から口癖のようにしていたせいか「例のたはぶれ」と扱われ、格別の反応がなかった様が窺われる。同様の例は多武峰少将物語などにも見られる（〔語釈〕参照）。「数珠をすげ替えるところ」に送ったのは、「出家をするので急いで直してほしい」旨を言って直させた経緯があったのであろう。歌内容が遊戯的というのではなかろう。

## （四一）

〃てち仏のをまへにて、

かゝみにあてゝわつかなるかみ
をはさむにことわりしらぬ
なみたやかゝりけん」42ウ

82 いとゝしくうきみのかけはます
かゝみいかにさためてをつるなみたそ

からうしてみつけてをや
なりけるひとも、あさましと
ほと〳〵にしたかひてはをしみ
けれとなにしるしあること
ならねはそのわたりのてらの
たいとこたちあつめてみな
まこと〳〵しくしはてゝやくな
きものともはみな人にくは」43オ
りけりくしなとやれるとこ
ろより

83 いりぬなるみむろのきしはとほく
ともきみかゆき、をさしてたつねむ

返し

84 みをつくしさしてたつねはのり
そむるをふねのあまのしるしと思む

〔校異〕 82 ○てち仏（底「て」見セケチ）↓ち仏　○をまへ（底・書）（「つ」の上に「へ」の重ね書き）↓おまへ　○をつる↓おつる　83 ○をや↓おや　○とほく（底）・とをく（書）↓とほく　84 ○思む↓思はむ

〔整定本文〕 持《ぢ》仏のお前《まへ》にて、鏡《かがみ》にあててわづかなる髪《かみ》を鋏《はさ》むに、理《ことわり》しらぬ涙《なみだ》やかかりけむ

82 いとどしく憂《う》き身《み》の影《かげ》は増鏡《ますかがみ》いかに定《さだ》めておつる涙《なみだ》ぞ

からうじて見《み》つけて、親《おや》なりける人《ひと》もあさましと、程々《ほどほど》にしたがひては惜《を》しみけれど、何《なに》しるしあることならねば、そのわたりの寺《てら》の大徳《だいとこ》たち集《あつ》めて、みな誠々《まことまこと》しくしはてて。益《やく》なき物《もの》どもはみな人に配《くば》りけり、

櫛《くし》などやれるところより

83 入《い》りぬなるみむろの岸《きし》は遠《とほ》くとも君《きみ》が行《ゆ》ききをさしてたづねむ

返し

84 みをつくしさしてたづねばのりそむる小舟《をぶね》のあまのしるしと思はむ

〔現代語訳〕 持仏の御前で、鏡に映して僅かな髪を鋏むと、訳もなく落ちる涙が懸かったのであったろうか、

82 真澄の鏡に髪を切った姿が映って、一層身の辛さは増すことだ、どういうつもりでこぼれる涙なのだろうか。

（家の者たちが）ようやく見つけて、親も「呆れたことよ」と、それぞれに惜しむけれども、何の甲斐もないので、その辺の寺の僧たちを呼び集めて、すべてを本格的に済ませてしまって、持っていても仕方のないものは、全て人に配ってしまった。

櫛などを送ったところから、

83 あなたが入ってしまうという御室《みむろ》――その三室の岸は遠くても、（いただいた櫛ならぬ）棹を差して、あなたの行き来する所を目指して訪ねて行きましょう。

返しの歌、

84 あなたが身を尽くして、澪標ならぬ贈った櫛を挿して訪ねて来てくれるなら、法の小舟に乗り初めたばかりの海女ならぬ尼の私が目指す、仏の世界への道しるべと思いましょう。

**〔語釈〕** 82 **〇持仏**　念侍仏。守り本尊として、居所に安置したり身近に置き信仰する仏像（源氏物語・若紫「ただこの西おもてにしも、持仏すゑたてまつりて行ふ、尼なりけり」）。**〇わづかなる髪を鋏む**　在家の出家者は、頭頂の髪を僅かに鋏み、その後に五戒（不殺生戒、不偸盗戒、不邪淫戒、不妄語戒、不飲酒戒）を受ける（源氏物語・若菜下「御髪おろしてむ、と切に思したれば、忌むことの力もやとて、御頂しるしばかりはさみて、五戒ばかり受けさせたてまつりたまふ。御戒の師、忌むことのすぐれたるよし仏に申すにも、あはれに尊き言まじりて……」）。本格的な出家とは異なる。〔補説〕参照。**〇理しらぬ涙**　「ことわり」は道理、理由などの意。ここでは、本来ならば出家を遂げるのは喜ぶべきことであるはずなのに、それに反して出てしまう涙を、理に反すると捉えて言ったもの（続古今集・一八四五・土御門院「うきよにはかかれとてこそむまれけめことわりしらぬわが涙かな」）。**〇増鏡**　「ただ鏡をいふ、こほりをも云」（能因歌枕）、「ますみのかがみを略したるなり。万葉には十寸鏡とぞかける。又、真澄鏡とかけり」（奥義抄・中）。よく澄んではっきり映る鏡。「増す」と掛詞にする場合（拾遺集・雑上・四六九「大江為基がもとにうりにまうできたりける鏡のつつみたりける紙にかきつけて侍りける、けふまでとみるに涙の増鏡なれにし影を人にかたるな」）や、「影」「見る」とともに用いる場合が多い（定頼集・七七「君がかげ見えもやすると増鏡とげど涙に猶くもりつつ」）。当歌の場合も「増す」と掛ける。**○いかに定めて**　どのように思い定めて、どういうつもりで（入道右大臣（頼宗）集・六五「七月七日、たなばたはいかにさだめてちぎりけむあふことかたき心ながさを」）。自分が取った行動への不安感を、涙に寄せて表す。

83**○からうじて**　やっとのことで。ようやく。周辺の人々が出家を予想だにしなかった様子を表わす。**○ほどほどに**　それぞれの年齢、立場などに応じて。**○親なりける人**　親。親であった人。関係性を意識したいい方（本集110詞「男の友だちなりける人」、業平集Ⅰ・三〇詞「ともなりける人の遠くまかりにける……」）。**○しるし**　かいのあること。効果。**○大徳たち**　「大徳」は徳の高い僧。一般の僧をも言う。ここは複数。受戒に必要な三人の僧を揃えたか。**○みな**　受戒など出家に必要な作法について言う。**○誠誠しく**　「誠し（正統、正式であるさま）」の強調形。本格的に。**○益なき物ども**　無益、無用の諸物。出家により使うことがなくなった諸々の物を指す。**○なに**　「何の」と格助詞が在るべき所。下に打ち消しを伴い、格別のことがない意を示す。**○みむろの岸**　御室（庵室）の意。同音で三室を導く。三室は、現在の奈良県生駒郡斑鳩、竜田川の上流（古今集・秋下・二八四「竜田河もみぢば流る神なびの三室の山に時雨降るらし」、拾遺抄・物名・三八九・高向草春「神なびのみむろのきしやくづるらん竜田の河の水のにごれる」）。**○ゆきき**　「往来」の意だが、「行き先」（御室・庵室）を言うのであろう（源順集Ⅱ・二一二「旅の空くもる苦しな東路のゆききの方もみえぬ白雪」）。**○さして**　（「行き先」を）目指して。「岸」の縁で「（棹を）差す」を掛ける。また、「櫛」の縁で「挿す」を響かせる（人麿集Ⅱ・五九三「しをりせんさして尋ねよあしひきの山のをちにて跡はとどめむ」）。

84**○みをつくし**　澪標。航行する船に水脈や水深を知らせるための目印として立てた串。「水のふかきところに立たる木をいふ」（能因歌枕）、「水ノ深シルシ也」（和歌初学抄）。「身を尽くし」との掛詞として使われることが多い。ここは送った「櫛」を主に言う。前歌の「岸」の縁で、「澪標」「差す」「舟」「海女」を縁語として用いる。**○のりそむる**　初めて（舟に）乗る。「法」を掛け、仏門に入ったことを擬える。**○小舟**　漁夫が乗る漁用の小舟。海士の小舟（伊勢集Ⅰ・四二一「棚無しの海士の小舟の荒き磯にあなたどたどしなどひとりして」）。**○あまのしるし**　「海士」

「尼」の掛詞。海士の小舟の進路を示す標の意に、尼としての今後の道標の意を掛ける（金葉集二奏本・雑下・六三九・懐尋法師「薬王品の心をよめる、うき身をし渡すときけばあまを舟のりに心を掛けぬひぞなき」、一品経和歌懐紙・二一「分別功徳品　利根智恵　善答問難、あまを舟のりうかめたるしるしにはなにはのこともとはばこたへむ」）。

**【補説】** 82自ら行う剃髪については、大和物語・第一〇三段「ものもいはでこもりゐて、つかふ人にも見えで、いと長かりける髪をかい切りて、手づから尼になりけり」に女性の例、事情は異なるが、多武峰少将物語に高光の「それとのたまふ阿闍梨も泣きてうけ給はらざりければ、御もとどりを手づから剃刀《かうそり》して切りたまひにければ、いかがはせんとて、なを剃りたまひける」の例などがある。源氏物語・若菜下では、瀕死の紫の上が、「御髪おろしてむ、と切に思したれば、忌むことの力もやとて、御頂しるしばかりはさみて、五戒ばかり受けさせたてまつりたまふ。御戒の師、忌むことのすぐれたるよし仏に申すにも、あはれに尊き言まじりて……」と、「しるしばかり」鋏んだ後に受戒する場面が描かれるが、「わづかなる」髪を鋏んだ主殿の行為も、受戒の前提だったのであろう。その後に大徳たちが集められ、「誠誠しく」受戒が為されたのである。受戒とは、在家の信者として戒律を受けることで、殺生、偸盗、邪淫、妄語、飲酒　の五つを慎むべしとする五戒を受けることを言う。受戒には三師（戒を授ける戒和上、作法を教える教授師、表白や羯磨の文をよむ羯磨師）が立ち会う（玉上『源氏物語評釈』七参照）。出家作法については、日本古典文学大系『源氏物語』4柏木巻の補注一三が詳細に説明する。

83籠った「むろ（室）」と「櫛—挿す（差す）」から「三室の岸」が想起されたもので、実際に三室に籠ったというのではない。次の84「海士の小舟」の返しを導く、恰好の設定であったと思われる。

84語釈に例示したような「海士の小舟」の心許なさに、尼になったばかりの我が身の寄る辺無さを擬えて、縁語・掛詞を駆使して詠じた一首。〈身を尽くし・澪標〉に「櫛」を折り込み、「指して」に「（棹）差し—（櫛）挿し」が重なる。「乗り—法」「海士—尼」は掛詞。「しるし」は「海路の標—仏道修行の道標」の両義。

## （四二）

ひとへきぬおけさにぬひに」44ウ

やりたるところより

85 からころもきのふのそてもよの
ほとにけさこそまたきつとめかほなれ

返し

86 ねくたれのひきたれひたひけさ
よりはつとめかほこそみせまほしけれ

むつましかりける人きゝつけ」45オ
ていかゝきていひけんものゝ
はしにたゝかくなむ

87 かゝらてもふねなかしたるあま
なれはのりにをもふくわれやわりなき

たれもあはれなるほとにて、返しおほえす

【校異】85○ひとへきぬお→ひとへきぬを　87○をもふく（底）・をもふて（書）→おもふく

〔整定本文〕

85 単衣《ひとえぎぬ》を、袈裟《けさ》に縫《ぬ》ひにやりたる所《ところ》より

唐衣《からごろも》きのふの袖《そで》も夜《よ》のほどにけさこそまだきつとめ顔《がほ》なれ

返し

86 寝《ね》くたれの引《ひ》きたれ額《びたひ》けさよりはつとめ顔《がほ》こそ見《み》せまほしけれ

むつましかりける人ききつけて、いかが来《き》ていひけむ、ものの端《はし》にただかくなむ

87 かからでも舟流《ふねなが》したるあまなればのりにおもぶく我《われ》やわりなき

誰《たれ》もあはれなるほどにて、返しおぼえず

〔現代語訳〕

85 単衣の着物を、袈裟に縫い直しにやった所から、

昨日まであなたが着ていた単衣の衣も、夜の間に袈裟に縫い直されて、今朝はまだ着られてもいないのに早くもお勤めをする風情ですよ。

返しの歌、

86 寝乱れた髪が垂れ下がったような尼額で、今朝からは、袈裟よりもお勤めする私の顔つきの方をこそ、お見せしたいことです。

親しくしていた人が聞きつけてやって来て、どんな風に言ったのであったか、ものの端にただこのように書き付けてやった、

87 このように形を変えなくても、大事な舟を流した海人のような身ですから、乗り、いえ法に心が向くのは当然のこと、道理に合わないことがありましょうか。

誰も彼も歎き交わしていた時で、返歌はどうだったか覚えていない。

〔語釈〕 85 ○袈裟 仏語。出家者が着る法衣。長方形の布を一定数縫い合わせて作る。左肩から右腋下に斜めに懸ける。十巻本和名抄に「東宮切韻云、釈氏曰袈裟、天竺語也、此云無垢衣、又云功徳衣、孫愐曰、傳法衣、即沙門

之服也」と記す。歌は「今朝」を掛ける。**○唐衣**　枕詞。「着（る）」に掛かることから、「き（のふ）」を導く。**○袖**　単衣を指す。**○夜のほどに**　夜の間の変化に注目する（後拾遺集・春上・四二・好忠「三島江に角ぐみわたる蘆の根のひとよのほどに春めきにけり」、和泉式部集Ⅰ・四五二「夜のほどに散りもこそすれ明くるまでほかげに花を見るよしもがな」など）。**○まだき**　未だ来。早くも。「未だ着」を掛ける。**○つとめ顔**　孤例。勤行に励んでいる顔つき。「袈裟」の佇まいを擬人化して言う。

86**○寝くたれ**　寝たために、しどけなくなっていること。寝乱れていること（小町集Ⅰ・九六「しどけなきねくたれがみを見せじとやはたかくれたるけさの朝がほ」、源順集Ⅱ・三七「わすれずもおもほゆるかな朝な朝なしが黒髪の寝くたれのたわ」、拾遺集・哀傷・一二八九・人麿「猿澤の池にうねべの身なげたるを見て、わぎもこがねくたれ髪を猿澤の池の玉藻と見るぞ悲しき」）。**○引きたれ額**　「引き垂れ」は、引っぱるように垂れ下がっていること。尼削ぎの髪型を言ったもの（源氏物語・早蕨「いたくねびにたれど昔きよげなりけるなごりをそぎ捨てたれば、額のほどさま変はれるに、少し若くなりて……」）。**○けさよりは**　「今朝」に「袈裟」を掛け、助詞「より」を「起点」と「比較」の意味に使い分ける。「今朝からは」と、「袈裟よりは（顔）」の両義。**○つとめ顔**　前歌と同語を使い、「袈裟」を引き合いに自らの勤行への強い緊張感を強調する。

87**○かからでも**　「かくあらでも」の縮約形。出家をしなくても。「あまなれば」に掛かる。**○舟流したるあま**　尼の身を「海人」に寄せる。84参照。舟を流した海人は、寄る辺無さの象徴（伊勢集Ⅰ・四六二「七条の后失せたまひて、沖つ波　荒れのみまさる　宮のうちに　年へて住し　伊勢のあまも　舟流したる　心ちして　寄らん方なく　悲しきに……」、斎宮女御集Ⅰ・一三五「あさましく舟流したるあまよりも我が袖のうらのしほも乾かず」、和泉式部、日記四八「袖のうらにただわがやくとしほたれて舟流したるあまとこそなれ」など）。**○のりにおもぶく**　「のり」は法、仏法。「舟」の縁で「乗り」を掛ける。「おもぶく」は、趣く、赴く、心を向ける意。ここは、尼が仏法に心を注ぐ意（加茂保憲女集Ⅰ・総序「あるは世をそむき、のりにおもむいて心を深き山に入れて……」）と、海士が舟に乗り出かける意の両義。**○我やわりなき**

孤例。自己矛盾を思弁的に詠う例に、拾遺集・恋五・九四五「身のうきを人のつらきと思ふこそ我ともいはじわりなかりけれ」、元真集・一五八「我ながらわりなき事は知られけりこよひばかりはのどけからまし」などがあるが、少ない。ここは、我が行為の正当性、矛盾がないことを反語を用いて強く主張する。

〔補説〕85掛詞「けさ」によって、「単衣」から「袈裟」への縫い直しと、昨日から「今朝」への、「夜のほど」に起きた変化を重ね、準備が整ったことを伝える。「未だ来」に「未だ着」を掛け、さらに袈裟を「勤め顔」と擬人化して、手の込んだ機知的な歌としている。緊張を和らげようとするものであろうか。

本来「袈裟」は、出家作法の中でも一要素たるべくあるもので、『出家作法 曼殊院蔵』の白土わか「解説」では、『諸経要集』(『法苑珠林』にも)から、「和上・阿砂利の二師を請うこと、つづいて剃髪・辞拝父母尊親等・脱去俗服・香湯潅頂・敬礼十方仏・着袈裟・礼仏行道・礼大衆及二師・受三帰五戒等」をその作法としてあげている。

86前歌を受け、今朝の「袈裟の勤め顔」に、自らの今朝の「勤め顔」を対置させる。それは「寝くたれの引きたれ額」のような尼削ぎの顔かたちであるが、今は整えることからも遠い。緊張感と決意を「見せまほしけれ」に凝縮する。初二句、「たれ」音の繰り返し。

87親しい人が来て、主殿の出家を嘆いたのであろう。それに対して、身の形に関わりなく寄る辺ない身であること、自身の出家選択が間違いないことを詠い返す。「いかが来ていひけむ」「返しおぼえず」からは、回想による記述の形が明瞭に見える。意識的な朧化表現か。

## (四三)

さけのむにかめをいたして」46ウ

88 うかふてふうき、のかめにあひ

ぬれはこふのつみこそ心やすけれ
　ある人のきたりけるに
　なまみるをたしたり
　けれはおとこ
89 いにしへのなこりたになきあま人は
　みるにかなしきものにそありける
　　返し」47オ
90 なみかけのいそまのあまとなりし
　よりみる人ことにしほたれそする

〔校異〕 89〇おとこ→をとこ　〇あり（底）・有（書）→あり

〔整定本文〕 酒《さけ》飲《の》むに、瓶子《かめ》をいだして

88 浮《う》かぶてふ浮《う》き木《き》のかめにあひぬれば劫《ごふ》の罪《つみ》こそ心やすけれ

　ある人の来《き》たりけるに、生海松《なまみる》を出《だ》したりければ、男《をとこ》

89 いにしへの名残《なごり》だになきあま人はみるに悲《かな》しきものにぞありける

　返し

90 波掛《なみか》けの磯《いそ》まのあまとなりしよりみる人ごとにしほたれぞする

〔現代語訳〕 酒を飲むのに、瓶を出して、

88 瓶、いや、菩提に浮かぶとい　法の浮き木の亀に出あったものだから、無量劫の罪のことだって安心です。

ある人が来たときに、生海松を出したところ、その男が、

返しの歌に、

89 昔の名残すら残っていない（海女ならぬ）尼姿のあなたを、（海松、いえ）見るのは、何とも悲しいことです。

90 （波のかかる磯辺の海女ならぬ）尼となってからは、（海松ならぬ）見る人ごとに（潮垂れて）涙をこぼすことです。

**〔語釈〕** 88 **○酒飲むに**　五戒の中に「不飲酒戒」（82〔語釈〕参照）があるので、出家者の飲酒ではなく次歌と同様の、来客接待のためのものであろう。**○瓶子**　『新撰字鏡』「甒」に「〓也加女」、「〓瓶」に「水加女」。十巻本和名抄「瓶子」に「賀米」として、「是瓶本汲器、為転盛物……中世以来盛酒之器有瓶子」と注する。酒などを入れる器、あるいは徳利。夫木抄は雑部（動物）に「亀」とつくる。（他出）参照。**○浮かぶ**　水に浮かぶ意に、救済される意を掛ける。23参照。**○浮き木の亀**　浮き木は、川などに浮いている流木、あるいは筏。『法華経』妙荘厳王品「仏難得値、如優曇波羅華、又如一眼之亀、値浮木孔、而我等宿福深厚、生値仏法」（仏にあひ奉ること得難きは優曇波羅の華のごとく、また一眼の亀の浮木の孔に値《あ》へるが如し、しかるにわれらは宿福深厚にして、生まれて仏のみ法にあへり）、『涅槃経』「難得見聞我今已聞、猶如盲亀値浮木孔」（見聞すること得難きに我今已に聞く、猶盲亀、浮木の孔に値ふが如し）などによる表現で、盲目の亀が、大海に浮いている木に遭いその孔に入るのが難しいことから、仏法に出会うことの困難さをいう（拾遺集・哀傷・一三三七・斎院「女院御八講捧物にかねして亀の形をつくりてよみ侍りける、業つくす御手洗河の亀なれば法の浮き木にあはぬなりけり」、発心和歌集選子Ⅲ・五一「妙荘厳王品　又如一眼之亀、値浮木孔、而我等宿福深厚、生値仏法、ひとめにてたのみかけつる浮木には乗りはつるべき心地やはする」、今鏡・第十うちぎき・一三八・小大進「行くかたも知らぬうき木の身なりとも世にしめぐらば流れあへかめ」など）。「亀」に「瓶」を掛ける。**○劫の罪**　「劫」は（三四）中序の②・㉑参照。非常に長い時間に渉って犯した罪業。『観無量寿経』（結語）の「若善男子善女人、但聞仏名二菩薩名、除無量劫生死之罪、何況憶念」（もし善男子・善女人にして、ただ仏の名・二菩薩の名を聞くだ

に無量劫の生死の罪を除く、いかに況んや憶念せんをや）、『安養集』の「称南無阿弥陀仏於念念中、除八十億劫生死之罪」など。ここは「不飲酒戒」にそむく行為として大仰に戯れて言ったものか。〇**心やすけれ**　安心である。「瓶」即ち「亀」に遭ったので、仏に出会ったようなものとして、救済されるのは確実と見なす。

89〇**生海松**　生の「海松布（みるめ）」。海藻の一種。「見る」「見る目」を掛けることが多い。〇**あま人**　「尼」「海士」の掛詞。「海士」は「海松」の縁語。〇**みる**　「見る」に「海松」を掛ける。

90〇**波掛けの**　波の懸かる。固有名詞の例もあるが（高遠集・一五五「府より下りて、博多になみかけといふ所にて、舟に乗り始めし夜、雁のこゑをききて、波かけの浦の寝覚めにいとどしくものおもひそふる雁がねのこゑ」）、ここは「の」を伴い「磯ま」に掛かる普通名詞と見ておく（蜻蛉日記・中・（屏風歌）「なみかけのみやりにたてる小松原こころをよすることぞあるらし」）。〇**磯ま**　磯回（いそみ・いそわ）。磯辺（後撰集・恋二・六七〇・大伴黒主「白浪のよする磯間をこぐ舟のかぢとりあへぬ恋もするかな」）。あるいは「磯間の浦」の略か。「磯間の浦」は、『歌枕名寄』では紀伊の国の歌枕。現在地は未詳。〇**みる人**　見る人、即ち会う人。「海松」を掛ける。〇**しほたれ**　海士の衣が潮に濡れてしずくが垂れる意。涙で袖が濡れること、悲嘆に暮れることの喩として用いられることが多い（和泉式部日記・四六「袖のうらにただわが役としほたれて舟流したるあまとこそなれ」）。

**〔補説〕**　88当歌は関わらないが、「浮き木」が詠まれる和歌には、俊頼髄脳、奥義抄・中（「昔、張騫といひしものは宣旨にてあまのがはのみなかみたずねしには、浮き木に乗りき。さてかへりまゐりけるに、世中かはりにけりと云ふ事あり」）等の諸歌書が示すように、「天の川の水上を訪ねる」故事に依るものがある。例えば、公任集・三六四、三六五の贈答歌、「法輪に為基しほう（ほうしカ）まうであひて音せで出でにけるつとめて、なみのよにあふことかたきかめ山の浮き木をただにかへすべしやは、返し、天河あとをたづぬる世なりせばあふ事やすき浮き木ならまし」は、それぞれ「涅槃経」と「浮査説話」を踏まえて応答している。同様に、赤染衛門集・一一二等は、「七月七日、説法をさすと聞きてやりし、たまさかに浮き木よりける天の川亀の住かを告げずや有るべき」と、一首の中で上句（浮査説話）と下句（涅槃経）にそれぞれが踏まれ、混体した形を見せる（後藤祥子『源氏物語の史的空間』一九八六、「浮き木にのって天の河にゆく話―「松風」「手習」の歌語―」参照）。

90「波掛けの磯まの」は「海士」に懸かる序として働き、「尼」を導く。84・87・90と、我が身を「海士」に寄せ、「尼」の身を象る。

以上の三首は、出家直後の来訪者への接待の折のものか。

〔他出〕 88夫木和歌抄・巻二七・雑部九（動物）・一三〇七二「酒のむに亀をいだして　主殿、うかぶてふうき木の亀に相ひぬればこそのつみこそ心やすけれ」

## （四四）

又あるおとこいまはひた
ふるにたれはきてみむとて
かくなん

91 みをやつすあまのはころもおもひ
たちいかなるふしにそふてきるそも」48ウ

返し

92 うきふしにかねてそめてしころ
もてはいまはしめたるいろならはこそ

かくれたりけるをみておとこ
93 いにしへにあはれとものをおもひしは
きみをみすてのことそありける
返し」49オ
94 やつるれとしひのはころもなにならす
みむろのやまのかさりとおもへは
れいのありさまにてまくら
のありけれはあはれにて
95 とことはにうちはらひつるしき
たへのまくらのちりにいまはけかれし」50ウ

〔校異〕91○おとこ→をとこ　○たれば（底・書）→なれば（「た」は「な」の誤写と見て訂す）　○そふて（底・書）→そめて（「ふ」は「め」の誤写と見て訂す）　92○ことそ（底・書）→ことにそ（「に」の脱字と見て訂す）　93○おとこ→をとこ

〔整定本文〕
又ある男《をとこ》、今《いま》はひたぶるになれば、きて見《み》むとてかくなむ
91 身《み》をやつすあまの羽衣《はごろも》思《おも》ひたちいかなるふしに染《そ》めて着《き》るぞも
返し

92 うきふしにかねて染《そ》めてし衣手《ころもで》は今始《いまはじ》めたる色《いろ》ならばこそ

隠《かく》れたりけるを、見《み》て、男《をとこ》

93 いにしへにあはれと物《もの》を思《おも》ひしは君《きみ》を見《み》ずてのことにぞありける

返し

94 やつるれど椎《しひ》のはごろも何《なに》ならず三室《みむろ》の山《やま》の飾《かざ》りと思《おも》へば

例《れい》のありさまにて、枕《まくら》のありければ、あはれにて

95 とことはに打《う》ち払《はら》ひつる敷妙《しきたへ》の枕《まくら》の塵《ちり》に今《いま》は穢《けが》れじ

**〔現代語訳〕** 又、ある男が、（女が）今は信仰一途になったので、行ってみようと言って、このように（詠んだ）、

91 姿を変える（天の羽衣ならぬ）尼衣を裁って着ようと思い立って、一体何時の折節に、どんな付子《ふし》で染めて着るというのですか。

返しの歌に、

92 憂き折節に、かねてから付子で染めてあった衣は、今、思い立って染め始めた色なものですか。

隠れていたのを、見て、男が、

93 かつて「哀しい」と物を思ったのは、今のあなたを目にする前の話でした（尼姿を見て、かつてない哀しみを感じています）。

返しの歌に、

94 身は尼姿に変わりましたが、椎の葉で染めた衣は何ほどのことでもありません、三室の山の飾りだと思うと。（そんなに深刻がらないでください）。

（誰ももう来ないのに）いつもの状態で枕があったので、もの哀しい気持ちに駆られて、

95 永久に打ち払い清めてしまった枕に置く塵に、今はもう二度と汚れることもあるまい。

〔語釈〕 91○ひたぶるになれば 「ひたぶるに」は一途な状態を表す形容動詞（源氏物語・浮舟「われは、月ごろもの思ひつるにほれはてにければ、人のもどかむも言はむも知られず、ひたぶるに思ひなりにたり」）。修行専一の状態になったことを言う。○やつす 目立たぬように姿を変える。ここは、出家する意。○あまの羽衣 「天の羽衣」に「尼の衣」を掛ける。○思ひたち 決意して。「思い立つ」に「衣」の縁語「裁つ」を掛ける（重之集・三〇「たつとこそおもひやらるれ七夕のあけゆく空の天の羽衣」）。○ふし 五倍子《ごばいし》・付子。ぬるでの木の葉・枝・茎に生じる虫（ヌルデノミミフシ）の巣、虫瘤。これを粉にして、歯黒め・染料・薬用として使った。「折節」の意を掛ける。○ぞも 終助詞「ぞ」「も」の連語。疑問の連体詞「いかなる」を受けて、詠嘆を込めた疑問を表す。上代和歌に多く、当代での用例は減少する（能因集Ⅰ・三二「まがねだにとくといふなる五月雨になにの岩木のなれる君ぞも」）。

92○うきふし 「憂き節」。「付子」を掛ける。○染めてし 「てし」は完了助動詞「つ」、過去助動詞「き」の連接（後拾遺集・春上・一一七・能因法師「世の中をおもひ捨ててし身なれども心よわしと花に見えぬる」）。○今はじめたる 今初めて体験する意（道命集・一五八「恋、こひしとはみな人いへどわが身には今はじめたる心地こそすれ」）。○ならばこそ 文末に「ばこそ」がくる反語表現。「あらめ」などの省略がある（清輔集・三四三「ありし夜の月日ばかりはかへれども昔の今にならばこそあらめ」）。「であるはずがない」の意。

93○隠れたり 姿を隠している。○見ずて 見ないで。打消助動詞「ず」の連用形に、接続助詞「て」が連接したもの。中古以後は、和歌などを除きあまり用いない。

94○椎のはごろも 椎の樹皮を染料にして染めた墨染の衣。椎の「葉」から「羽（衣）」に転ずる。椎は、ブナ科シイノキ属の植物の総称で、喪服の染料。万葉集以外の用例は少なく、平安中期より「しひしば（椎柴）」という形が定着した（公任集・三七七「しひしばにそむる衣はかはるとも此身をよそに思はざらなん」）。八雲御抄・三「袖」に「しひしばの」、同「朱」に「此外……しひぞめなどいへり」とある。樹皮を喪服の染料に用いたところから、哀傷歌で多くよまれた（高倉院昇霞記（源通親）・八七「しひしばのころもにうへはかくすともふぢのたもとの色はかはらじ」）。

**○何ならず**　73参照。**○三室の山**　83「三室の岸」参照。本来、神の「御室」の意の普通名詞であったが、古今集・秋下・二八四「竜田河もみぢば流る神なびの三室の山に時雨降るらし」により、奈良県生駒郡斑鳩町の神無備山を指すものとして定着したとされる（『歌枕・歌ことば辞典　増訂版』）。

95**○とことはに**　常に、永久に。「つねなる事をば、とことはともいひ　万葉には常不止と書り。ときはとも云也」（顕注密勘）。（万葉集・巻四・五四二「常不止通ひし君が使ひ来ず今はあはじとたゆたひぬらし」）。古くは濁音「とことばに」（同　巻二一・一八三「吾がみかど千代常登婆尓トコトバニ栄えむとおもひてありし吾しかなしも」）。「常」に「床」を掛ける。「枕」の縁語。**○打ち払ひつる**　「塵」に懸かる。枕の塵を払うことで、男を迎える支度を意味する（定頼集Ｉ・一〇九「敷妙の枕の塵を打ち払ひ待つかひありと見るをりもがな」）が、ここは出家を果たし全てを捨て去ったことを意味する。**○敷妙の**　枕詞。敷物とする栲（たえ）、すなわち寝具の意から、「床」「枕」「手枕」などにかかる。**○枕の塵**　枕の上に塵が置く状態、即ち空閨を意味する（蜻蛉日記上巻「……と思ひかく思ひ　思ふまに　山とつもれる　敷妙の　枕の塵も　ひとり寝の　数にしとらば　尽きぬべし……」）。**○今は穢れじ**　愛執を断ち切った「今」の状況に対する一種の感慨を詠じたもの。枕の塵を払う（共寝をする）ことを、「穢れ」と見なす前提がある。兼輔集Ｉ・七六「方たがへに行きたる所に、枕をかへすとて、敷妙の枕に塵のゐましかば立ちながらにぞ人はとはまし」に対する「女」の返歌、七七「君がため打ち払ひつる敷妙の枕の塵に穢れぬるかな」を踏んだもの。

**〔補説〕**　91「天の羽衣」は、「七夕」あるいは「劫の石」との関連で詠まれる場合が多く、「尼の衣」を掛ける先行例は少ない（大斎院御集（選子Ⅱ）・三四「武蔵の前かみなくなりて、四十九日、八月廿五日する、こせ《本》しあまになりぬるよし聞こえさせたれば、うち続きあはれなることをおぼしめす、女別当、袖の色もいかがなるらむ悲しさに重ねて裁ちしあまの羽衣」、和泉式部続集（和泉Ⅱ）・三八「宮の御四十九日、誦経の御ぞものうたする所に、これをみるがかなしき事などいひたるに、打ちかへしおもへば悲しけぶりにもたち遅れたるあまの羽衣」）。

92「ばこそ」が結句に来る例は中世以降に見られるもの。当歌は、初出例になるか。決意を示す感情的口調で、「きるぞも」に応じた、口語的な言い差しの形とも言えようか。

93男の目に映る尼姿の女への感懐が、「あはれ」と示される。

94出家姿を見た衝撃を詠った男の歌に対して、「そんなに深刻がらないで」と言う主殿の歌と解した。八月の段階で、73「虫の音もさやけき月も何ならず今はこのよを背くべければ」と詠っていた主殿ではあった。

95とは言いながら、やはり境涯の変化は身に浸みて感じることになる。「恩愛を断つ」ことの一面である男女関係への感慨を、目に触れた「昨日までの枕」に寄せて「あはれ」と詠う。「塵に穢る」には、仏教に言う「六塵」が影響していよう。「六塵」は、六境。即ち、「色・声・香・味・触・法の六種の認識の対象。……執着の対象として衆生の心を汚すので〈塵〉と漢訳された」（岩波仏教辞典）とされる（発心和歌集（選子Ⅲ）・三九「従地湧出品　善学菩薩道、不染世間法、如蓮華在水、従地而湧出、いさぎよき人の道にも入りぬれば六つの塵にも穢れざりけり」、後葉集・五八〇・朝日尼「同じ品（信解品）の心を、あくがれしこをおもふ道に降り立ちて塵に穢るる身とぞ成りぬる」）。

## （四五）

あるおとこたちはな□おこせて、いかゝいへりけん

96 たちはなのかはかりいまはなれる身になにゝむかしとおもひいつらむ

返し

97 たちはなのむかしをゆめにわす

れぬはかくながらにもならむとそ思ふ

このおとこのもとにさるへき
ものともやりける中中に
もとゝりのすゐのありける
をつゝつみて、たゝかく」51オ

98 おもひてのなをしもうさのやし□
にはこゝころみじかきかみもとゝめし

返し

99 かみよゝりちきりをきてしゆく
するをかへす人こそうさまさりけれ

〔校異〕96○おとこ→をとこ　○たちはな□（底）・たちはなを（書）→たちはなを（書により訂す）　98○おとこ→をとこ　○なをしも→なほしも　○やし□（底）・やしろ（書）→やしろ（書により訂す）　99○ちきりをき→ちきりおき

〔整定本文〕　ある男《をとこ》、橘《たちばな》をおこせて、いかが言《い》へりけむ

96 橘《たちばな》のかばかり今《いま》はなれる身に何《なに》に昔《むかし》と思《おも》ひいづらむ

返し

97 橘《たちばな》の昔《むかし》を夢《ゆめ》に忘《わす》れぬはかくながらにもならむとぞ思ふ

この男《をとこ》のもとにさるべき物《もの》どもやりける中に、髻《もとどり》の末《すゑ》のありけるを包《つつ》みて、ただかく

98 思《おも》ひ出《で》のなほしもうさの社《やしろ》には心短《こころみじ》かきかみも留《とど》めじ

返し

99 神代《かみよ》より契《ちぎ》り置《お》きてし行《ゆ》く末《すゑ》をかへす人こそうさまさりけれ

**〔現代語訳〕** ある男が、橘（の実）をよこして、どんなことを言ってきたのであったろうか、

96 （橘のこれほどになった実ではないが）こんな風に今はなって（出家して）しまった身なのに、何だって昔の恋人だと思い出すというのでしょう。

返しの歌に、

97 昔のことを夢にも忘れないのは、せめてこのままの状態でいたいと思うからなのですよ。

この男のもとに然るべき物などを返してやった中に、髻の末があったのを包んで、ただ次のように遣った、

98 思い出すのがなおも憂く辛い宇佐の社には、気忙しい神は、短い髻の髪すらも留めては置きますまい。

返しの歌に、

99 神代の昔から約束しておいた二人の行く末なのに、置いておいた髪髻の末を返して覆す人こそは、辛く、宇佐ならぬ憂さが募ることです。

**〔語釈〕** 96 **○橘の** 「橘の香」から「かばかり」を導く。**○かばかり** この程度に。自分の身のほどと、橘の実の大きさについて言う。「香」を詠み込む（馬内侍集・一七四「昔のともだちのもとより、おほきなる橘をふみのなかに入れて、たぐひなきこひする人のあたりには花橘もかばかりやなる」、同一七五「返し、思ひきや花橘のかばかりもこひしき人にならん物とは」。増基集・一〇一「たちばなの木の郭公のなき侍るに、郭公花橘のかばかりになくは昔や恋しかるらん」。同時代の用例に、六条斎院歌合・宮小弁・一一「いはかき沼の中将、ほととぎす花橘のかばかりもいま一こゑはいつかきくべき」）。**○なれる身に** 「成れる身」に、「橘」の縁で「生れる実」を掛ける（古今六帖・二・一二五九「恋ひせんとなれるみかはの八橋

の雲でに物を思ふ比かな」。「に」は逆接。「（み）なのに」。**〇何に昔と**　「何に」は、相手の行為への疑問・反語を示す。「昔」は「昔の人」の意で、かつての恋人を指す。**〇思ひ出づ**　古今集・夏・一三九「さつきまつ花橘の香をかげば昔の人の袖のかぞする」に依る（後拾遺集・夏・二一五・高遠「昔をば花橘のなかりせば何につけてか思ひ出でまし」など）。

97**〇夢に忘れぬ**　「夢」に見て忘れない意に、打ち消し「ぬ」と呼応する副詞「ゆめに」を掛け、「少しも忘れない」の意を表す。**〇かく**　96「かばかり」に対応し、橘の実の大きさを言うとともに、この「橘の昔の夢」を指す。**〇ながらにも**　「ながら」は副助詞。この状態のままに（匡衡集・二六「月影をかくながらにてしぐるればおつる紅葉の音かとぞきく」）。格助詞「に」は、動詞「なる」の対象を表す。「も」は係助詞（伊勢物語・一〇三段「寝ぬる夜の夢をはかなみまどろめばいやはかなにもなりまさるかな」）。最小限の願望を示す。108参照。

98**〇さるべき物ども**　送って遣るのが当然の諸々の物。出家により縁の切れた男に、女の元に残っていた物を返したのである。**〇髻の末**　髻は、頭の上に集めてたばねた髪。余分な髪を切ったその端があったのであろう。**〇うさの社**　「憂さ」から「宇佐の社」を導く。宇佐神宮。大分県宇佐市南宇佐にある。応神天皇、比売神、神功皇后を一殿ごとにまつる。ここは憂き宿、自分の手元の喩。**〇心短きかみも**　「短き髪」と「心短き神」の掛詞。「心短き」は、気が短い、気ぜわしい、の意（古今六帖・六・四四九三「くひなだにたたけばあくる夏のよをこころみじかき人やかへりし」）。「も」は、かみすらも、の意。「髪」に宇佐の「神」を掛ける。

99**〇神代より**　神代の昔から、の意。98を受け、「神」を持ち出す。「髪」を掛ける。**〇契り置きてし**　誓っておいた意に、髪を「置いておいた」意を掛ける（後撰集・恋三・七九二「千世へむと契りおきてし姫松のねざしそめてし宿は忘れじ」）。**〇行く末**　髻の「末」を掛ける。**〇かへす**　「（契った将来を）覆す」、「（髻の末を）返す」の両義。**〇うさ**　「憂さ」に「宇佐」を掛ける。

**〔補説〕**（四五）の四首は、昔、関係のあった男との遣り取りである。（四四）の「男」とは別人か。「髻の末」の髪を置いてあった事実、またそれを送り返す行為などからは、かつて男が恒常的に通ってきていた時期があったことが窺われる。

96「さつきまつ花橘のかをかげば昔の人の袖のかぞする」（古今集・夏一三九、伊勢物語六十段）に寄せて、「橘」を寄越した昔の男に返した歌。「香」「生る」「実」などの縁語仕立てで、「今さら何を」と言った気分を伝える。「いかが言へりけむ」は、回想の草子地、あるいは話者の感懐とも言うべき句。これにより、縁語・掛詞を多用して返したのは、男の言葉（あるいは歌）への反応であったことを、暗に示すことになる。

97男は、最後の未練を伝えようと、「橘」と「昔の夢」を結んだ一首を詠む。男は、夢に見る睦まじかった昔のままで、「かくながら」の状態に留まりたいと詠む。「子に後れてはべりけるころ夢に見て詠み侍りける、うたたねのこのよの夢のはかなきに覚めぬやがての命ともがな」（後拾遺集・哀傷・五六四・実方）の、「覚めぬやがての」と同様の思いであろう。「橘」と「昔の夢」を詠んだ歌として、当歌はかなり早い時期の例となろう。以下には、千載集・夏・一七五・公衡「花橘薫枕といへる心をよめる、をりしもあれ花橘のかをるかな昔をみつる夢の枕に」、公衡集・三一「夏の夜はまどろむほどの夢ぢさへ花橘の袖にしむかな」、あるいは寂連集Ⅱ・一二一「軒ちかき花橘の匂ひきて寝ぬ夜の夢は昔なりけり」などが続き、やがて「かへりこぬ昔を今とおもひねの夢の枕ににほふ橘」（新古今集・夏・二四〇・式子内親王）、「橘のにほふ辺りのうたたねは夢も昔の袖の香ぞする」（同・二四五・俊成女）等が詠まれるに至る。

98通いを絶つことをリアルに示すのが、男の持ち物の返却である。出家によりすべてを精算しようと、女は男の物を送り返す。それが生身の男の「髻の末」であれば、さすがに辛さは否めずに、「宇佐」に寄せつつ本音の一首を添えたのであろう。我が身の憂さを宇佐の社に擬え、出家へと急いだ自分を「心短き神」と自嘲しつつ「短い髪」に繋ぐ。「留めじ」とする決意の強調が、逆に男への幾許かの未練を浮き立たせる効果を生むことになる。

99返された「髻の末」を見て、男は、女の歌の比喩に添いながら、これはかつて契った将来を覆す行為だと、女の出家を責める形で切り返す。責めるほどに、出家を惜しむ心情が強調される。

（四六）

あるひしりのもとより、かみ
きぬ、はせんいとこひたりし
かはかくなん」52ウ

100 もろ〳〵のわくにみたる、わ□みには、
ちすのいともたえすそありける

月のいとあか〻りけれはれいの
心うせぬなるへし

101 のこりなくおもひすて〻しよの
中にまたをしまる〻やまのはの月

をこなひするに風のをこ
りてわつらひしかはなをとて」53オ
もかくてもうきみかなと
かなしくて

またあらしものおもふ人はよの中
にむかしもいまもはてもはしめも

**〔校異〕** 100○いと（底・書）「とて」の上に重ね書き。○わ□み（冷）・わかみ（書）↓わかみ　102○をこなひ↓おこなひ　○をこりて↓おこりて　○なを↓なほ

※100番歌の詞書について、書陵部本を底本とする『新編国歌大観』解題では、「……かみぎぬぬはせんとて」の「とて」は「いと」との重ね書きである。本文は「とて」に依ったが、両者の先後は必ずしも判然としない」としていた。が、冷泉本によれば、「ぬはせんとて」までが明らかに一筆の墨色で、さらに、書陵部本では、「とて」と「いと」の部分のみが重なるのに対し、冷泉本では、「いと」および「こひたり」の「こ」の一画目が「とて」に重なっている。したがって、当初の「ぬはせんとて」を「ぬはせんいと」に訂したことは明らかである。

**〔整定本文〕**　ある聖《ひじり》のもとより、紙衣《かみきぬ》縫《ぬ》はせむ糸《いと》乞《こ》ひたりしかば、かくなむ

100 もろもろのわくに乱《みだ》るる我《わ》が身《み》には蓮《はちす》の糸《いと》もたえずぞありける

月のいとあかかりければ、例《れい》の心うせぬなるべし

101 残《のこ》りなく思《おも》ひ捨《す》てし世《よ》の中にまた惜《を》しまるる山《やま》の端《は》の月

行《おこな》ひするに、風のおこりてわづらひしかば、なほとてもかくても憂《う》き身《み》かなと、悲《かな》しくて

102 またあらじ物思《ものおも》ふ人は世《よ》の中に昔《むかし》も今《いま》も果《け》ても始《はじ》めも

**〔現代語訳〕**　ある聖の所から、紙衣を縫はせる糸を乞うてきたので、次のように詠んだ、

100 糸を巻き取る籰《わく》ではありませんが、様々な思惑《わく》に心乱れる身ですので、法衣を縫う蓮の「糸」も絶えずにあることです（糸をご用意いたしましょう）。

月がとても明るかったので、いつもの信仰心が失せてしまったのにちがいない、

101　何もかも捨ててしまった世の中なのに、またもや手放しがたいと思ってしまう山際の月の美しさであるよ。

修行している時に、風邪をひいて患ったので、やはり、どうにも辛い身だなあと、悲しく思って、

102　他にはいないだろう、こんなに物思いをする人は、この世の中に。昔も今も、果ても始めも。

**〔語釈〕** 100 **○紙衣**　紙衣。紙子。紙子紙に柿渋を塗り重ね乾かした後に夜露に晒し、揉んで和らかにして衣服に仕立てた物、という（『節用集』『雍州府志』）。ここは僧衣としてのものを言うか。粗末な物であることは、狭衣物語・二「あかつき月夜のさやかなるに、いと著うさらぼいて、紙衣のいと薄き、真袈裟といふものを着てうち居たるさま、いと疎ましげなる程とは見えで、わりなく寒げにあはれげなり」や、宇治拾遺物語・一〇一（信濃国聖事）「もとはかみぎぬ一重をぞ着たりける。さていと寒かりけるに、これを下に着たりければ、温かにてよかりけり」などの例からも窺われる。**○縫はせむ糸**　（聖が誰かに）縫わせ（ようとす）る糸。縫わせる為の糸。「せ」は使役、「む」は意志。**○わく**　惑。仏語。煩悩のこと。迷いのもととなるもの。修行して悟りを開くのに妨げとなるもの。「籰」（糸を巻き取る道具）を掛ける（『新撰字鏡』籰「和久」）。「乱れ・糸・絶え」と共に「衣」の縁語（後拾遺集・雑四・一〇六一・源重之「いづる湯のわくにかかれる白糸はくる人たえぬものにぞありける」、和歌一字抄・四六三・大中臣輔弘「乱滝水乱糸、乱れおつる糸とこそ見れ滝つ瀬はわくわく水のくればなりけり」）。**○蓮の糸**　僧服を縫う糸ゆえの表現。68歌「あをやぎをはちすの糸にくりまぜて人を導く縁むすばん」と同様、「蓮の糸」は人を導く縁を含意する。ここでは僧との縁が意識されている（源賢法眼集・四四「法花経とく所にて、むすぼほる蓮の糸をとかれずははずゑのいかに乱れざらまし」）。

101 **○例の心**　道心。**○うせぬなるべし**　第三者的な評言。**○思ひ捨ててし**　見捨ててしまった。「てし」は、92参照。**○また惜しまるる**　またもやわき起こる現世への執着。ここは「（山の端の）月」の美に対する愛惜を言う（道済集・一一七「左大将殿にて、惜夏月、待つほどに夏の夜いたく更けにけり惜しみもあへず山の端の月」）。「るる」は自発の助動詞。不可抗の「感覚」であることを示す。

102〇**またあらじ**　又とあるまい。他にはないだろう。第三句まで倒置を重ねる。「世の中に物思ふ人はまたあらじ」が通常の形。さらに下句全体も初句に懸かる倒置。「わがごとく物思ふ人はいにしへも今ゆくすゑもあらじとぞ思ふ」（拾遺集・恋五・九六五）に依る一首。〇**果ても始めも**　「昔・今」が現世での一般的な時間を現すのに対し、生存の次元でその終始を捉えたもの（大和物語・九段「あらばこそ始めも果ても思ほえめけふにもあはで消えにしものを」、源氏物語・匂宮「おぼつかな誰に問はましいかにして始めも果ても知らぬわが身ぞ」）。『往生要集』大文第二「有情輪廻生六道、猶如車輪無始終」（中序⑲参照）によるとすれば、六道輪廻の無限の時間が意識されていることになる。

〔**補説**〕100旧知の僧からの依頼で、紙衣の僧衣を縫う糸を用意したのであろう。衣服を誰かに仕立てさせることは、日記や物語に散見されるところ。「糸」を他に乞うことも日常的なことで、赤染衛門集Ⅰ・四〇〇「範永が母の春ごろ糸を乞ひたりしを、穢ひたることとありしころ、今この程過ごしてといひて……」などにも見られる。

101煌々と照る月の美しさに、瞬時、信仰心が揺らぐ。「心なき身」に感じる「あはれ」である。後拾遺集・春上・一一七・能因法師「賀陽院の花盛りにしのびて東おもての山の花みにまかりありきければ、宇治前太政大臣きさつけて、このほどいかなる歌かよみたるなどとはせて侍りければ、久しくゐなかに侍りてさるべき歌などもよみはべらず、今日かくなむ思ゆるとてよみて侍りける、世の中をおもひ捨ててし身なれども心弱しと花にみえぬる、これをききて太政大臣いとあはれなりといひてかづけものなどして侍けりとなん言ひ伝へたる」は、高陽院での頼通・能因の歌説話的な場面。出家の身ながらに感じる「美」への思いが主題となる。西行の「心なき身にもあはれは知られけり鴫立つ沢の秋の夕暮」（新古今集・秋上・三六二）にも通じる「あはれを知る心」が歌われる。

102すべてが初句を強調する。屈折した思いの強さを現す。

〔**他出**〕101風雅集・雑上・一五八一、四条太皇太后宮主殿「題しらず、のこりなく思ひすててし世中にまたをしまるるやまのはの月」

## （四七）

としはてにけれはせうとの
もとよりいまはたれかとは
むなとてものおくりたるに

103 おもひきやいもせのやまのふもと」54ウ
よりよしの、かはのせをうけんとは

返し

104 よしのかはせのことよりもいも
せやまくものか、るそわれはかなしき

せうとのはなを仏にたてまつる

105 にこりにもしまぬはちすのためし
あれはむろのさうとのはなも、りてん

とほくゆきける人に」55オ

106 ゆく人のをしきあまりのたむけには
はふきやせましこけのはころも

つこもりになりてなやらはん
なといふをきゝて
107 よくこそはわかみをなきになし
てけれつみつくりつるとしをやらはむ

〔校異〕 105○さうと（底・書）→しゃうと（「さ」を「せ」の誤写と見、直音を拗音表記に訂す）

〔整定本文〕 年果《としは》てにければ、せうとのもとより、今《いま》は誰《だれ》か訪《と》はむなどて、もの贈《おく》りたるに
103 思《おも》ひきや妹背《いもせ》の山《やま》のふもとより吉野《よしの》の川《かは》のせをうけむとは
返し
104 吉野川《よしのがは》せのことよりも妹背山雲《いもせやまくも》のかかるぞ我《われ》は悲《かな》しき
せうとの花《はな》を仏にたてまつる
105 濁《にご》りにも染《し》まぬ蓮《はちす》の例《ためし》あれば無漏《むろ》の浄土《じゃうど》の花《はな》ももりてむ
遠《とほ》くゆきける人に
106 行《ゆ》く人の惜《を》しきあまりの手向《たむ》けには羽《は》ぶきやせまし苔《こけ》の羽衣《はごろも》
晦日《つごもり》になりて、儺《な》やらはむなどいふを聞《き》きて
107 よくこそは我《わ》が身《み》をなきになしてけれ罪《つみ》つくりつる年《とし》をやらはむ

〔現代語訳〕 年も暮れてしまったので、兄のところから、「今はもう誰も訪れることがないだろう」などといって、物を贈ってきたので、
103 思いもしませんでした。妹背山の麓にいる兄《せ》のあなたから、（吉野川の川瀬ならぬ）施《せ》を受けようとは。

返しの歌に、

104 吉野川の川瀬のことよりも、妹背山に雲がかかるのが、私は悲しい（「施」のことなどよりも、妹のおまえが尼となってこうしているのが、私は悲しいのだよ）。

105 兄が花を仏に奉って、

泥濘の中にあっても汚れのない蓮という例があるので、汚れのない無漏の浄土の花だってきっと漏る、いや盛ってお供えしましょう。

106 遠くに行ってしまった人に、

遠く離れていく人を惜しむあまり、旅の手向けには、私の苔の衣を鳥の羽ばたきのように打ち振ろうかしら。

107 晦日になって、追難をしようなどと云うのを聞いて、

よくまあ、出家をして（年月が積もるという）「我が身」を亡きものとしたことだ、あとは罪を作ってしまった「年」を追い払おう。

**〔語釈〕** 103 **○せうと** 兄人（せひと）の音便形。（女性から見た）男の兄弟。とくに兄。**○妹背の山** 紀伊国の歌枕。紀ノ川の両岸の妹山と兄山。上流の吉野川の両岸とする説もある。兄妹の関係を擬える（後撰集・雑三・一二一四「はらからのなかにいかなる事かありけん、つねならぬさまに見え侍りければ、よみ人しらず、むつまじき妹背の山の中にさへへだつる雲のはれずもあるかな」）。**○吉野の川** 大和の歌枕。大台ヶ原から五条市を経て、紀伊国に入り紀ノ川となる（古今集・恋五・八二八「流れては妹背の山の中におつる吉野の河のよしや世中」）。**○せ** 「（吉野川の）瀬」から同音「施」を導く。布施。兄からの差し入れを施と見なしたもの。背・瀬・施の音の重なりが趣向。

104 **○せのこと** 「吉野川」から「瀬」を導き、「施」に転じる。**○雲のかかる** 「雲」は隔てるもの、姿を見えなくするもの。「（雲が山に）掛かる」から「斯かる（かくある）」を導き、尼になって世間から隔絶された妹の状態を指し示す（拾遺集・雑恋・一二一八「白雲のかかるそら事する人を山のふもとによせてけるかな」）。「妹背山」は雲や霞で隔て

られると詠まれることも多い（103〔語釈〕引用の後撰歌参照）。

105〇**せうと**　103と同じく、兄を指すか。歌からは「さうと（浄土）」の誤写の可能性も考えられる。〇**濁りにも染まぬ蓮**　蓮が、汚泥の中にあって美しい花を咲かせることから言う。現世の汚濁に染まらないことの喩。「染む」は、自動詞。古今集・夏・一六五・遍昭「蓮ばの濁りに染まぬ心もてなにかは露を玉とあざむく」による言い回し（大斎院前御集（選子Ⅰ）・八八「里より、斎将、蓮の実まゐらせたる文の中にかきて、濁りにし穢れぬたとひ思はずは身のゆくするゑはあはれならまし」、同　八九「かへし、浮葉のかたをゑらせ給ひて、濁りにも染まぬ蓮と見つるより罪うきはなるここちこそすれ」等）。『法華経』従地涌出品「善学菩薩道　不染世間法　如蓮華在水（善く菩薩の道を学びて、世間の法に染まらざること蓮華の水に在るが如し）」による。〇**無漏**　煩悩から解脱していること。「漏」は、心の汚れの総称。煩悩。仏教では、汚れ・煩悩が五つの感覚器官と心から流れ出て心を乱すと捉え、その漏出を「漏」と解する。このような汚れのない状態が「無漏」である（栄華物語・音楽「大千界の日月輪を集めたるが如くして、無漏の万徳荘厳せり」）。〇**浄土の花**　曼荼羅華。曼珠沙華（散木奇歌集（俊頼Ⅰ）・八九〇「常に曼陀羅といふ花空よりふるといふ事をよめる、色色にたへなる花のちりかへばあまのみ空やまだらなるらん」）。〇**もりてむ**　「漏る」を「無漏」と対置させ、「無漏」なのに「漏る」だろうと戯れる。同時に、掛詞「盛る」により、（花を）盛り供えようの意を導く（散木奇歌集（俊頼Ⅰ）・八九一「妙なる花を盛りてつねに仏に奉るといふ事をよめる、もる人はたれともなしにさまざまの花にものりを供へてぞ見る」）。「てむ」は、67歌参照。「きっと漏るだろう」と強い推量を表すと同時に、「盛ろう」という強い意志を示す。

106〇**手向け**　餞別。〇**羽ぶきやせまし**　「羽ぶき」は名詞。羽ばたき（好忠集・五一六「をしどりの羽ぶきやたゆき冴ゆる夜の池の水ぎはに鳴く声のする」、加茂保憲女集（保憲女Ⅰ）・序「……鴬の羽ぶきのはなをたたずして、暮れゆく春をしむ……」）。動詞「す」を伴い羽ばたく（「羽ぶく」）意となる（古今集・夏・一三七「さ月まつ山郭公うち羽ぶき今もなかなむこぞのふるごゑ」）。名詞形の使用例は少ない。〇**苔の羽衣**　「苔の衣」は、苔で作ったかのような粗末な衣、僧や隠遁者の衣を言う（加茂保憲女集（保憲女Ⅰ）・序「あるは世をそむき、法におもむいて心を深き山にいれて、蓑をかけて石の畳に身をかけて、苔の衣、木の葉をつきにして、松の葉を食ふ」)。苔の一面に生えた状態が衣に似ていることから(『広辞苑』)とも、入道しようとする人が樹下石上に座して修行をする内に、着物が苔のように古くなるところから(日本古典文学大系・宇津保物語・国譲下・頭注二五)などとも説かれる。これを「羽衣」に置き換え「羽ぶき」に繋ぐ。

107 **〇儺** 追儺。鬼やらい。疫鬼を追い払うこと。大晦日に行う宮廷年中行事。後に民間にも広まった。**〇やらはむ** 「やらふ」は、追い遣る、追い払う意。「む」は意志(源氏物語・幻「儺やらはんに、音高かるべきこと、何わざをせさせん」)。**〇よくこそは** 「良く」は副詞。困難を克服した時に「よくぞ、よくもまあ」の意で用いる。ここは出家に踏み切ったことに対する感懐。**〇我が身** 年月が積もり年齢を重ねる身。拾遺・冬・二六一・兼盛「かぞふればわが身に積もる年月を送り迎ふとなに急ぐらむ」を踏む。**〇なきになしてけれ** 亡きものにした、即ち、出家したことを言う。年が積もり、罪障が積もる身から脱したことへの感慨が、「てけれ」で表される。**〇罪つくりつる年** 「遣らわれる」のは、罪を作り出した「年」の方なのである(相模集Ⅰ・四八四「果てはみな遣らひてすぐす年月のものおそろしや身にとまるらむ」、肥後集・一二九「儺やらふをききて、なぞやかくやらひやりつる年ならん蘆の弓矢の引きも止めで」)。

**〔補説〕** 103以下(四七)の五首は、103・107の詞書からして、年末の状況・感懐を詠う一群であろう。

103詞書からは、年末を迎え、出家した妹の生活を思い遣る兄の心遣いが、良く窺われる。それを思いがけない「布施」と受け止めて、兄妹の仲を表す地名に寄せつつ、妹は感謝の歌を贈る。初句「おもひきや」は、境涯の変化についての感慨を含むのであろう。

104「妹背山雲のかかる」は、「斯かる」を導く一方で、兄妹の境涯に隔てが生じたことをも暗示するか(『後拾遺集』雑二・九六九・元真「うきこともまだしら雲の山のはにかかるやつらき心なるらん」)。

105詞書「せうと」を前歌と同様、「兄=せうと」が花を仏に供えたと解したが、その場合、歌との付き具合が悪くなる。「ぜうど」と見て、「浄土(じゃうど)」とするか。歌本文「さうと」も「浄土(じゃうど)」と読みが合致するわけではないが、「無漏の」とあることから、ここは「浄土」とあるべき所と判断される。供花を主題にするにもかかわらず、掛詞により矛盾を衝く、言語遊戯的詠みぶりである。
106 尼衣に身を包みながら、人との別離に心動かされずにはいられない哀切さを、鳥の「羽ぶき」に見立てて表す。「あまの羽衣」ではなく「苔の羽衣」と描くことで、尼である自らの飛び立ちようもない「羽ぶき」の切なさが表出される。
107 激動の一年を回顧しての感慨。出家を遂げた今、追儺で追い遣られるのは、罪を作り出した「年」の方で、もはや出家を遂げた自らの身ではないとする。「よくこそは」に、出家を断行した自らへの万感の思いを込める。

## (四八)

ひとのしらさらむところへ
いぬへしといふをきゝておとこ」56ウ

108 ふたらくの山のいたゝきかくなから
あまてる月のいらてもあらなん

返し

109 いりなんとあまてる月はいてたてと
くるゝやくものほたしなるらん
をとこのともたちなりける

人いとあはれなることおほく
かきて」57オ

110 この春はむめのこすゑのうくひ
すもきくにかひなきねをのみそなく

返し

111 みし人もおとせぬやまにいる
ひとをとふそかなしきうくひすのこゑ

人日のころ

112 さうほうのあか月かたのとりのねは」58ウ
きのふのふのこゑにぞありける

**【校異】** 108○おとこ→をとこ　○ふたらに（底）・ふたらに《如本》（書）→ふたらく（「に」は「く」の誤写と見て訂す）　112○さ《如本》うほう（底・書）→そうはう（「さ」は「そ」の、「ほ」は「は」の誤写と見て訂す）　○きのふのふの（底）・きのふのふの（書）→きのふの鳩の（「ふ（布）」は「鳩」の誤写と見て訂す）

**【整定本文】** 人《ひと》の知《し》らざらむ所《ところ》へいぬべしといふを聞《き》きて、男《をとこ》

108 補陀落《ふだらく》の山の頂《いただき》かくながら天照《あまて》る月の入《い》らでもあらなむ

返し

109 入《い》りなむと天照《あまて》る月は出《い》でたてどくるるや雲《くも》のほだしなるらむ

110 男《をとこ》の友《とも》だちなりける人、いとあはれなること多《おほ》く書《か》きて
この春は梅《むめ》のこずゑの鶯《うぐひす》も聞《き》くにかひなき音《ね》をのみぞなく

111 返し
見《み》し人もおとせぬ山《やま》に入《い》る人《ひと》をとふぞ悲《かな》しき鶯《うぐひす》の声《こゑ》

112 人日のころ
僧房《そうばう》のあか月がたの鳥《とり》の音《ね》はきのふの鳩の声《こゑ》にぞありける

**〔現代語訳〕** 108 人の知らない所に往ってしまいそうだと聞いて、男が、
補陀落山の八角の頂ではないが、斯くながらに（このままで）、空に照る月のように山に入ったりしないでくださいよ。

109 返しの歌に、
山に入ろうとして、空に照る月は出ることは出たのですが、暗くなってしまうのは、雲の所為なのでしょうか（山に入ろうと決意したのに、涙にくれてしまうのは、あなたに絆されてのことでしょうか）。

110 男の友達だった人が、とても哀切なことを沢山書いて、
この春は、梅の梢の鶯も、聞いても何の効もない音色で鳴いていることです。

111 返しの歌に、
かつての恋人すら訪れない山に入る私を、訪うてくるのが悲しく思われる鶯の声、いえあなたの音信なのですよ。

112 人日の頃、
僧房の暁方に鳴く鳥の声は、昨日の人日鳥、鳩の声なのでした。

**〔語釈〕** 108 **○人の知らざらむ所** 家を出て、僧坊に止住しようとするのである。**○補陀落** 底本「ふたらに」を訂

し、「補陀落」と解する。補陀落山。観音菩薩の住む所。袋草紙・上に、「補陀落の南の岸に家ゐして今ぞさかえむ北の藤なみ」（新古今集・神祇・一二九四参照）について、「これは春日明神のお歌――自分は天竺の南の補陀落山に居を構えたが、今こそその北方の藤の花は盛りとなるであろう、との神託をえた」との説、またある人の説として「これは（興福寺の）南円堂の壇突くの時に翁出で来りて、この壇を突くとてこの歌を誦す。春日明神の変化と云々」と載せる。春日大社の祭神は、藤原氏の氏神天児屋根で、藤原氏とともに栄え、平安中期からは神仏習合の風習により、同氏の氏寺興福寺が実権をにぎるにいたった。それに纏わる説話。**○山の頂かくながら**　上二句は「角」から「斯く」を導く。「補陀落山者八角山也」（『扶桑略記』弘仁四年条）とあり、また興福寺の南円堂は、補陀落山の八角の形の山によせて八角宝形に立てられたという。これにより「八角」から「斯く」を導いたと解した。97「かくながら」参照。**○天照る月**　「女」を寓す。久安百首・釈教・五八九「ふだらくのみ山がくれに年をへてすむらん月を思ひこそやれ」では、「月」は「観音菩薩」を指すことになる。**○入らでもあらなむ**　出家して山に「入る」ことを、月が山の端に「入る」ことに重ね、入らないことを懇願する体の趣向（元輔集Ⅰ・一三六「兵部卿の宮入道し侍りし時、中務がよみて侍りし、くるるまもこひしかりける月影をいるる山べのつらくも有るかな」）。「も」は97参照。

109**○入りなむ**　月が山に入る意と、出家する意の両義。**○出で立つ**　月が出る意と、出家を決意する意の両義。**○くるる**　暗くなる。月が曇っての意と、涙に目が見えなくなっての意の両義（源氏物語・桐壺「雲のうへも涙にくるる秋の月いかですむらん浅茅生のやど」）。**○雲のほだし**　「ほだし」は、妨げ。月を見る妨げになる「雲」に、出家への決意を鈍らせる「男」の喩を重ねたもの。

110**○男の友だちなりける人**　「男友達」ではなく、108の「男」の友だち、の意。本院侍従集・三五「この女のともだちのもとより、しらう君のもとの女のことざまになりたること、いかにおぼすらんとて、ほかざまになびくを見つつ塩竈の煙はいとどもえまさるらん」は、「女」の友だちの例。**○この春は**　出家後に初めて迎えた春。例年と異なる春として「この」と提示（源氏物語・梅枝「色も香もうつるばかりにこの春は花さく宿をかれずもあらなん」）。**○梅**

**のこずゑの鶯**　春到来の象徴的景物を揚げたもの（栄華物語・いはかげ（頼通北方）「数ならぬ　道芝とのみ　歎きつつ……高き梢に　巣籠れる　まだ木伝はぬ　鶯を　梅の匂に　誘はせて　東風早く　吹きぬれば……」、従二位親子歌合・三「春風にむめのこずゑの香をとめていまぞ鶯初音なくなる」）。**○聞くにかひなき**　初音を聞いても甲斐がないと、女の出家により初春の訪れを喜べない心境を述べる。

111**○見し人も**　詞書に言う「男」を指す。**○おとせぬ**　音がしない。訪れない。下句の「声」と対照される（加茂保憲女集（保憲女Ⅰ）・一一五「人もかれ虫もおとせぬ山里にたれかはしばしたちとまるべき」）。**○鶯の声**　100歌を寄越した「男の友だち」の音信を、「鶯の声」に重ねる。

112**○人日**　「正月七日也」（下学集上・時節）。人の日。「東方朔の『占書』に見える中国の古い習俗。一日から六日までは獣畜を占い、七日に人を占う。五節句の一つ。陰暦正月七日の称」（『日本国語大辞典』）。『大漢和辞典』では、「正月七日をいふ。一日から六日までは獣首を占ひ、七日には人を占ふからいふ。人勝日。琅代酔編、巻二に見ゆ」として以下の例を引く。「〈荊楚歳時記〉正月七日為人日、以七種菜、為羮、剪綵為人、或鏤金箔為人、以貼屏風、亦戴之頭鬢、可又造華勝、以相遺、登高賦詩。〈事物起原、正朔暦部、人日〉東方朔占書曰、歳正月一日占鶏、二日占狗、三日占羊、四日占猪、五日占牛、六日占馬、七日占人、八日占穀、皆晴明温和、為蕃息安泰之候、陰寒惨烈、為疾病衰耗」。『年中行事秘抄』は、「人日事、荊云」として「呂氏俗例云、其初七日、楚人取二南北二山土一、以作二人像一頭一、令レ向二正南一建二立庭中一、集二宴其側一、却レ陰起レ陽、即以二人北一為三冬気拒二陰気之禍一、以二人南一為三春気招二陽気之祐一、故名云二人日一也」の部分を引く。東洋文庫（守屋美都雄訳注）『荊楚歳時記』の「人日」注に、『北斉書』の記事を引いて「六世紀になると人日の起源は不明になっていたようで」とする。**○僧房（そうばう）**　底本「さうほう」。「さう」「ほう」は、それぞれ「そう」「はう」と表記される可能性があることから、「さうはう」「そうほう」「そうはう」の場合が想定される。ここは「僧房」と見た。僧房は僧や尼が暮す寺院内の宿坊（源氏物語・若紫「すこし立ち出でつつ見渡し給へば、高き所にて、ここかしこ僧房どもあらはに見おろさるる」）。『新編国歌大観』

は「ざうぼふ」と翻刻。「像法」と解したか。像法は、釈迦入滅後の時期の三区分の内、正法と末法の間。この場合も、以下の意味は推測しがたい。〇**鳩**　底本は「布」一字のくずしに見えるが、仮名二文字の誤写の可能性もあり、不明である。「人日」と「鳥」の採り合わせから、「人日鳥」、即ち合字による「鴿（はと）」の可能性を考え試解した。離合への関心は56歌にも見られる。

**〔補説〕**（四八）在家から、本格的な出家を決意し、実行に移した頃の詠。

108「男」は、97歌との類似から同一人物かとも推測されるが、どのような関係にあるかは不明。「月」に擬えて、さらなる「離別」を留めようとする。

109在家から、本格的な出家を決意したものか。「男」の「せめて今の状態で」という言葉に揺らぐ思いを、そのままに吐露する。男は、「月」を曇らせ涙ぐませる、「絆し」たりうる存在である。

110「男」の友だちであった人物までも巻き込んでのことである。「男」が重要な位置にあったことを示すものであろう。

111自身を、その「昔の男」も訪わないような山に入る孤独な「人」と措定し、鶯に擬えてそれを見舞った「友」に対し感謝の気持ちをを表したもの。

112「人日のころ」としたのは、昨日（人日）から、今朝にかけての時間を扱ったからであろう。本格的出家に踏み切った頃、宿坊で聴く鳥の声を、人日に合わせて「鳩（鴿）」と捉えたものと見た。『新撰字鏡』「鷜」に「鴿（也万波止）」（享和本）とするが、十巻本『和名抄』では、「鳩」に「夜末波止」、「鴿」に「伊閉波止」とする。実際に山鳩の声を聞いて詠んだ可能性もあるか。

（四九）

又のとし春さめするに

あるひしり

113 一せうのあめふるけふやめうほうの

はちすのいけの水まさるらん

かへし

114 はうとうのつみをそゝくあめなれは

わかみひとつそうるはさりける」59オ

このひしりのけちえんに

とてきたるによろこひて

へてのちに

115 天人にまれなるはなとめうほうと

たうしのよきりいつれけふなり

かへしひしり

116 うとうともいふはなよりもはちいけの

117

ふねにのりとふきみそけふなる」60ウ

まとあけてつれ〳〵なりけれは

きやうよみけるに

えんもくのむろのまとよりうか丶へと

さくまくなりや人のこゑせす

**〔校異〕** 113○一せう↓一しよう（直音表記を拗音表記に訂す）○めうほう↓めうほふ 114○をそゝく（底）・をそゝ《如本》く（書）↓をはすゝく（「そ」は「はす」の誤写と見て訂す）115○へて（底・書）↓帰て（「へ（遍）」は「帰」の誤写と見て訂す）○めうほう↓めうほふ ○けふ↓けう 116○はちいけ↓はすいけ（誤写と見て訂す）○けふ↓けう

**〔整定本文〕** 又の年《とし》、春雨《さめ》するに、ある聖《ひじり》

113 一乗《じょう》の雨降《あめふ》る今日《けふ》や妙法《めうほふ》の蓮《はちす》の池《いけ》の水まさるらむ

返《かへ》し

114 方等《はうどう》の罪《つみ》をばすすぐ雨《あめ》なれば我《わ》がみ一《ひと》つぞ潤《うる》はざりける

この聖《ひじり》の結縁《けちえん》にとて来《き》たるに喜《よろこ》びて、帰りてのちに

115 天人にまれなる花《はな》と妙法《めうほふ》と導師《だうし》のよぎりいづれ希有《けう》なり

返《かへ》し、聖《ひじり》

116 うどうともいふ花《はな》よりも蓮池《はすいけ》の舟《ふね》にのりとふ君《きみ》ぞ希有《けう》なる

窓開《まどあ》けて、つれづれなりければ経読《きやうよ》みけるに

117 宴黙《えんもく》の室《むろ》の窓《まど》より窺《うかが》へど寂寞《さくまく》なりや人の声《こゑ》せず

〔現代語訳〕　次の年、春雨が降る時に、ある聖が、

113 あらゆる衆生の上に法の雨が降り注ぐ今日は、妙法蓮華の浮かぶ池は水が増していることでしょう。

返しの歌に、

114 あらゆる衆生の広大無辺の罪を洗い清める雨なので、我が身一つだけが潤されるのではなかったのですね。

この聖が「結縁に」といってやってきた時に、喜んで、聖が帰った後に、

115 天人と稀な天花と妙なる仏法と、導師様の訪れと、何れが稀有なことでしょう。

返しの歌に、聖、

116 優曇華ともいう珍しい花よりも、極楽の蓮池に浮かぶ舟に乗り、法の教えを問い求めるあなたこそ、希有な方です。

窓を開けて、何もすることがないので、経を誦んだ時に、

117 物音もしない静かな庵室の窓から外を窺っても、さびしくひっそりとしているなぁ、人の声がしないことだ。

〔語釈〕 113 **○又の年**　112歌と同年の春詠であろう。**○一乗の雨**　「一乗」は、一切の衆生を成仏させる最上の教法の意で、特に妙法蓮華経を言う。仏の教えを、あまねく衆生に降り注ぐものとして、雨になぞらえたもの（伊勢集Ⅲ・四八五「よそにきく袂のみこそそぼちけれあまねく法の雨はそそけど」）。法の雨。一味の雨。『法華経』薬草喩品による。（補説）参照。**○妙法の蓮の池**　115「妙法」参照。妙法蓮華の咲く池。蓮の繁茂している池。多くの場合、極楽浄土の池を指す。『往生要集』上・大文第二「欣求浄土」第二に「蓮華初開楽……又漸廻眸、遥以瞻望、弥陀如来、如金山王、坐宝蓮華上、処宝池中央、観音勢至、威儀尊重、亦坐宝花、侍仏左右、無量聖衆、恭敬囲繞（蓮華初開の楽とは……また漸く眸を廻して、遥に以て瞻望するに、弥陀如来は金山王の如く、宝蓮華の上に座し、宝池の中央に処しませり、観音・勢至は威儀尊重にして、また宝花に座し、仏の左右に侍りたまひ、無量の聖衆は恭敬して囲繞せり）」と記されるなど。発心和歌集（選子Ⅲ）・一八には、「阿弥陀経　池中蓮華大如車輪、青色青光、黄色黄光、赤色赤光、白色白光、

微妙香潔」と題して、「いろいろの蓮耀く池水にかなふ心や澄みて見ゆらん」がある。古今六帖・六の分類題に「はちす」を見るが、七首のうちに遍昭の「蓮ばの濁りにしまぬ心もて何かは露を玉とあざむく」が入るものの、仏教臭は濃厚ではない。「妙法の蓮」としての用例は、唯心房集（寂然Ⅱ）・三八「今様、花の中には蓮こそ　功徳の種より生ひ出でたれ　経には妙法蓮花経　仏は眼若青蓮花」、明恵上人集・八一「のりのためうゑおく花のたねよりぞ妙法蓮華もひらけしくべき」などのように後代に下る。

114 **○方等**　仏語。広大無辺の意。**○罪をばすすぐ雨**　70参照。罪を濯ぎ、洗い清める雨。「一乗の雨」を受ける（栄華物語・蜘蛛のふるまい（出羽弁）「罪すすぐ昨日今日しも降る雨はこれや一味と見るぞ嬉しき」、同・（大和）「薬草喩品、すすぐべき罪もなき身は降る雨に月見るまじき歎きをぞする」など）。**○我がみ一つぞ**　「方等」に「一つ」を対置し強調する。次の語釈「潤ふ」参照。**○潤はざりける**　「潤ふ」は自動詞。潤（うるお）う。濡れる。恩恵を受ける。ここは、法雨に潤される事を言う。それを「潤はず」と打ち消し、「一つ」だけが潤うのではないと、法雨の普遍性を言う。『法華経』薬草喩品「仏所説法、譬如大雲、以一味雨、潤於人華、各得成実」等に依る。「我がみ」には、この経文の「実」が響いているか（大齋院前御集（選子Ⅰ）・九〇「法の池におふる蓮の実ともがな罪のかたにはむげと浮きけり」）。薬草喩品からの同部分を題に詠まれた発心和歌集（選子Ⅲ）・二九歌では、「ひとつ色に我が身うつれど花の色も西にさす枝（底―ひ）や匂ひますらん」と、一味の雨も受け手の信仰の深浅に応じて結果が異なることを主に詠う。29・59・71参照。

115 **○この聖**　113番歌の聖（100番歌の聖と同一人物かどうかは不明）。**○結縁**　仏語。仏道に縁を結ぶ。悟りを開く因縁を結ぶ。『往生要集』上・大文第二「欣求浄土」に、極楽浄土の十楽（十の楽しみ）の第六として「引接結縁楽」を揚げる。**○天人**　仏語。欲界六天および色界諸天、あるいは極楽に住むという身体を持つ神々。容姿艶麗で頭には華鬘をつけ、羽衣を着て飛行しながら、仏を賛嘆し、楽を奏し、天華を散らし、天香を薫じ、瑞雲とともに下界に下るという。〔補説〕参照。**○まれなる花**　初例。珍しい花。天人が散らす天花。次の返歌によれば、優曇華の花を指す。次歌参照。中世以降の用例の多くは、季節詠（建保名所百首・一一九八「君が代にみつのはま松いく返りまれなる花のさかんとすらん」、同・行意・一四〇二「敷島やみわの檜原の木の間よりまれなる花をふく嵐かな」）。**○妙法**　「妙法蓮華経（法華経）」のことをいう。113参照。風雅集・釈教歌・二〇四四に、源信の詠として「方便品、妙法のただ一つのみありければ又二つなし又三つもなし」が入るが、当期和歌中での用例は、主殿集中の二首の他には寂然IIの二首のみ。**○導師**　歌中の用例、主殿集のみ。人々を仏道に導く人、もしくは仏・菩薩の称。ここはやってきた聖を指す。**○よぎり**　「過ぎる」の連用形から生じた名詞。訪れ。通りすがりに立ち寄ること（綺語抄・中・四三〇「たちよぎり見るべき人のあればこそ秋の林の錦しくらめ」）。**○希有**　呉音（けう）。稀であること。『日本国語大辞典』は『勝鬘経義疏』「歎仏真実功徳章」から「但聞是希故云希有」を引く。主殿集独自の用例。次の116番歌との二首のみ。

116**○うどうともいふ花**　優曇華（跋文「うどうげ」参照）。優曇波羅華。クワ科無花果属の一種。瑞兆を表す。三千年に一度開花するとされ、希有な例として引かれる（『往生要集』上・大文第四「正宗念仏」に「極難値遇、如優曇華」など）。**○はす池**　蓮池。113参照。**○舟にのりとふ**　「舟に乗り」から、同音「法」を導く。「法問ふ」で仏の教えを尋ね求める意。「舟に乗る」比喩は、『往生要集』上・大文第三「謂弥陀有引摂願、弥勒無願、無願若自浮度水、有願若乗舟而遊水（謂く、弥陀には引摂の願あれども、弥勒には願なし、願なきは自ら浮びて水を度るがごとし。願あるは、舟に乗りて水に遊ぶがごとし）」によるか。

117**○つれづれなりければ**　以下『法華経』法師品「若説法之人　獨在空閑處　寂寞無人聲　讀誦此經典　我爾時爲現　清浄光明身（もし説法の人、独り静かなる所にありて、寂寞として人の声なき時、此の経典を読誦せば、我はその時為に、清浄光明の身を現さん）」による。「獨在空閑處」に相当。**○室**　僧房。**○経読みけるに**　同じく「讀誦此經典」に相当。**○宴黙**　仏語。心安らかに沈黙すること。〔補説〕参照（『法華経』序品「又見菩薩、寂然宴黙、天龍恭敬、不以為善」（また、菩薩の寂然として宴黙し、天・龍恭敬すれども、以て善びとなさざるを見る）など）。**○寂寞**　さくまく。呉音「じゃくまく」の直音表記。せきばく。閑寂。寂しくひっそりとしている様を示す。（発心和歌集・三四「法師品　寂寞無人声、読誦此経典、我爾時為現、清浄光明身、空すみて心のどけきさ夜なかに有明の月の光をぞ増す」）。〔補説〕参照。

**〔補説〕**（四九）「又の年」の歌五首。「聖」とのやり取りからは、本格的出家後の、精進に励もうとする意思と、一種の安息を得た様相が窺われる。112の「僧房」詠に続き仏語が頻繁に用いられ、境涯の変化を如実に表す一群となっている。

113 114 春雨を一乗の雨に見立てての贈答歌。『法華経』薬草喩品では、如来の功徳を、大雲の降らす雨によそえて、「……譬如……密雲弥布、遍覆三千大世界、一時等澍、其沢普洽、卉木叢林、及諸薬草……諸樹大小、随上中下、各有所受。一雲所雨、称其種性、而得生長、華菓敷実、雖一地所生、一雨所潤、而諸草木、各有差別。（譬えば……密雲は弥く布きて三千大世界を覆い、一時に等しく澍ぎ、其の沢は普く卉木叢林及び諸の薬草……を洽し、諸の樹の大小は上中下に随って、各の受くる所有りて、一雲の雨らす所は、其の種性に称いて生長することを得、華・菓は敷け実り、一地の生ずる所、一雨の潤す所なりと雖も、しかも諸の草木に、各差別有るが如し）」のように説く。

仏の教えは平等に降り注ぐが、其れを受けるものはそれぞれ異なっているという三草二木・一味の雨の教えによる。

113は夫木抄には、主殿の詠として入る。

115上句は「天人・天花・妙法」で「浄土」を表し、下句で、聖との結縁をそれに劣らない幸いと讃嘆する。「浄土」については、以下参照。

『往生要集』上・大文第二・欣求浄土・第二「蓮華初開楽」

蓮華初開楽者、行者生彼国已、蓮華初開時、所有歓楽、倍前百千、猶如盲者始得明眼、亦如辺鄙忽入王宮、自見其身、身既作紫磨金色体、亦有自然宝衣、鐶釧宝冠、荘厳無量、見仏光明、得清浄眼、因前宿習、聞衆法音、触色触声、無不奇妙、尽虚空界之荘厳、眼迷雲路、転妙法輪之音声、聴満宝刹、楼殿林池、表裏照曜、鳧雁鴛鴦、遠近群飛、或見衆生如駛雨、従十方世界生、或見聖衆如恒沙、従無数仏土来、或有登楼台望十方者、或有乗宮殿住虚空

者、或有住空中誦経説法者、或有住空中坐禅入定者、地上林間、亦復如是、処々復有渉河濯流、奏楽散花往来楼殿、礼讃如来之者、如是無量天人聖衆、随心遊戯、況化仏菩薩香雲花雲、充満国界、不可具名（蓮華初開の楽とは、行者かの国に生れ已りて、蓮華初めて開く時、所有の歓楽、前に倍すること百千なり。猶し盲者の、始めて明かなる眼を得たるが如く、また辺鄙の、忽ち王宮に入れるが如し。自らその身を見れば、身既に紫磨金色の体となり、また自然の宝衣ありて、鐶・釧・宝冠、荘厳すること無量なり。仏の光明を見て清浄の眼を得、前の宿習に因りてもろもろの法音を聞く。色に触れ声に触れて、奇妙ならざるものなし。虚空界を尽す荘厳は眼も雲路に迷ひ、妙法輪を転ずる音声は聴くに宝刹に満つ。楼殿と林地とは表裏照り曜き、鳧・雁・鴛鴦は遠近に群がり飛ぶ。或は衆生の、駛雨の如く十方世界より生るるを見、或は聖衆の、恒沙の如く無数の仏土より来るを見る。或は楼台に登りて十方を望む者あり。或は宮殿に乗りて虚空に住する者あり。或は空中に住して経を誦し法を説く者あり。或は空中に住して坐禅入定する者あり。地上・林間も亦またかくの如し。処々にまた、河を渉り流れに濯ぎ、楽を奏し花を散じ、楼殿に往来して、如来を礼讃する者あり。かくの如き無量の天人・聖衆は、心の随に遊戯す。花雲、国界に充ち満つること、具さに名ふべからず）［336下・54-55］

116聖もまた、並々ならぬ帰依の姿勢を、優曇華の花に比べて賞讃し、励ます。弥陀に近づくべく舟に乗り蓮池を行くイメージは、以下のような浄土観による。115〔補説〕に引く、『往生要集』上・大文第二・「欣求浄土」第二「蓮華初開楽」の項に続く部分。

又漸廻眸、遥以瞻望、弥陀如来、如金山王、坐宝蓮華上、処宝池中央、観音勢至、威儀尊重、亦坐宝花、侍仏左右、無量聖衆、恭敬囲繞。（また漸く眸を廻らして遙かに以て瞻望するに、弥陀如来は金山王の如く宝蓮華の上に坐し、宝他の中央に処しませり。観音・勢至は威儀尊重にして、また宝花に坐し、仏の左右に侍りたまひ、無量の聖衆は恭敬して囲繞せり。）

117この一首は、〔語釈〕に揚げた『法華経』法師品「若説法之人　獨在空閑處　寂寞無人聲　讀誦此經典　我爾時爲現　清浄光明身」（もし説法の人、独り静かなる所にありて、寂寞として人の声なき時、此の経典を読誦せば、我はその時為に、清浄光明の身を現さん）」に言う「爾時」に、まさに適う状況を詠い、仏の示現を待つ心境を述べる。持経者としての主殿を強調する一首。狭衣物語三の粉河寺の場面では、「我爾時為現清浄光明身」の部分が引かれ、その読誦が普賢菩薩の示現を促したとされている。

以上の（四九）の五首の背景には、以下に見るような浄土観がある。

『往生要集』上・大文第二「欣求浄土」、第五「快楽無退楽」

彼西方世界、受楽無窮、人天交接、両得相見、慈悲薫心、互如一子、共経行於瑠璃地上、同遊戯於栴檀林間、従宮殿至宮殿、従林池至林池、若欲寂時、風浪絃管、自隔耳下、若欲見時、山川渓谷、尚現眼前、香味触法、随念亦然、或渡飛梯作伎楽、或騰虚空現神通、或従他方大士而迎送、或伴天人聖衆以遊覧、或至宝池辺、慰問新生人、汝知不、是処名極楽世界、是界主号弥陀仏、今当帰依、或同在宝池中、各坐蓮台上、互説宿命事、我本在其国、発心求道之時、持其経典、護其戒行、作其善法、修其布施、各語所好憙之功徳、具陳所来生之本末、或共語十方諸仏利生之方便、或共議三有衆生抜苦之因縁、議已追縁而相去、語已随楽而共往、或復登七宝山〈七宝山、七宝塔、七宝坊、出十往生経〉、浴八功池、寂然宴黙、読誦解説、如是遊楽、相続無間（かの西方世界は、楽を受くること窮りなく、人天交接して、両に相見ることを得る。慈悲、心に薫じて、互に一子の如し。共に瑠璃地の上を経行し、同じく栴檀の林の間に遊戯して、宮殿より宮殿に至り、林地より林地に至る。もし寂ならんと欲する時は、風・浪・絃・管、自ら耳下を隔たり、もし見んと欲する時は、山川渓谷、なほ眼前に現る。香・味・触・法、念の随にまた然り。或は飛梯を渡りて伎楽を作し、或は虚空に騰りて神通を現す。或は他方の大士に従ひて迎送し、或は天人・聖衆に伴ひて以て遊覧す。或は宝池の辺に至り、新生の人を慰問す、「汝知るやいなや、この処を極楽世界と名づけ、この界の主を弥陀仏と号したてまつるを。今まさに帰依したてまつるべしと。或は同じく宝池の中にありて、おのおの蓮の台の上に坐り、互に宿命の事を説かく、「我本、その国にありて、心を発して道を求めし時、その経典を持ち、その戒行を護り、その善法を作し、その布施を修めたり」と。おのおの好み憙びし所の功徳を語り、具さに来生せる所の本末を陳ぶ。或は共に十方諸仏の利生の方便を語り、或は共に三有衆生の抜苦の因縁を議る。議り已れば縁を追ひて相去り、語り已れば楽の随に共に往く。或はまた七宝の山に登り、（七宝の山、七宝の塔、七宝の坊のこと、十往生経に出づ）八功の池に浴し、寂然として宴黙し、読誦・解説す。かくの如く遊楽すること、相続して間なし）［338下・62／12］

　あたかも「新生人」を慰問するかに結縁を結ぶ聖、そして、浄土にあるかのような「寂然宴黙」の中で「読誦」する持経者としての日常が描かれる。

**〔他出〕** 113夫木和歌抄・雑十六・一六二七九「春雨するに、聖のもとへ、主殿、一乗の雨ふるけふや妙法の蓮の池の水まさるらむ」

## （五〇）

　としかへりて三月二日をやのかく
れたまへりける又の日も、の
はなたてまつるとて」61オ

118 も、のはなすきたるさまのかなしきに
おくれぬみとそなるへかりける

　かへしせうと

119 こくらくにすきぬるも、そたのもしき
をくる、みとてなに、かはなる

　ころもきけるひ

120 ふちころもうらみときにはあらねとも
おいのわかれのやすからぬかな」62ウ
あすかくしてんなとおもふいと
あはれにて
121 けふまてはからをみつゝもなくさめつ
あすのゆふへのくもそかなしき

〔校異〕118 ○をや（底・書）↓おや　119 ○をくるゝ（底・書）↓おくるゝ

〔整定本文〕
年返《としかへ》りて三月二日、親《おや》の隠《かく》れ給《たま》へりける又の日、桃《もも》の花《はな》奉《たてまつ》るとて
118 桃《もも》の花《はな》すきたるさまの悲《かな》しきに遅《おく》れぬみとぞなるべかりける
返《かへ》し、せうと
119 極楽《ごくらく》にすきぬる桃《もも》ぞたのもしき遅《おく》るるみとて何《なに》にかはなる
衣着《ころもき》ける日《ひ》
120 藤衣《ふぢごろも》うらみ時《とき》にはあらねども老《お》いの別《わか》れの易《やす》からぬかな
明日《あす》、隠《かく》してむなど思《おも》ふ、いとあはれにて
121 今日《けふ》までは骸《から》を見《み》つつも慰《なぐさ》めつ明日《あす》の夕《ゆふ》べの雲《くも》ぞ悲《かな》しき

〔現代語訳〕年が明けて三月二日、親が亡くなられた翌日、桃の花をお供えするというので、
118 三月三日の今日、長命を願い桃酒を飲んでいる様が悲しくて、（生る桃の実ならぬ）親に死に遅れぬ身と成るべ

きだったと思います。

返事に、兄が、

119 亡き親が極楽で飲んだ桃酒こそ頼もしいことだ。生き残っている身は、(実と言っても生る訳でもなく) 何にもなりはしない。

喪服を着た日に、

120 (裏・身のある) 喪衣を恨みに思う場合ではないけれど、老いた親との別れは簡単にはいかないものだなあ。

「明日は埋葬しよう」等と思うにつけても、とても悲しくて、

121 今日までは亡骸を見ながらも心を慰めていたのに……。明日には夕べの雲となるのが悲しく思われることだ。

118 **〇年かへりて** 年が変わって。何時かは不明。前後の続きも定かではない。**〇三月二日** 当集唯一の日時表現。三月三日、桃の節句の前日であることを示す。**〇又の日** 「又の」は、「他の」などの意を示し、「次の」の意ではない。が、ここは、三月二日と明記され、直後に「桃の花」云々と桃の節句を指していることから、「翌日」の意となる。**〇桃の花** 本集序「三月」参照。不死を願う漢の武帝に三千年に一度生る仙桃を与えたという西王母の伝説(『漢武帝内伝』)などに見るように、古来、中国では桃は仙木とされ、邪気を祓う力があるとされた。(拾遺集・賀・二八八・躬恒「亭子院歌合に、みちとせになるてふ桃のことしより花さく春にあひにけるかな」、相模集Ⅰ・二三二「時にあひて惜しむとおもへばももの花みちとせまでもたのまるるかな」)。ここは、桃の節句に桃を浮かべた酒を飲むことで万寿を願う桃酒のこと。**〇すきたる** 「すく」は、好む、賞翫する。また、飲む、食べる、意(和泉式部集・五九五「三月三日、しづのめの垣根の桃の花もみなすく人けふはありとこそきけ」)。桃酒を飲んでいる様を言う。**〇悲しき** 延命長寿を願うことが、親と幽冥境を異にすることになった悲しみを募らせる。**〇遅れぬみ** 親の死に遅れず死を迎える身。桃の「実」を掛ける。**〇なるべかりける** 推量助動詞「べし」は、当然の意を表す。そう成るべきであった。「実」の縁語「生る」を掛ける。

119 ○せうと 103・105参照。○極楽 亡くなった親の行った極楽浄土の地を示す。○たのもしき 「極楽浄土」と「桃」の仙力が重畳するゆえに出たことば。○遅るるみ 親に死に遅れた「身」。「実」を掛けるのは前歌に同じ。○何にかはなる 係助詞「かは」による反語表現。何になろう。「なる」は「（実が）生る」「（身が）成る」の両義、掛詞。「実とは言っても生らない」の文脈を作りつつ、生き残ってもどうにも「成らない身」を表す（清少納言集Ⅱ・一五「花もみなしげき木ずゑになりにけりなどかわがみのなるときもなき」）。

120 ○衣 喪服。○藤衣 麻で作った喪服。○うらみ時 衣の縁語「裏」「身」から「恨み」を導く。恨めしく残念に思う時期（清少納言集Ⅱ・一四「はるかにて、木の枯れたるにつけて、花ちりて繁きこずゑの程もなくうらみどきにもいかがなるべき」）。

121 ○隠してむ 「隠す」は、葬る、埋葬する、の意（神武紀末尾「葬畝傍山東北陵」の寛文版の訓に、「葬」を「カクス」と訓む。類聚名義抄「葬」に、「ハウフル ツカ カクス ハカ」と記す）。「てむ」は、67参照。○骸を見つつも 亡骸であってもそれを見て、の意。古今集・哀傷・八三一・勝延「堀河のおほきおほいまうち君身まかりにける時に、深草の山にをさめてけるのちによみける、空蟬は骸を見つつもなぐさめつ深草の山煙だにたて」の二・三句を踏襲したもの（源氏物語・御法「やがてその日、とかくおさめたてまつる。限りありけることなれば、骸を見つつもえ過ぐし給ふまじかりけるぞ心うき世の中なりける」など）。○慰めつ 自らの心を癒した。第二句と共に、前掲古今集歌に依る。○夕べの雲 火葬の煙の喩（周防内侍集・五三「例ならで、太秦にこもりたるに日数のつもるままに、いと心細うおぼえて、かくしつつ夕べの雲となりもせばあはれかけても誰かしのばん」）。

〔補説〕（五〇）母親の死を主題とする一群、四首からなる。（四九）の「又の年」とする五首の後に、「年かへりて」と続くことになるが、（四九）の翌年かどうか分明ではない。「三月二日」という本集唯一の日時表記は、桃の節句に絡む歌の詞書であることから招来されたものである。

118 119は、現世での桃酒の無益を嘆く。

120 出家者が親の死に際し着喪したことは、『法曹至要抄』下「一僧尼為㆓父母㆒着服。為㆓傍親㆒不㆑可㆑着㆑服事」の記事などからも知られる。

121 火葬前日の詠。すべてが終ることを想いつつ、母の死の歌群は一段落する。

## （五一）

十三日のものいみにせうと

122 かへるひとたれかいひけんまちくらす
みかけはさらにやとらさりけり」63オ

返しあま

123 かへるひのたそかれときをまちくらす
おもかけはなとへたてやはする

とほくゆくにとかうするひの
ほのかにみえけれはある人

124 いにしへははかなくみえし春のゝに
もゆるはくさのつゆのいのちか」64ウ

返しれいのあま

125 たれもみなのかれぬみちをたちとまり
ゆふへのやみのけふりをそみる
　まつこといふところにすむ
あまのもろともにきて
すめといふ返ことに

126 まつかえのいりえのこまついゑにあらは
そこにてわれものりをひろめん」65オ

〔校異〕126○いゑ↓いへ

〔整定本文〕十三日の物忌《ものい》みに、せうと

122 帰《かへ》る日《ひ》と誰《たれ》かいひけむ待《ま》ち暮《く》らす御影《みかげ》はさらに宿《やど》らざりけり

　返し、尼《あま》

123 帰《かへ》る日《ひ》のたそかれどきを待《ま》ち暮《く》らす面影《おもかげ》はなど隔《へだ》てやはする

　遠《とほ》くゆくに、とかうする火《ひ》のほのかに見《み》えければ、ある人

124 いにしへははかなく見《み》えし春の野にもゆるは草《くさ》の露《つゆ》の命《いのち》か

　返し、例《れい》の尼《あま》

125 誰《たれ》もみな逃《のが》れぬ道《みち》を立《た》ち留《と》まり夕《ゆふ》べの闇《やみ》の煙《けぶり》をぞ見《み》る

　まつこといふ所《ところ》に住《す》む尼《あま》の、諸共《もろとも》に来《き》て住《す》めといふ返りごとに

126 松《まつ》がえの入《い》り江《え》の小松家《こまついへ》にあらばそこにて我《われ》も法《のり》を広《ひろ》めむ

〔現代語訳〕 十三日の潔斎の折に、兄が、

122 亡き魂が帰る日と誰が言ったのだろう、待ち暮らしている亡き母上のお姿は、一向に宿ろうとしないことだ。

返しの歌に、尼が、

123 魂が帰ってくる日の黄昏時に私たちが待ち暮らしているその亡き方が、どうして心隔てをしたりするでしょうか（必ず姿を見せますとも）。

遠く行く時に、火葬の火が少し見えたので、ある人が、

124 昔は何ということもなく見えた春の野に、燃えているのは草ならぬ露のような命なのでしょうか。

返し、例の尼が、

125 （死は）誰も皆、逃れられず行く道なのに、立ち止まって夕闇の中、火葬の煙を見ることです。

まつこと言う所に住んでいる尼が、「一緒に来て住みなさい」と言ってきた、返事に、

126 松がえの入り江に生えている小松があなたの家にあって、私を待っていて下さるのであれば、そこで私も一緒に布教をしましょう。

〔語釈〕 122 ○物忌み 神霊を迎える神事・法会に関わる時に、一定期間、日常生活から離れて穢れからの浄化を図ることを言う。潔斎、斎戒。死後十三日目には、霊魂が現世に帰るとされたか（二条太皇太后宮大弐集・八七「親のおもひにて、十三日になる日、亡き魂は影だに見えず亡き魂は人だのめなる名にこそありけれ（底―り）」）。○帰る日 魂が戻ってくる日（後拾遺集・哀傷、和泉式部「十二月の晦の夜よみはべりける、亡き人の来る夜ときけど君もなし我が住む宿や魂無きの里」）。

123 ○尼 誰か不明。122の「せうと」との贈答であることからして、主殿自身の客体表現か。とすれば、出家以前の前編「女」の設定に対応することになる。〔補説〕参照。○面影 幻影。ここは亡き人のそれ（源氏物語・桐壺「…はかなく聞え出づる言の葉も人よりはことなりしけはひかたちの、面影につと添ひておぼさるるにも、闇のうつつには猶おとり

けり」)。「待ち暮らす」までは、「面影」に係る修飾句。**○隔てやはする**　「隔つ」は、他動詞。隔てを置く、遠ざける、意。「隔つ」主体は、亡き人の面影。

124**○遠くゆく**　葬送に立ちあう、あるいは物忌みの期間を過ごす場所へ向かうなどの途次か。〈補説〉参照。**○とかうする**　「とかくする」の音便形。あれこれする。葬る。ここは、火葬（和泉式部集Ⅰ・七四二「語ら（底―こ）ひし人のなくなりにけるを、とかうして又の日、いかがととひたるに、思ひやる心は立ちも遅れじをただひた道の煙とや見し」、後拾遺・哀傷・五三九・和泉式部「山寺にこもりてはべりけるに人をとかくするが見え侍りければよめる、立ちのぼる煙につけて思ふかないつまた我を人のかく見ん」（和泉式部集Ⅰ・二三五にも））。**○もゆる**　（命が）燃える。「草」の縁語「萌ゆ」から「燃ゆ」に転じたもの。**○草の露の命か**　「草の露」から「露」を媒介に、「露の命」を導く。草に置く露の儚さから、命の比喩としたもの。○「か」は終助詞。詠嘆を表す。

125**○例の尼**　123を受けた物言いであろう。123語釈「尼」参照。「例の」とあることから、客観性はより強まる。**○逃れぬ道**　避けられない道。「道」は死に向かうこと、あるいはそのための「時間」の喩的表現（山家集（西行Ⅰ）・九〇五「逃れなくつひにゆくべき道をさは知らではいかが過ぐべかりける」）。実際に歩いている「道」との両義。

126**○まつこ**　地名。不詳。「まつえ」「まつら」の可能性があるか。但し、「まつら」は明和本『和名抄』に「萬豆良」と見えるものの肥前松浦で、和歌ではほとんどが佐用姫に因むことから、当歌には適わない。上句に「松がえ」「いりえ」と「え」が繰り返されることからして、「まつえ」の可能性が強い。「こ」は、表記の類似からする「え」の誤写ではなかろうか。**○尼**　123 125の尼とは別人。**○松がえの**　地名「まつえ」に因むか。「松が枝」から同音「江」を導き、「入り江の小松」に繋いだものか。因みに、「枝」「江」は、平安中期までは、ヤ行だが、同音。**○入り江の小松**　入り江に生えている小さい松（古今六帖・二「みゆき」「玉津島入江の小松おいにけりふるきみゆき（底―やこ）のことやとはまし」）。入り口を示す目印の松。「人を待つ」意を含む（敦忠集Ⅰ・一四「近江の更衣に、三輪の山かひなかりけり我が門の入り江の松はきりやしてまし」、赤染衛門集Ⅰ・一〇〇「今は絶えにたりといふ所にありと聞きてやる、三輪の山のわたりにや、我が宿は松にしるしもなかりけり杉むらならばたづねきなまし」）。**○法を広めむ**　弘布、弘法（仏法の布教）をしよう、の意。菩薩行に適う行為。諸仏の行為について詠われる例が多い（金葉集二奏本・雑下・永縁「不軽品の心をよめる、あひがたき法を広めし聖こそうちみし人も導かれけれ」、輔親集Ⅰ・四〇「天王寺にまうでて、難波江に心深くぞ尋ねくる法を広めし人の跡見に」、赤染衛門集Ⅰ・四五四「普賢品、行末の法を広めにきたりける誓ひをきくがあはれなるかな」）。ここは、自ら広宣布教を為そうと言うもの。

**〔補説〕**（五一）親の葬送後の五首。ごく親しい者たちの間に交わされた追悼と慰撫の歌で、尼を主殿とは別人と見れば、主殿自身の歌は126の一首のみとなる。が、語釈に記したように「尼」は主殿である可能性が強い。「まつこにすむ尼」は、主殿に尼同士の同居を勧めていることになる。

122一三日の霊迎えとしては、盂蘭盆の一三日が想起されるが、ここは別。語釈に掲げた二条太皇太后宮大弐集・八七「親のおもひにて、十三日になる日」と題する歌に「亡き魂は影だに見えず……」とあることから、服喪の一三日にも、そのような意味合いが付与されていたものとして解した。

123（五三）の跋文④に「その月のその日、尼それがし」と記したと同じ立ち位置からの記述か。跋文と対応するものと見て、主殿の詠としておく。

124和泉式部集Ⅰの次の歌に見る状況と、類似の場面であろう。

ものへいく道に、かはらやに火屋といふもの作るをみて、帰りてその夜、月のうち曇りたるを見て
あはれこの月こそ雲れ昼見つる火屋の煙は今や立つらん（一六〇）
また人の葬送するを見て
立ちのぼる煙につけて思ふかないつまた我を人のかく見ん（一六一）

125二句切れとして詠嘆的に解したが、「を」を逆接と取り、「逃れ得ぬ死への道なのに（刻々と死への時間が過ぎていくのに）」と解すると、「立ち留ま」っている今現在の行為の理不尽さが、論理的に強調されることになる。「理不

尽さ」を衝く冷静さがある。和泉式部「立ちのぼる……」に通じる発想。

126 語釈に引いた赤染衛門集の例は、古今・雑下・九八二「わがいほは三輪の山もと恋しくはとぶらひきませ杉たてる門」との関連を明確に表している。この「杉」に対し、当歌は、地名に絡む「松」を取り上げ、「人を待つしるしの松」という趣向をとり、「入り江の小松」に重ねている。「まつこ」という地名が、確定できない。また、この尼の申し出を受けた痕跡も、家集にはない。

## （五二）

　ほと、きす六月になく
127 まよひせはいまきてなかんはつこゑを
き、しりやせんきかすもあらむ
　さためなきこそあはれに
　とこそ人をもひけめ
　ゆくみちすからになきてゆく
128 秋きりにたちやすらへはあさことに
きたれとやなくはつたかりかね」66ウ
　あるやまくらにまうて、
　かへりしに

129 うちみれはけふりたえたるやま
さとにいかてほすらむすみそめのそて
くひなのこゑをきゝて
130 ときそともこけのころもはしらなくに
いつれのほとにたゝくひなそ」67オ
おほつかなうや

〔校異〕128○をもひ→おもひ　129○やまくら（底）・やまてら（書）→やまてら　130○たゝく《く》ひな（底・書）→たたくくひな

〔整定本文〕郭公《ほととぎす》、六月に鳴《な》く

127 迷《まよ》ひせば今来《いまき》て鳴《な》かむ初声《はつこゑ》を聞《き》き知《し》りやせむ聞《き》かずもあらむ
定《さだ》めなきこそあはれにとこそ人思《おも》ひけめ、ゆく道《みち》すがらになきてゆく

128 秋霧《ぎり》に立《た》ちやすらへば朝《あさ》ごとに来《き》たれとや鳴《な》く初田《はった》かり金《がね》

ある山寺《やまでら》にまうでて、帰《かへ》りしに

129 うち見《み》れば煙絶《けぶりた》えたる山里《やまざと》にいかで干《ほ》すらむ墨染《すみぞめ》の袖《そで》

水鶏《くひな》の声《こゑ》を聞《き》きて

130 時《とき》ぞとも苔《こけ》の衣《ころも》は知《し》らなくにいづれのほどに叩《たた》く水鶏《くひな》ぞ
おぼつかなうや

〔現代語訳〕時鳥が、六月に鳴いている、

127 道に迷ったのであれば、今頃やってきて鳴きもするだろう。この時期はずれの初声を、しっかり聞こうかしら、それとも聞かないでおこうか。

所を定めず鳴くのが趣き深いと人は思っただろうに、この時鳥は歩いて行く道すがらずっと鳴いていく。

128 秋霧に立ちこめられて飛びたてないので、朝ごとに「初田の稲を刈り取りに来てよ」と鳴くのか、雁金は。

ある山寺に参詣して、帰った時に、

129 ふと見ると、煙も立ち昇っていない人気のない山里に、どうして干してあるのだろう、墨染めの衣があることだ。

水鶏が鳴く声を聞いて、

130 戸を開けるべき時だとも、尼の身の自分は知らないのに……。どの辺りで戸を叩くかのように鳴いている水鶏なのだろう。

叩く宛て所が、はっきりしないのだろうか。

**〔語釈〕** 127 **○郭公、六月に鳴く** 序（二）〔語釈〕4参照。時節外れである意を含む（周防内侍集・七一「六月一日、曙に郭公のなきしかば、郭公山路にかへる曙の忘れ形見のこゑはききつや」）。**○迷ひせば** 「迷ひす」（サ変動詞）。あるいは「せ」は助動詞「き」の未然形とも。仮定条件を表す。**○初声** 時鳥の初声は、四月、夏の到来と共に待たれるもの（拾遺集・夏・九六「初声のきかまほしさに郭公夜深くめをもさましつるかな」、主殿集序「四月になれば卯花かげにしのぶほととぎすをうらみ」）。**○聞き知りやせむ** 「聞き知る」は聞いてその良さを理解する（高陽院歌合・頼綱・七四・筑前「郭公聞き知る人はたづねけり綱手たえたる舟の我をも」）。「やせむ」で、「そうしようか」と疑問形ながら意志を示す。**○聞かずもあらむ** 打ち消しの意志。聞かずにいよう。第四句の意志を打ち消す形で対を為す自問自答の体（和泉式部集Ⅰ・二二五「ある人の扇をとりても給へりけるを、御覧じて、大殿、……とりて、浮かれ女の扇とかきつけさせ給へる、かたはらに、越えもせむ越さずもあらむ逢坂の関守ならぬ人なとがめそ」）。**○定めなき** 以下、左注。時鳥は、何処で鳴くか定まらないものとして詠われる（後撰集・恋一・五四八・敦慶親王「里ごとに鳴きこそ渡れ郭公すみか定めぬ君たづぬとて」、親宗集・三〇「内裏にて、人人、郭公何処といふ心をよめる、この森かかの垣根かとたづぬれど聞きも定めぬ郭公かな」）。**○道すがらに**　道中を通して。

128**○立ちやすらへば**　霧が「立ち」と、飛び「立ち」の両意を掛ける。「やすらふ」も、霧が滞っている様と、飛び立てずにいる様の両義（後葉集・恋一・三二四　かいめい法師「三井寺を過ぎけるに、わらはの遊び侍りければ、いはせける、逢坂の関のこなたに春がすみ立ちやすらふと知らせてしかな」）。**○初田雁がね**　「初田」は、はじめて稲を刈り取る田。「刈り」から「雁（金）」を導く（古今六帖・六・家持「ひさかたの雲間もおかず雲隠れ鳴きこそわたれ初田雁がね」、為忠初度百首・三五〇「羇旅雁、めづらしき初田雁金わたるなり門出うれしき旅の空かな」）。

129**○煙絶えたる山里**　人気の無い山里（好忠集Ⅰ・三〇〇「柴木たく庵に煙立ちみちて絶えず物思ふ冬の山里」、和泉式部集Ⅰ・七三「わびぬれば煙をだにも絶たじとて柴をりたける冬の山里」）。**○いかで**　疑問。どういう訳で。**○墨染の袖**　黒い僧衣、あるいは喪服（長能集Ⅰ「下つ枝に咲かずしもあらず桜花いかでか懸けむ墨染の袖」）。

130**○水鶏**　鴨に似る水鳥。ひくいな。秋から冬にかけて飛来。鳴き声が戸を叩く音と似ているとして詠まれる（花山院歌合・院御・一五「夏の夜は叩く水鶏にほどもなくあまの戸とくもあけにけるかな」、拾遺集・恋三・八二二「叩くとて宿の妻戸をあけたれば人もこずゑの水鶏なりけり」）。**○時**　戸を開けるべき時。男の訪れを含意（加茂保憲女集（保憲女Ⅰ）・四六「人待てば叩く水鶏をそれかとてはかなく明くる夏の夜ぞうき」）。**○苔の衣**　尼衣。106参照。尼衣を着ている自身の喩。**○知らなくに**　「なく」は、打消助動詞「ず」のク語法。「に」は接続助詞。知らないのに、の意。**○いづれのほどに**　どのあたりで。鳴いている場所がはっきりしないことを言う（兼房歌合・法祐・八「朝霧に道はまどひぬ竜田川いづれのほどかわたりなるらん」）。**○叩く**　水鶏の鳴き声が戸を叩く音に似ることから言う（紫式部集Ⅰ・七三「槙の戸もささでやすらふ月かげになにをあかずと叩く水鶏ぞ」）。**○おぼつかなうや**　左注。「あらむ」等結びの語の省略形。「おぼつかなし」は、はっきりしない意。ここは水鶏が鳴いている場所についての言（永久百首・常陸「おぼつかなうはの空にやちぎりけんいづくともなく叩く水鶏は」）。

〔補説〕（五二）巻末の四首は、（五〇・五一）の親の死を巡る三月の記事には連接せず、季も主題も一貫性がない歌が並ぶ。但し、鳥の声に因む三首からは、人間との応答を詠わずに集を閉じるという、一つの結末の付け方を読み取るべきかも知れない。

127 六月、時節外れに鳴く時鳥を扱う。遅れたのは迷った所為かと忖度しつつ、こんな初声は聞いたこともない、というのであろう。左注によれば、外出の途次でのもの。日記的な描写になっている。

128 詞書はない。秋の歌。雁の鳴き声を、自らへの催促として擬人的に受け止める。

129 山里で暮らす出家者に思いを馳せる。歌語「山里」については、小町谷照彦『古今和歌集と歌ことば表現』参照。

130 戸を叩くような水鶏の鳴き声を聞いて、女を訪れた男が戸を叩く場面を想定し、「苔の衣」の身の無縁さを、軽く詠じる。目当ての場所が解らないのだろうか、と戯画化しているが、「おぼつかなうや」の一言は、我が行く末に重ね合わせての意識的な措辞とも見える。

## （五三）

①うたにをひてはこれ仏し
のためにやくないことなれと
これにをひてはいはひを
よみてちとせをねかふにあら
すまたこひをよみてひと

のこゝろをやはらくるに
あらすたゝせけんのむ上と
またいにしへをはちいまを」68ウ
くいまたもろ〳〵のあくしん
②おあらはせるなりこれを
みてうきゝのかめにおもひ
なしこれをみてうとうけ
ともおももなしこれみてわらへ
かしこれをみてそしれかし
これをみてにくめかしこそ
③こゝろをやりたる心なれね
かはくはこの四すをもてこ
④くらくの九ほんとせんその」69オ
月のその日、あまそれかし
⑤きをこのむにあらすえん

なるなをとうむとにあらす
ほとけ経のことあめるにより
てみちひかれたてまつらむと
かきはつるなり」70ウ

〔校異〕①○をひて↓おいて（二箇所）　○む上↓むじゃう　○あくしんお↓あくしんを　②○うとうけ（底・書）↓うとんけ　○おももなし（底・書）↓おもひなし（誤写と見て訂す）　○こそ↓これこそ（「これ（礼）」と「こそ（所）」の近似による「これ」の脱落誤写と見て訂す）　③四す↓四しゅ（直音を拗音表記に訂す）　⑤○きを（底）・きを《如本》（書）↓きを　○とうむ・とうむ《如本》↓とらむ（誤写と見て訂す）

〔整定本文〕
①歌《うた》においては、これ仏事《じ》のために益《やく》ないことなれど、これにおいては、祝《いは》ひを詠《よ》みて千歳《ちとせ》を願《ねが》ふにあらず、また恋《こひ》を詠《よ》みて人《ひと》の心《こころ》をやはらぐるにあらず、ただ世間《せけん》の無常《むじゃう》と、またいにしへを恥《は》ぢ、今《いま》を悔《く》い、またもろもろの悪心《あくしむ》をあらはせるなり、
②これを見《み》て浮《う》き木《ぎ》の亀《かめ》に思《おも》ひなし、これを見《み》て優曇華《うどんげ》とも思《おも》ひなし、これ見《み》て嗤《わら》へかし、これを見《み》て誹《そし》れかし、これを見《み》て憎《にく》めかし。これこそ心《こころ》をやりたる心なれ、
③願《ねが》はくはこの四種《す》をもて極楽《ごくらく》の九品《ぼん》とせむ、
④その月のその日、尼《あま》それがし、
⑤奇《き》を好《この》むにあらず、艶《えん》なる名《な》をとらむとにあらず、仏経《ほとけ》の言《こと》編《あ》めるによりて導《みちび》かれ奉《たてまつ》らむと、書《か》き果《は》つるなり

**〔現代語訳〕**

①歌は、仏事にとって何の益もないことですが、私の場合は、予祝の歌を詠んで長寿を願おうというのではないし、また恋歌を詠んで人の心を和らげるのでもないのです。ただ世の無常と、また自分の過去を恥じ、現在を悔いて、また諸々の悪心を表したのです。

②これを見て「浮き木の亀」「優曇華」とも見なし、これを見て嗤ってください、これを見て謗ってください、これを見て憎んでください。これこそが、私の心が満たされることなのです。

③できることならば、この四種を以て極楽の九品蓮台としたいのです。

④某月某日、尼某

⑤奇を衒うのではありません。面白いとの評判を取ろうというのでもありません。仏教・経文の言葉を編んだ事によって、導かれ申したいと願って、書き終えた次第です。

**〔語釈〕**　①**○祝ひ**　予祝の歌一般を指す。古今集・仮名序「歌のさま」六つの中の「いはひ歌」を意識するか。**○千歳を願ふ**　長寿を予祝、あるいは言祝ぐ。「賀歌」を念頭に置くか。**○人の心をやはらぐる**　古今集仮名序「……男女の仲をもやはらげ（たけきもののふの心をも慰むるは歌なり）」に依るか。**○世間の無常**　万葉集・巻十六・三八四九「厭世間無常歌二首、生き死にの二つの海を厭ひ見て潮干の山をしのびつるかも」、同三八五〇「世間の繁き借り廬に住み住みて至らむ国のたづきしらずも、右歌二首河原寺之仏堂裏在倭琴面之」が早い例。**○悪心**　善心に対する語。信仰心の妨げとなるような考えを言う。風雅に耽溺し恋愛ごとに日を送った前半生、即ち家集の前半部分の歌を指すのであろう。これを否定することが、往生への助縁ともなるのである。〔補説〕に、『往生要集』中の「悪心」に関する部分を例示した。

②**○浮き木の亀**　88参照。**○優曇華**　116参照。**○これ見て嗤へかし、これを見て誹れかし、これを見て憎めかし**

本歌集が受難に遭うことを許容する、と言うよりも受難を待望するかのごとき激しい言説である。不軽菩薩の受難の事を下敷きにする。『法華経』「常不軽品」による。〔補説〕参照。

③**〇四種**　四華を指す。65左注参照。大小白蓮華・大小紅蓮華の四種の華。本歌集の四部構成を準えたものと見たい（「解説」参照）。**〇九品**　極楽往生の際の九階級。九品蓮台。九品浄土。

④**〇その月のその日、尼それがし**　「某月、某日、尼某」。願文に見られる形の踏襲。この集が、仏縁を結ばんがためのものであることを端的に示す。

⑤**〇奇を好むにあらず**　奇を衒う訳ではない、の意。本集の表現・形態が特異であることの弁明か。あるいは中序に「往生要集」を折り込んだことを意識してのことか。**〇仏経の言編める**　綴ってきた自らの和歌を、「仏経の言」と規定する。**〇導かれ**　仏菩薩による済度を願う（散木奇歌集（俊頼Ⅰ）・九四一「もろもろの衆生を導かんと誓はせ給ふ力によりてなん、此世にはおはしますといへる事を、紫の雲のあだにも見えぬかな人を導く心強さに」）。

**〔補説〕**（五三）本集の編集意図が、跋文の形で述べられるが、歌集としてよりは願文にも似た願生浄土の激白である（「解説」参照）。前編（四）序との径庭を考えたい。いずれも和歌に対する相当の自負が基底にあることを感じさせながら、その意味づけは全く異質なものになっている。

①歌集を編んだ趣旨を、縷々説明する。常識的な予祝・恋歌ではなく、世の無常と自身の過去への後悔と「悪心」の披瀝であるという。用語こそ見られないが、まさに（三四）の中序㉓「この無常に愕きて、月次のもろもろの罪を懺悔す」に相当する「懺悔」としての意味づけである。『往生要集』から「悪心」の例を幾つか引いておく。

『往生要集』下・大文第七・引例勧信

是諸比丘、前世之時、以悪心故、謗仏正法、但為父故、称南無仏、生々常得聞諸仏名、乃至今世、値遇我出、諸障除故、成阿羅漢（……是の諸の比丘、前世の時、悪心を以ての故に、仏の正法を謗りたるも、但だ、父の為の故に、南無仏と称へしをもて、生々に常に諸仏の名を聞くことを得、乃至、今世に我が出づるに値遇して、諸の障除こりしが故に、阿羅漢と成れり）［384上・238－239］

『往生要集』下・大文第十・問答料簡「麁心の妙果」

問、此文便違因果道理、亦復増於衆生妄心、如何以悪心、得大涅槃楽耶、答、以悪心故、堕三悪道、以一縁如来故、必至涅槃、是故、不違因果道理（問ふ、此の文は、便ち因果の道理に違ひ、亦また衆生の妄心を増さん、如何んぞ、悪心を以て大涅槃の楽を得んや。答、悪心を以ての故に、三悪道に堕ち、一たび如来を縁ずるを以ての故に、必ず涅槃に至る。是の故に、因果の道理に違はざるなり）［400上下・300-301］

『往生要集』下・大文第十・問答料簡「助道の資縁」

問、因論生論、於彼犯戒出家之人、供養悩乱、得幾罪福、答、十輪経偈云、被恒河沙仏、解脱幢相衣、於此起悪心、定堕無間獄、〈袈裟名為解脱幢衣〉（問ふ、因論生論、彼の犯戒の出家の人に於て、供養し悩乱せば、幾の罪福を得るや、答ふ、十輪経の偈に云く、恒河沙の仏の、解脱幢相の衣を被たり、此に於いて悪心を起さば、定んで無間獄に堕ちなん、と〈袈裟を名づけて解脱幢の衣となす〉）［404上・314-315］、など。

②この歌集が「浮き木の亀」「優曇華」に相当するかのような自負と、激烈な「嗤へかし、誹れかし、憎めかし」の対比が際だつ。『法華経』常不軽菩薩品に基づく発想である。四衆の迫害に耐えて「我不敢軽於汝、汝等皆当作仏故（われ敢えて汝等を軽しめず、汝等は皆当に仏と作るべし）」と言い、「常被罵詈、不生瞋恚、当作是言（常に罵詈らるるも瞋恚を生さずして、常にこの言を作せり）」と説明される「不軽菩薩」（実は世尊）に肖ろうとするものである。

『法華経』第七巻・常不軽菩薩品から、「不軽菩薩」についての一条を引いておく。

爾時有一菩薩比丘。名常不軽。得大勢。以何因縁。名常不軽。是比丘。凡有所見。若比丘・比丘尼。優婆塞。優婆夷。皆悉礼拝讃歎。而作是言。我深敬汝等。不敢軽慢。所以者何。汝等皆行菩薩道。当得作仏（その時、一の菩薩の比丘あり、常不軽と名づく。得大勢よ、何の因縁をもって常不軽と名づくるや。この比丘は、凡そ見る所有らば、若いは比丘・比丘尼・優婆塞・優婆夷を皆悉く礼拝し讃歎して、この言を作せばなり、「われ深く汝等を敬う。敢えて軽め慢らず。所以は何ん。汝等は皆菩薩の道を行じて、当に仏と作ることを得べければなり」）。

先行する『発心和歌集』（寛弘九年）の「序」が、「定有誹謗者　在在所所与妾結縁　同不軽菩薩之行、一心至実三宝捨諸」と、同趣旨の事に触れる。「解説」参照。

# 解説

主殿集は、百三十首の詠草を編んだ小家集である。長く孤本として伝えられた宮内庁書陵部本と、その親本である冷泉家本が時雨亭叢書の一冊として公刊されているものの、主殿の経歴に関わる資料的記述もなく、和歌への評価もさして高い訳ではない。が、序跋を備え、前半部・後半部各六十五首からなる整然とした構成は、自らの出家を境として大きく変わった境涯に対応させたもので、極めて意図的なものである。中でも後半部冒頭に置かれた長文の序（便宜、中序と呼ぶ）は、往生要集の経文を摘記して綴った特異なもので、浄土教的な思想に籠絡されていく当代の思想状況を露わに反映したものとして注意される。跋文には、家集編纂の動機を、「悪心」を表し「懺悔」することと明記し、最後にこれを「極楽の九品とせむ」と記している。仏教語を生硬なままに和歌に取り込むなど、表現面にも特異性が及ぶ。手ずから出家へと踏み切る前後の心理と行動、出家後の日常生活の様相などからは、この集が、特異な性格を有する歌集としてのみならず、ささやかながら宇治十帖以降の物語的主題に連なる問題性を含む日記文学的な作品としてあるのではないかと考える。以下、主殿の閲歴、及び主殿集の諸本と本文の扱い、その構成、表現、主殿集の位置・評価について略述する。

## 一、主殿について

### 職掌としての「主殿」

「主殿集」という外題からは、この家集が、後宮十二女司の一つ殿司（後に主殿司）に関わった者の手になることが知られる。

「トノモはトノモリの略」（『官職要解』）で、主殿司は、「輿・撤・膏・沐・燈油・火燭・薪炭を奉る事を掌る。職員は『（後宮）職員令』に尚殿一人、典殿二人、嬬六人とあり。位階は『禄令』に尚殿は従六位に、典殿は従八位に准ぜり。『延喜式』の制またしかり」、「按ずるに、主殿女官とのみいえば主殿女嬬なり」（浅井虎夫『新訂女官通解』）と記される。殿上の払拭・御燈の点滅などに関わり、后妃に近侍しつつ、外部との接触も多い華やかな職掌であったらしい。［『平安時代史事典』［殿司］は「『主殿司こそなほをかしきものはあれ。下女の際はさばかりうらやましきものはなし。よき人にもせさせまほしきわざなめり』（『枕草子』四五）と記し、『禁秘抄』にも『近代十二人、（中略）主殿司美麗姿、公入内可レ称二神妙之職一』とあるごとく、女官のうちでも目立った存在であったことがうかがわれる」（関口力）と記す。菅野扶美「半物・雑仕・主殿司・厨女―今様周縁の女の層をめぐって」（『日本文学』六四九）は、是に続く時代に展開した主殿司の派手やかさを、今様の隆盛に絡めて論じるが、その前提的土壌となった当代のこの職掌の有り様が逆照射されている。主殿の半生悔悟の背景には、浸透する浄土思想とは相容れない「主殿」という職掌と出仕生活が在ったのかもしれない。

## 主殿の生年と家集の成立時期

主殿は、生没年未詳。閲歴に関する外部資料が殆どない。唯一、本集101「月のいとあかかりければ、例の心うせぬなるべし、残りなく思ひ捨ててし世の中にまた惜しまるる山の端の月」が、『風雅集』巻十五・雑歌上に、「題知らず　四条太皇太后宮主殿」として入集していることから、後冷泉天皇后、四条宮寛子（長元九年〈一〇三六〉～大治二年〈一一二七〉）に仕えた女房であろうと推測されている。

四条宮寛子は関白藤原頼通の二女で、母は藤原祇子。同母弟に関白師実がいる。永承五年（一〇五〇）に後冷泉天皇妃として入内、治暦四年（一〇六八）、天皇の崩御に伴い三十二歳で出家、大治二年（一一二七）、九十二歳で崩じている。居処が左京四条大路南、西洞院大路東にあったことから、四条宮と称される。頼通の期待を一身に背負っての入内の折には、「さるべき人々の女競ひ参り、いみじうめでたし。殿のかく御心に入れさせ給へる事と思べかめれば、かしづく人の女、妹参らぬなし。女房の装束などいと尽すべき方なし」（栄華物語「根合」）と、有力貴族が競って子女の出仕を望んだという。崩御時の『中右記』大治二年八月一四日条には、「在二后位一七十七年、古今未レ有二如レ此例主心性甚直、花美無二極限一」と記される。華やかながらも、期待された皇胤を宿すことなくその生涯を終えている。

この寛子後宮の記録とも言うべき『四条宮下野集』をはじめ、他の諸家集にも主殿に関する記載は見られない。神谷敏成「『主殿集』考」（一九七九・八）は、「老母存命故に俗世を捨てきれなかったにもかかわらず、その在世中に出離」を決断させたのは「外的要因」によるとして、寛子崩御を挙げている。以降、『日本古典文学大辞典』（一九八四、岩波書店）「主殿集」の項では、「平安時代末期の成立。詞書に記される作者の出家を四条太皇太后寛子（藤原寛子）の崩御時とすれば、大治二年（一一二七）以降、ほど遠からぬ時期にまとめられたか」（今西祐一郎）とし、また『平安時代史事典』（角川書店、一九九四）も、主殿について「康和（一〇九九～一一〇四）初年の出生、大治二年（一一二七）寛子崩御による落飾か」（近藤潤一）と推定している。いずれも、主殿の出家を寛子崩御に関係づけての推測である。

が、例えば、寛子の落飾に伴い出家したかとされる四条宮下野の場合は、下野集に「世の中変はりて、あはれにいみじき事多かりしほどの事ども、我も人もあまたありしかど、なかなかなれば書かず。我背きて後……」と、出家の原因を「世の中」の変動と関わらせるかの記述が僅かながらあるのに対し、主殿集には、出家の経緯についてかなり細かく記すにもかかわらず、「寛子崩御」との関わりを示す記述は全くない。むしろ早くから深くその心を占めていた不如意感、無常感が、やがて前半末尾の四首（「ありはてぬわが身や近くなりぬらむ」「芹摘みし昔の人もわかことやこころにもののかなはざりけむ」など）に集約され（針本正行「平安女流日記の終焉―四条宮家の女房日記『主殿集』を素材として―」（一九九六・三）は男女関係の帰結としてこの四首を捉える）、固着的な観念として、『往生要集』に代表される当代仏教思想への傾倒を深めていったことは、経文を適宜拾うように展開する「中序」により明らかである。中序⑤「日の影しきりに傾き、寿の光虚しくうつれば、一生半ば過ぎて、残りの命幾許なし」からは、後世へ、願生浄土へと傾斜していく姿が浮上し、他律的な理由による出家とは考えにくいように思う。『和歌大辞典』が、「のち悟るところあって」（森本元子）と記すのが穏当な見解ではなかろうか。主殿出家時を寛子崩御時に比定して行う家集成立時期の推定は、家集の記述内容にそぐわず、危ういと思われる。

また主殿の生年の推定は、『私家集大成』解題（橋本）に、「……本集によれば、老母のあったこと、年廿五をすぎて間もなく仏道に志したこと等が知られる」と、出家推定年齢が具体的に「年廿五をすぎて」と数値と共に示されたことから、逆算されたものであろうか。「年廿五云々」は、先の中序⑤「……一生半ば過ぎて、残りの命幾許なし」が推測の根拠であろうか。が、前述の通り、家集に依る限り、主殿の出家を寛子崩御に関係づける積極的根拠は見出しがたい。したがって、この逆算からする主殿の生年も、根拠は薄いと言わざるを得ない。

仮に、言われるような康和初年に主殿の生年を措けば、出仕年齢を十六歳と見ても、寛子は八十歳に近い。本集前半からは、前栽合わせを催すなど趣味的な生活の合間にも、主殿の男性関係に少なからぬ関心を寄せ、陸奥国の男を廻る関係歌群を差し出させた痕跡もうかがわれる。寛子と思しき主人との間には、今少し若やいだ雰囲気があったのではないかと推測される。家集前半を「浮薄」な後宮生活に馴染んだ記録として構成したものと見るならば、なおさら、寛子八十歳以降の出仕生活とは見なし難いのではなかろうか。

因みに、現在知られる寛子主催の歌合のうち、「皇后宮春秋歌合　天喜四年（一〇五六）」と、「皇后宮寛子歌合治暦二年（一〇六六）が、治暦四年（一〇六八）四月一九日の後冷泉帝崩御、同一二月四日の寛子落飾以前の催行。また、［四条宮扇合和歌］は、寛治三年（一〇八九）八月廿三日、宇治での開催。すべて康和以前の事である。

なお、『平安時代史事典』に、「『堤中納言物語』の「はなだの女御」の作者に擬する説もある」として掲げられるのは、山岸徳平説（『堤中納言物語評解』昭和29・同『全注解』昭和37）に依るもので、山岸は、この掌篇「はなだの女御」（「花々の女ご」とする）に登場する「四条宮女御」を、花山帝女御、藤原頼忠二女「諟子」に比定し、他の登場人物も同時期に実在した人物であるとして、成立時期を、一条天皇在位の長保二年（一〇〇〇）九月から十月に置き、筆者は諸事情を具に見聞できた者として、「若し強いて、そのような人数当時の女房中から物色すれば、風雅集などに、四条大皇太后宮即ち前記諟子に仕えた主殿などが現れて来る」と、主殿を浮上させた。

両者の罪障意識の深さに共通性を見ての推論である。これに対しては、物語の題材に採られたとされる時期と執筆時期を同定する論理の飛躍（鈴木一雄『堤中納言物語序説』桜楓社（一九八〇）、塚原鉄雄『堤中納言物語』（新潮日本古典集成）（一九八三）など）が指摘されるように、主殿を諟子女房と見る積極的な根拠はないと言えよう。逆に、「はなだの女御」の執筆時期が、他の諸篇と接近した十一世紀後半期まで下るとすれば、山岸が「罪という観念」において主殿集との同時代性を指摘していることにはなろうか。

では、このような願文にも似た歌集編纂を企図させた外的要因は何なのだろうか。

頼通は二度にわたる歌集蒐集を企てているが、長久の第一次蒐集は時期的に無理としても、第二次蒐集との関わりは一考されるべきであろう。延久三年（一〇七一）の頼通八十賀に因むとされる第二次蒐集は、範永集・経衡集・為仲集・下野集等諸家集の成立を促したであろう。が、これらの諸家集に主殿との関連を示す記事は見られない。

一方、同年に、大学頭惟宗孝言が「納和歌集等於平等院経蔵記」（『朝野群載』『本朝続文粋』『本朝文集』）を記している。願主の記載はないが、上野理『後拾遺集前後』（一九七六・四）は、『続本朝通鑑』の同年九月の条から、これを頼通によるものとする。上野による修正本文を次に掲げる。

和歌は八万十二の教文に関せず、姫旦孔父の典籍に載することなし。唯、日域の風俗と為して、空しく艶流の綺語を抽だすのみ。然れども猶、男女芳語の間、芝蘭契りを結ぶの処、初めて配偶の心を遂げんがために、屡屡慇懃の懐ひを述ぶ。後に昵愛の交りを変ずるに依り、更に参商の恨みを遺す。徒に虚誕花飾の言葉を起こし、互に輪廻生死の罪根を載す。（略）万葉集より始め、拾遺抄に至る。その吟詠の人を見るに、かの比興の趣を知らしむ。百年の往賢を隔て、他界の前輩に隆起すといへども、若しこの一言に感ぜば、豈、三業を慙ぢざらんや。しかのみならず、時に外慮を断ち、側かに内典を聞くに、麁言耎語、遂に中道の風に帰し、妄想戯論、皆、実相の月に混ぜんと。

故にこの和歌集等を以って平等院経蔵に納む。曽て顕密法文の細帙に加へんにあらず、偏に讃嘆仏乗の句偈に慣はんがためなり。願はくは、数篇の風雲草木の興、恋慕怨曠の詞を以って、翻して安養世界七菩提の文、八正道の詠と為さん。これを以って集の中に載せたる所の貴賤道俗、吾が願念に牽かれて、併せて一仏土に生ぜむ。宿往通に誇り、患習力に依り、春の花を忘るることなく、七宝荘厳の行樹を翫び、猶、秋月を思ひて、四智円明の尊客を讃せん。今、衰老に臨み、この浄心を発す。適適、我を知るの者あらば、遍く成仏の縁を結ばん。時に延久三年暮秋九月記す。　作者　大学頭惟宗孝言

まさに狂言綺語を転法輪讃仏乗の縁に為さんという企図であるが、納められたのは過去の諸歌集等である。この

ような延久三年の和歌的状況は、この後に来る歌人の和歌観・歌集観に対して無縁だったとは言えまい。今、主殿集編集の企図に関わる外的要因として、「納和歌集等平等院経蔵」の事を挙げておきたい。勿論、事後直ちに主殿集が編まれたということを言うのではない。主殿集の跋文は、ここに見る狂言綺語観に、安住しえていた訳でもない。

## 作品内から知られる閲歴

作品内から知られる主殿の閲歴を、簡単に見ておく。

〈出仕関係〉

前篇では、先ず花鳥に耽溺した華やかな時期が、月次歌十二首に凝縮されて示され、それに続く日常詠の中には、貴人との遣り取りが散見されるが、里下がりをしている主殿に帰参を促したり（34）、男関係を問いただしたりする（36・59）ところからは、この貴人は寛子かと推測される（但し、神谷は、主殿と関わる男性貴人を想定している）。

17「墨などたまひて…ある人ののたまひし」

34「ある人の、『久しう長居す』とていたくふすべて、女郎花につけてのたまへりし」

36〜38「人に名立つころ、同じ人の御もとより、うつろひたる菊の葉に、『まことか』と書きてありければ」

59「かくなむあると聞きて、ある人の御もとより、『彼をばいかに思ひなりぬるぞ』とありければ」

右に見る敬語表現や、56・60詞書の「侍り」の使用からしても、集の前篇は、身分ある女性の元での出仕生活が辿られているものと考えられよう。

39・40では、「前栽合はせ」が催された折に、返歌を「詠め」と命じられていた。寛子主催の歌合であろうか。

参会した「翁」が、萩谷朴「歌合大成」解説の推測のように「経信」であったか否かは論証できない（経信集にはない）が、和歌詠進による奉仕の状況を僅かながら示すものかと思われる。

華やかで明るい詠草の中にも、28死別、22法会への不参、30病のこと、25山寺詠　などが混じる。32 33の「忌日」は亡父のそれであろう。

〈異性関係〉

また、この間の複数男性との贈答歌からは、「宿直物」を届けたりした夫らしき男との関わり（43〜46）、通い始めた男の陸奥赴任、別の男との交渉などが知られる。前篇終盤近く、52〜61の十首の贈答歌は、補説で述べたように「一人の男との経緯を巡る一群の歌」で、詞書の「侍り」からは、寛子なりを意識して纏められた部分の編入かと推測される。52の地方官として任地（57に依れば陸奥国）に下った男とは、60詞書「物言ひそめて遠く往にける」が端的に示すように、始まったばかりの関係で、程なく「末の松を波が越す」状況になる。が、「現在の新しい恋に身を委ねている身にとっては陸奥国の男は過去の物」（針本）かといえば、新たな男の「臆病さ」へのいらだち（57）も見え、一方で前の男に61「色も変はらでまつ」と返すように、それぞれの男への返歌からは、出仕先の主人の関心を呼びつつも、男との関わりにのめり込んではいかない主殿の覚めた反応が印象づけられる。

唯一、固有名詞と共に示されるのが、この「陸奥」に下向した男であるが、特定できない。

出家後に橘の歌を交わし、「髻の末」を返した男（96〜99）、安否を尋ねてきた男（91〜95）（108〜109）は、前篇で「宿直物」を取りによこした男と同一人物であろうか。明確には捉えられないが、陸奥国の男のみならず、意外に多くの男性との関係が敷設されていることに気づく。男たちは出家に驚き更なる山入りを留めようとするが、信仰心の前には無力であった。64の古歌は、不如意感が男女関係に起因することを示すであろうか。

〈出家とその後〉

先述したように、早い段階から窺われた「不如意感」「無常感」が、やがて「ありはてぬわが身や近くなりぬらむ」「芹摘みし昔の人もわがことやこころにもののかなはざりけむ」などの古歌四首に凝縮され、ここで前篇を括り後篇へと繋ぐ。その心を占めていたのが、『往生要集』に代表される当代の仏教思想であったことは、同集を適宜なぞりながら展開する「中序」により明示される。

引用される経文は、『往生要集』の中でも「厭離穢土」からのものが圧倒的に多い（詳しくは後述）。「日の影しりに傾き、寿の光虚しくうつれば、一生半ば過ぎて、残りの命幾許なし」と自己の感慨を折り込みながら、「この無常に愕きて、月次のもろもろの罪を懺悔す」で閉じる。まさに厭離穢土の思想により、現世否定の観念に取り込められていくのである。

歌集後篇では、折々の花・紅葉に耽溺した過去の否定的な捉え返しに続き、手ずから髪を切り出家生活へと方向転換し生き続ける主殿のその後が綴られる。出家の時期は、先にも述べた通り不明である。思案の挙げ句の出家は他律的なものというよりは、徐々に増幅されてきた不如意感・無常感から招来された自然な帰結のように見える。

出家後の生活は、多少の揺れを伴いながらも、ひたすらな仏道への帰依の姿勢は一貫している。庇護者としての兄の存在が大きかったようである。老母の葬送が描かれ、極く限られた周辺の人々との日常が綴られる。止住時の歌らしきものも見られるが、他の尼との同居の話も決着は描かれないまま、「水鶏の声を聞きて、時ぞとも苔の衣は知らなくにいづれのほどに叩く水鶏ぞ、おぼつかなうや」の一首で家集は閉じられる。当て所なく戸を叩くかに鳴く水鶏の覚束なさは、主殿の行く末のそれに重ねたものであろうか。

# 二、主殿集について

## 諸本

主殿集は、宮内庁書陵部蔵本（五〇一・一五八）―枡型胡蝶装一巻／霊元天皇宸筆の外題を有する近世初期の書写（図書寮典籍解題）―が、長く孤本として伝わり、桂宮本叢書　第十巻に『私家集　十』（養徳社、一九五九）として翻刻されたほか、『新編国歌大観』や『私家集大成』中古二に翻刻され、広く流布してきたが、新たに冷泉家時雨亭文庫蔵本（以下冷泉家本）が公開され、時雨亭叢書第一九巻『平安私家集　六』として影印刊行された（朝日新聞社、一九九九）。田中登による同書の詳細な「解題」によれば、冷泉家本は、外題・内題及び本文冒頭の一帖は定家筆で、以降は側近の筆によるいわゆる「定家監督書写本」で、書陵部の親本と定位されるものである。

田中は、「新編私家集大成」の主殿集解題補遺において、「定家監督書写本『主殿集』が、その親本であることが明らかとなったので、今後の主殿集研究はもっぱら冷泉家本に拠るべきであろう」としつつも、「冷泉家本は一部に料紙の破損から判読不能箇所があるので、新編では底本には採用しなかった」と、両本の事情と扱いについて述べている。

田中の指摘通り、書陵部本には、親本冷泉家本の損傷部分について、復元するべく補足的な筆を加えているところがある。また冷泉家本の中の、重ね書きによる定家の補訂部分など問題ある部分については、忠実に書写しようとしているが臨模ではなく、必ずしも冷泉家本の原仮名のままに表記している訳ではない。別体の仮名文字を含む書陵部本の表記は、判読に難渋する部分に対する一つの読みを示すものとも考えられる。本書は、これを参照しながら、親本である冷泉家本による注解を試みたものである。

## 本文の校訂

最初に本文の校訂一覧を掲げる（校訂本文を↓で示す。判読不能な部分は□で示した）

［破損・虫損］

序　□□はぬ（底）・しのはぬ（書）↓しのはぬ（書により訂す）

7　とこなつの□（底）・とこなつの花（書）↓とこなつの花（破損あるが推定可能。書により訂す）

8　たま□（底・書）↓たまを（破損により不明。文意から「を」と訂す）

15　あ□（底）・あい□（書）↓あり（破損があるが「里」と推定可能。田中解題（注5）参照）

16　い□のうち（底）・い□《如本》のうち（書）↓いへのうち（一文字分空白。文意から「へ」を補う）

20　ひ□り（底）・ひしり（書）↓ひしり（破損があるが「志」と推定可能。書により訂す）

26　女□・女の（書）↓女の（破損あり。書により訂す）

96　たちはな□（底）・たちはなを（書）↓たちはなを（虫損。書により訂す）

98　やし□（底）・やしろ（書）↓やしろ（書により訂す）

100　わ□み（冷）・わかみ（書）↓わかみ（虫損・書により訂す）

［脱字・衍字］

34　まねめる（底）・まねめる《如本》（書）↓まねくめる（脱字と見て「く」を補う）

42　かはほ（底・書）↓かほ（衍字と見て訂す）

44　いつれひ《本》まに（底）・いつれ《本》ひ《の歟》まに（書）→いつれのひまに（脱字と見て「の」を補う）

56　いはむすら《如本》む《と歟》（底）・いはむすらむ（書）→いはむとすらむ（脱字と見て「と」を補う）

63　みふねのみふねの山（底・書）→みふねの山（衍字（語）とみて訂す）

中序①　みなな（底・書）→みな（衍字と見て訂す）

㉓　もろ〱→もろ〱の（「の」の脱字と見てを補う）

72　こゝろかして（底）・こゝろか《如本》して（書）→こゝろをかして（脱字と見て「を」を補う）

79　しんち（底・書）→しんじち（脱字と見て「し」を補う）

［誤写］

16　さくなれば—せくなれは（「さ」は「せ」の誤写と見て訂す）

23　そこなかこ→そこなるみ（「かこ」は「るみ」の誤写と見て訂す）

30　したもふち（底）・したもふち《本ノマヽ》（書）→したもみち（「ふ」は「み」の誤写と見て訂す）

52　つくを、る（底・書）→つゆを、く（「く」は「ゆ」の誤写、「る」は「く」の誤写と見て訂す）

62　をひ《本》かね（底・書）→かひかね（「を」は「か」の誤写と見て訂す）

中序②　いしすち（底）・いしすち（書）→いしすら（「ち」は「ら」の誤写と見て訂す）

④　こむ・つ（底）書損じ一文字分、こむ　つ（書）→こみつ（「む」は「み」の誤写と見て訂す）　うみ（底・書）→うお

⑥　ひとしけふなり—不明。

⑦　れう（底・書）→りう（「れ」は「り」の誤写と見て訂す）

⑧ け明（底・書）→け望（「明」は「望」の誤写と見て訂す）へか事（底・書）→返る事（「へか」は「返る」の誤写と見て訂す）
⑨ こさう（底・書）→むせう（「こさ」を「むせ」の誤写と見て訂す）
⑩ かまへは（底・書）→たとへば（「かま」は「たと」の誤写と見て訂す）
⑮ すすつ（底）・すすつ歔《きえつ》（書）→「すゑつ」（「す」は「ゑ」の誤写と見て訂す）
⑰ ありとあり→ありとある（「り」と「る」の誤写と見て訂す）しるしみ→くるしみ（「し」は「く」の誤写と見て訂す）
⑱ をは（底・書）→かは（「を」は「か」の誤写と見て訂す）しらすよ（底・書）→「しゅさう」の誤写か、不明。
㉑ すく（底・書）→すら（「く」は「ら」の誤写と見て訂す）むこうかい（底・書）→むらうかう（「こ」「い」は、「ら」「う」の誤写と見て訂す）
68 えにく（底・書）→えにし（「く」は「し」の誤写と見て訂す）
79 かり人（底・書）→かりの（「人」は「の」誤写と見て訂す）こす（底・書）→こゑ（「す」は「ゑ」の誤写と見て訂す）
80 すはる（底・書）→そはる（「す」は「そ」の誤写と見て訂す）
81 いろら（底・書）→いのち（誤写と見て訂す。今西『大観』に同じ）
91 たれば（底・書）→なれば（「た」は「な」の誤写と見て訂す）そふて（底・書）→そめて（「ふ」は「め」の誤写と見て訂す）
105 せうと（底・書）―共に「せうと」であるが、状況と歌との関係が不明である。下句の「浄土の花」から推して、「さうと」の誤写の可能性が強いが、今は本文通りにしておく。

108　ふたらに（底）・ふたらに（書）↓ふたらく（「に」は「く」の誤写と見て訂す）

112　さうほう（底・書）↓そうはう（「さ」は「そ」の、「ほ」は「は」の誤写と見て訂す）

きのふのふの（底）・きのふのふの《如本》（書）↓「鳩」の誤写か、不明。「布」一文字のくずしだが、仮名二文字の誤写の可能性もある。

114　をそゝく（底）・をそゝく《如本》（書）↓をはすゝく（「そ」は「はす」の誤写と見て訂す）

115　へて（底・書）↓帰て（「へ（遍）」は「帰」の誤写と見て訂す）

116　はちいけ（底・書）↓はすいけ（「ち」は「す」の誤写と見て訂す）

129　やまくら（底）・やまてら（書）↓やまてら（「く」は「て」の誤写と見て訂す）

跋②　おももなし（底・書）↓おもひなし（「も」は「ひ」の誤写と見て訂す）

跋⑤　とうむ（底）・とうむ《如本》（書）↓とらむ（「う」は「ら」の誤写と見て訂す）

［補訂ほか］

25　たえ《本》は（底・書）↓かせたえは《如本》（詞書から「かせ」の二文字を補う）

37　いまはこゝろ（底）・いまはこゝろ《如本》（書）↓いまはたゝこゝろ（「たゝ」の脱落とみて補う）

41　なとさるゝ（底）・なとさるゝ《如本中落歟》（書）↓底本のまま。書陵部本は「如本中落歟」と傍書があるが取らない。

跋⑤　きを（底）・きを《如本》（書）↓きを

［仮名表記］

41　さうし↓しやうし（精進）

65　四す↓四しゅ

中序⑤　いさう↓いっしゃう（一生）

⑧　いさう↓いっしゃう（一生）

⑨　こさう（底・書）↓「むせう」か。「無常（むじゃう）」と見る。

㉒　上と（底・書）↓じゃうと（浄土）　わう上（底・書）↓わうじゃう（往生）　さう↓しゃう（生）

㉓　む上（底・書）↓むじゃう（無常）

105　さうと（底・書）↓しゃうと（浄土）

113　一せう（底・書）↓一じょう（一乗）

跋①　む上↓むじゃう（無常）

［その他の処理］

23　いけみつの―「の」は重ね書き。下の字は判読不能。

42　こゝろ（底・書）―重ね書き（「とゝ」の上に「古ゝろ」）

56　いひやる（底・書）―重ね書き（「いひやりける」の「り」の上に「る」）

59　まつをは（底・書）―重ね書き（「とて、」の上に「を」）

中序②　のこらむや―底本では、「めや」と続け書きした「め」の上に「む」を重ね書き。［書］は、「め」の上に「むや」と続け書き。「むや」に訂したものと見る。

87　をもふく（底）・をもふて（書）―書陵部本を底本とする『新編国歌大観』解題に、「をもふく〈赴く〉」かとする部分。冷泉家本により確認された。

100 いと（底・書）―『新編国歌大観』解題では、「……『かみぎぬぬはせんとて』の『とて』は『いと』との重ね書きである。本文は『とて』に依ったが、両者の先後は必ずしも判然としない」とされていたが、冷泉家本によれば、「ぬはせんとて」までが明らかに一筆で、さらに、書陵部本では、「とて」と「いと」の部分のみが重なるのに対し、冷泉本では、「いと」および「こひたり」の「こ」の一画目が「とて」に重なっている。したがって、当初の「ぬはせんとて」を「ぬはせんいと」に訂したことは明らかである。

跋② おあらはせるなり―「せ」重ね書き。下の字は判読不能。

## 三、主殿集の構成

本集の構成について、先に物した拙稿（「主殿集瞥見―構成とその意味」『並木の里』四十四号 一九九六・六）を、多少修正を加えた上で採録しておきたい（転載を快くお許し頂いた『並木の里』の会に感謝申し上げる）。

前稿は書陵部本を底本とした考察であったが、構成を論ずるについて冷泉本との基本的な差異はない。

### 1 主殿集の構成

この集は、次のように整然とした構成を見せる。

（前半） 序 1～13（十三首） 月次歌・結願
　　　　　 14～65（五十二首） 贈答歌群
　　　　　（62～65）古歌および左注「このうた四をば、四すのはなによするなるべし」

（後半） 序 66～78（十三首） 月次歌・結願

79～130（五十二首）　贈答歌群

跋文「……願はくは、この四すを以て極楽の九品とせん……」

先行研究では、この集の構成・内容の概要は、次のように説明されている。

［私家集大成・中古Ⅱ］（解題　橋本不美男）昭和50・5

この主殿集は前後二部よりなり、それぞれに長文の自序がつけられている。前半部は花にめでる女の歌として六五首、後半は仏道に志す女の歌として六五組、そのそれぞれを、十二箇月・結願の一三首と贈答を含めた五二首に区分している。贈答の対者も明記されず、前後合わせて一三〇首、末尾に「あまそれかし」と自称した跋文をつけている。

本集の内容を見ると、前半は主として出家前の恋愛世事にわたる贈答等、後半は出家およびその後の贈答歌などが、おのおの年序を追って集められているものと推定される。すべて三人称、前後の形態・組織・歌数はそれぞれ同じであり、主殿自身の意図による構成と考えられる。しかしながら物語とみるには、筋の変化もなく、各歌群に有機的関連がうすい。また前後の関係については、前半のはなやかな歌の末に、出家と仏道を暗示する詞書と歌があり、これが後半への連接を示していると見られよう。

［和歌大辞典］（森本元子）昭和61・3

所収歌一三〇首。前後二部より成り、それぞれに長文の序と跋を置く。前半（六一首）は、「身の程知らず花にめづる女」の恋と社交の生活記録で、後半（六五首）は「無常におどろき」罪を慨悔する出家後の詠を集める。それぞれ十二か月と結願の一三首に、四季または制作順による贈答歌などを約五〇首あわせ、前半の跋には四華によせて古歌四首をしるし、後半の跋には「その月その日尼某」が仏経に導かれんと書き終えた旨を述べている。明瞭な意図と整然たる構成をもつ特色ある家集である。

森本は、橋本の線に沿いながらも、前半部を六一首と古歌四首に分けている。橋本が後半への連接部分とした「出家と仏道を暗示する詞書と歌」を、古歌四首による「四華によせ」た「前半の跋」と見るのである。四首に付いている左注「このうた四をば、四すのはなによするなるべし」を論拠としたものである。

この間、今西祐一郎「『主殿集』試論」（『国語国文』昭和52・11）が、後半序が往生要集の経文を中心に構成されており、その経文は「口承的要素を含む媒体を経由」して受容されたことを指摘し、「懺悔」という概念が言葉で捉えられたことの文学史的意味を論じた。今西の論は『新編国歌大観』解題及び『日本古典文学大辞典』の項目に要約されている。『平安時代史事典』（近藤潤一　平成6・4）にも、構成についての異見はない。

構成の問題に絡んで注目されるのが、森本が前篇の跋と見なした古歌四首の左注「四すのはなによするなるべし」、および、後篇跋の「願はくは、この四すを以て極楽の九品とせん」に見られる二つの「四す」の語である（以下、便宜、前者を［ア］とし、後者を［イ］とする）。

「四す」は「四種」で、「四種の花」は「四華（花）」をいう。『法華経』序品に因む四種の花のことで、白蓮華・大白蓮華・赤蓮華・赤大蓮華を指す。『法華経』序品では、

……仏説此経巳。結伽扶坐。入於無量義処三昧。心身不動。是時天雨。蔓陀羅華。摩訶蔓陀羅華。蔓珠沙華。摩訶蔓珠沙華。而散仏上。及諸大衆。普仏世界。六種震動。

と四種の華の具体的な記述がなされる。この「雨花」は、かって日月燈明仏が「結伽扶坐。入於無量義処三昧」の折に起きた瑞相で、やがて釈尊により法華経が説かれることの予兆を意味する。

柿村重松『本朝文粋註釋』は、「大蔵法数十九」を引き「四花」の注を次のように記す。

四花云、梵語蔓陀羅、華言適意、又曰白華。梵語摩訶、華言大、即大適意、亦云大白華。梵語蔓珠抄、華言柔軟、又云赤華、梵語摩訶目受珠抄、華言大柔軟、又云大赤華。

森本が［ア］に拠り、四種の花に譬えられたとする四首は、老いた母ゆえに出家もならず侘びしいつれづれに、「いそのかみ古めかしきことをあはれぶ」として歌われたものであった。

ただし、この人かくてたはれ楽しぶと言へども、心のうちに、数ならぬにしもあらねど、かひがねの頂き白きたらちめのありけるに引かされて、岩のかけ橋踏みならし思ひたつことかたかりけるを、やまと琴のうら寂しきに、つれづれと石上ふるめかしきことをあはれぶ

62　ありはてぬ我が身や近くなりぬらむあやしくものの嘆かしきかな
63　雁の来る三船の山にゐる雲のつねにあらむ物と我が思はなくに
64　芹摘みし昔の人も我がごとや心にもののかなはざりけむ
65　いく世しもあらじ我が身をなぞもかくあまの刈る藻に思ひみだるる

この歌四つをば、四種（底「四す」）の花に寄するなるべし

これは出家前の総決算を、いわば古歌引用による無常讃とも言うべき形で閉じているのである。

これが、前半末尾［ア］に言う「四す」の実態である。前述の「四華」の意味、また次項に掲げた四華を詠んだ諸々の歌と比較しても、無常感や不如意感が強く、釈尊による法華経講説の予感に歓喜する思いは、この四首からは伝わってこない。『法華経』序品の四華から方便品以下に繋ぐ気配はないままに、『往生要集』を引く後半序へと展開するのである。その意味では、この無常を詠む四首は後半序文に意味的に「連接」させたものとして、「四す」には触れない橋本の方が通りは良いが、『法華経』と『往生要集』を並立させる構成は天台仏教受容のあり方とし

て通常のものだとしても、なおこの左注「四す」には、後の跋文との関係から疑問が残るのである。

跋文は次の通りである。

歌においては、これ仏事のために益ないことなれど、これにおいては、祝ひを詠みて千歳を願ふにあらず、また恋を詠みて人の心をやはらぐるにあらず、ただ世間の無常と、またいにしへを恥ぢ、今を悔い、またもろもろの悪心をあらはせるなり、これを見て浮き木の亀に思ひなし、これを見て優曇華とも思ひなし、これ見て嗤へかし、これを見て誹れかし、これを見て憎めかしこそ心をやりたる心なれ、

願はくはこの四すをもて極楽の九品とせむ、その月のその日、尼それがし、奇を好むにあらず、艶なる名をとらむとにあらず、仏経の言編めるによりて導かれ奉らむと、書き果つるなり。

ここで「この四す」とするのは、前篇を含む百三十首全体を受けての言と思われ、先に見られた「ア」即ち、前半末尾の四首を指すとは考えられない。ましてや他人歌である古歌四首を以て、「極楽の九品とせん」としたとは考え難い。結縁のために纏められた「四す」を、百三十首全体であると考えるならば、だれもが指摘するように、この歌集は、前後各六五首の対称的な二部構成が、さらにそれぞれ月次歌・結願の一三首と、贈答歌を中心とする五二首に分けられるのであるから、これは全体を四部として構成したものとして捉えるべきであろう。跋文の「四種」は、この四部構成を指すものとみたい。

とすれば、13・52／13・52首からなる四部（四種）は、その構成の緊密な対応からして、それぞれ、白蓮華・大白蓮華／紅蓮華・紅大蓮華の「四種の花」に相当することになる。

前後十二カ月の歌の後にそれぞれ結願の一首を置き、一三首からなる小蓮華の世界の完結を明示するべく構成されていたにもかかわらず、前後二部構成のみが重視された結果、「四す」が宙に浮く結果になったのであろう。結

願の二首（13・78）は、当然ながら小世界を閉じるに相応しい詠歌内容である。

13　春は花秋は紅葉と惜しむまにとしふる雪にうづもれぬべし

78　幻もひびきも影もかげろふも我がよよりはたのどけかり

このように理解するならば、在俗時の歌を含め、「四華」の形態に荘厳された歌集として、「極楽の九品とせん」とすることも強ち不自然ではない。「これをみて浮き木の亀に思ひなし、これをみて優曇華とも思もひなし」が、仏道に寄せる当集主題の特殊性について言うものとしても、さらに最後に「奇を好むにあらず、艶なる名をとらむとにあらず」と敢えて断るのは、この歌集が「奇」「艶」とも見える事実を逆照射する。四華に寄せたこの歌集の形態の特異性を意識してのことではなかろうか。

見てきたように［ア］を含む65左注は、歌集全体の四部構成を指す［イ］の「この四す」とは相容れない。［ア］の注記はその意味で不審である。先に「後人注記か」と書いたが、他にも左注があり、また101詞書「月のいとあかかりければ、例の心うせぬなるべし」のような類似の第三者的な推定表現も見られるので、根拠が弱い。

これはむしろ森本が「前半の跋」を想定したように、前篇と後篇の成立・編集の時期が異なる事を示唆するのかもしれない。両者を比較すれば明らかなように、［イ］に見られる歌集編纂に対する激越なまでの意志は、［ア］の推定表現がもたらす第三者的なあり方とはやはり異質である。自己を「女」と三人称化して扱うのは前篇に限られ、その前篇の中でも陸奥国の男を廻る恋物語的な部分は、56・60に「侍り」が使われていることからすれば、寛子辺りを意識して、別途纏められたものが編み込まれた可能性も無しとしない。古歌四首の「四種」から、歌集の全体構成としての「四種」へ、形態への思い入れが二種類の「四す」を生じさせたと見る方が穏当かもしれない。最終的に「四華」を象った構成を示すものの、跋文執筆に近い時点で、整合的に前半部にまで手が入れられたとは言い難いようである。歌集の成立を考える上で注意されるところではある。

## 2 構成の意味

「四種の花」は、『法華経』廿八品の序品に寄せて詠まれる場合が多い。早い時期の長能歌が「花の色の四くさに散るか」(『長能集』Ⅱ一四八)と詠むが、概して「くさぐさに」(『公任集』二五九)、「いろいろ」(『新勅撰集』五八二・行成、『散木奇歌集』八九八)と曖昧で、大小紅白の「四種」の意味も明確には表現されない。『梁塵秘抄』では、「蔓陀羅・蔓珠の華降りて」と繰り返されるところである。

『望月仏教大事典』では「四華」を、「法華経文句第二下」を引用して次のように解説している。

天雨四華とは旧に小大白、小大赤と云ふ。(中略)旧に小大白を雨らすとは在家の二衆を表し、小大赤は出家の二衆を表し、其の昔来の因にして而も未だ果ならざるを表すと

これは「四華」は果であるとする見解に合わず、「この解は狭にして当らず」として退けられた旧説だが、在家・出家との絡みで四華を考える説が紹介されてあった事実は窺われる。

これに対して「法華経文句第二下」が、今説として展開したのが、「今天雨の花報は其れ当仏因を獲べし。仏因とは即ち四輪の因なり。小白は銅輪習種性を表す、開仏知見なり。大白は銀輪性極性十行を表す、示仏知見なり、……大赤は瑠璃輪聖種性十地を表す、大仏知見なり」である。「四輪」「種性」「菩薩の修行」「知見」が、それぞれ四種の段階に纏めて示される。

これについては当歌集より数十年後の成立になろうが、寂然『法門百首』夏に、「住於十住小白花位」の題で、四種の花を菩薩成道の位階に準えているのが注目される。

・雲と見しとほちの里の卯の花はけふ我宿のかきねなりけり

法花の序品のとき天より四種の花降れり。小白花、大白花、小赤花、大赤花なり。是は菩薩の十住十行十廻向十地の四のくらゐにいるべき事を表してふれるなり。ちゐさき白き花は、卯の花にたよりなればよそふる也。舎利弗等の声聞法花会のさき、菩薩の位をよそにみる事、遠の里の卯の花を雲にまがへんが如し。いま初住の覚り開くを、宿のかきねに咲とはいふなるべし。

「卯の花」即ち「小白花」が「初住」を表す、というこの解説は、今説に対応する発想であろう。

一方、『往生要集』大文第十「往生の階位」は、「異解不同」の往生九品の階位について、『釈浄土群疑論』に拠りながら、「上々生は四五六地、上中生は初・二・三戸、上下生は地前の三十心なり」「上々は行・向、上中は十解〔住〕、上下は十信なり」等の諸説を掲げ、「極楽の九品」と菩薩成道の位階の対応を説こうとしている。在俗から出家へ、菩薩の四位の上昇、延いては九品蓮台（上品上）への願生と、何れにしろこれらの事実から帰納される「四華」の譬喩的意味は、「信仰心に応じて高まる位階」ということである。

「四種の花」の意味をこのように見てくると、この歌集は、『往生要集』の影響のみならず、全体を覆う形で『法華経』への帰依が表白されていることになる。

「四種」の語そのものは、当然ながら経詩賦あるいは追善以外の願文に多くみられる。

〔『本朝文粋』巻十三　雑修善〕「朱雀院被修御八講願文　江納言」

夙聞。仏心湛水。智恵之海無涯。神変放光、暗冥之霧尽散。花雨四種。弥勒欲決疑於当今。材明六通。文殊能辯、瑞於往昔。是知釈迦尊之説法華経也。……（天慶十年三月十七日）

〔『本朝文粋』巻十三　願文上〕「為仁康上人修五時講願文　江匡衡」

……方今。於洛陽城河原院。設六日之大会。移五時之旧儀。身子説教。頭面禮仏、七香煙。瑠璃之雲成。

四種華雨。蔔之露添灯。異口同音。讃嘆如来之相好。低頭挙手。懺悔過去之罪業。時也大衆中。或垂涕滞日。我等不図。今日奉見霊山釈迦。……（正暦二年三月二八日）

［『本朝文粋』巻十三　呪願文］「浄妙寺塔供養呪願文　江以言」

……焼香散花　恭敬供養　作一心礼　咄百口僧　霧集雲廻　或梵或唄　山表寒雪　四花化假粧　林棺暁星　九枝添影……（寛弘四年十二月二日）

［備後介題法華経八品詩　本韻］

……即不堪随喜之至。聊綴讃嘆之調。縦違法華之心。縦拙詩草之趣。為結当来世緑。皆帰第一義之中而巳。

序品　散位源〈為憲〉

仏現光明神変相　四美六動大衆娯　二人問答人皆覚　欲説一乗妙理殊

［『本朝続文粋』巻一］「法華経賦一首　江大府卿（大江匡房）」

夫一大事之因縁。其義遠哉。機根遍熟。法華方開。六瑞之相忽至。四種之花晴来。

正暦年間に遡るものの「為仁康上人修五時講願文」などは、この語が使われる場の雰囲気をよく伝える。「四種」という語そのものが、願文が詠まれる法会の場では馴染みのものであった。

当代女性の信仰の表現の形を、『江都督納言願文集』巻五の女人の願文に見ると、例えば「善勝寺　女弟子従三位藤原朝臣某」の願文は次のようである。

仏言。春花秋葉。未免麟角之観空。鴬去燕皈。自覚桃顔之告老。不植善根於夕陽。何期妙果於冥路。弟子宿縁路馥黍。奉十善之林焉栄分。風尊早列三品之松。既窮人間之繁花、偏期身後之菩提。……浄土雖懸望於弥陀尊、依被聴女身之往生也。即奉安置半丈金色无量寿如来一躰。奉書写色紙妙法蓮華経一部八巻……来世亦昇最

上品之宝臺。……応徳四年二月十四日

現世評価に違いがあり、懺悔の要素を欠くが、当歌集に相通じる構成要素―四季・人生と無常／回心と願生浄土／弥陀と法華／九品（上品）託生を拾うことができる。

以上、「四種」の語をめぐって、その比喩的意味が機能する「場」の状況を見てきたのであるが、当集は、歌集ながら、これら慨悔・修善の願文に近い性格を持つものと言えるのではなかろうか。『王澤不渇抄』の示すような十項に渡る願文構成に沿う訳ではないが、跋文に「願はくは、この四すを以て極楽の九品とせん。その月のその日に、尼それがし」と記す形で納めるのも、その端的な表れであろう。とすれば、「物語とみるには、筋の変化もなく、各歌群に有機的関連がうすい」（橋本）というような評価も、評価の角度そのものを変える必要があるかもしれない。

跋文に見られる和歌観については、「和歌を浮薄な狂言綺語とし」（神谷）といった見解がある。確かに「仏事のために益ないこと」が基本認識である。自詠は語られ非難されるべきものであり、自己批判の対象である。結局、和歌を懺悔の具として願生浄土と結び付けることでその意義を捉えようとすることになり、それはまた、和歌を「讃仏乗之因、転法輪之縁」として認識した結果であるかに見える。しかし、主殿の場合、仏教的観念からする価値判断に晒されるのは、実は歌の言葉ではなく、歌を通じて映し出された彼女の実人生そのものである。和歌を我が生の懺悔の具と捉える以上、いわゆる「数寄」や無常美感はそもそも志向されず、言語表現そのものを対象化し「狂言綺語」と捉える認識とは遠いと言うべきであろう。「今生世俗文字之業」として和歌を開示しようとはしないのである。言わば〝文学〟を介在させずに、自己の生を懺悔し晒すことによって、まともに信仰に対峙するのである。芸術性を保持しながら仏教との折り合いを付けるというのではない。とすれば、四種の花を象る四部構成も、意識的な文学的芸術的な営為というより、信仰心に発した供花にも似た行為であったと見るべきではなかろうか。

＊引用本文は『法華経義疏』（岩波文庫）、「備後介題法華経八品詩本韻」（『和漢比較文学』8）、『本朝文粋』（新日本古典文学大系）、『本朝続文粋』（改訂増補国史大系二九）、『江都督納言願文集』（六地蔵寺善本叢刊第三巻）

## 四、主殿集の表現

見てきたように、前篇と後篇の描く世界が大きく転換する中で、個々の和歌表現もまた異なるものになる。

先ずは、前篇冒頭の「いづれの垣ほの撫子にかありけむ、身のほど知らず花にめづる女ありけり」と物語的に語り出された「女」の仮構が、57「陸奥国へ往にける人をいと忍びて来る人に、つとめて言ひおこせける、女」（61歌まで「末の松山」歌群として続く）を最後に姿を消すことが注意される。四首の古歌以降、後篇へと虚構の装いは棄てられる。「女性性」の放棄とも「仮構」の放棄とも取れるところである。

四季折々の景物に寄せた月次歌は、古今風の景物に限らず、語釈に例示したように、恵慶・好忠・賀茂保憲女など、犬養廉の言わゆる「伏流」する歌人たちの歌をも包摂していたのだが、後篇では、ことごとく悔悟の対象として打ち消されていく。消される過去とともに当代和歌の美感が否定の対象になり、四季歌の中に、新たに三世の仏・蓮の糸・罪深き端・常なき風・この世を背く・祝いの雨・不死の薬　等々のことばが入り込んでくる。結願の歌78「幻も響きも影もかげろふも我が世よりはたのどけかりけり」は、『維摩経』方便品・十喩によるものであった（これが和泉式部歌を踏むことからも、後篇に迄及ぶ和泉の歌の影響の強さが知られる）。

これは日常詠においても同様である。出家前の心境を含め、手ずからの断髪を経て尼としての日常を生きる心境が、当事者の側からリアルに詠われる。

114　方等の罪をばすすぐ雨なれば我がみひとつぞ潤はざりける

115　天人にまれなる花と妙法と導師のよぎりいづれ希有なり

117　宴黙の室の窓より窺へど寂寞なりや人の声せず

右に見るように「方等」「妙法」「宴黙」「寂寞」等の仏語が、釈教歌ではなく日常詠の中に積極的に取り込まれるのである。

後篇が、「女」という仮構の視点を廃したとは言え、手づから髪を切る場面前後の描かれ方は、「流転三界中恩愛不能脱…」の偈文のこともあり、「浮舟」の出家場面を直ちに想起させるものである。『更級日記』が、貴人に「据え込められる」ことにおいて浮舟憧憬を描いたのに対し、主殿の関心は、自らの決断による出家を描くことに向けられた。和田律子『藤原頼通の文化世界と更級日記』（二〇〇八・一二）が指摘する頼通・寛子文化圏の浪漫性、あるいはそれと通底するという『更級日記』の浪漫性とは、異質の精神性が窺われるのである。主殿集前半の出仕生活に対する否定的感情、懺悔へと向かう心情は、この浪漫性への違和感と批判を内包していたのではなかろうか。勿論、「信仰」が新たな浪漫であった可能性も無しとしないであろうが。

このような表現の転換は、当代宗教思想の浸潤によりもたらされたものである。「往生要集」の摘句を連ねた序（中序）は、その紛れもない表徴である。本注釈では、この序全体を23に区切って往生要集との関係を辿ったが、その結果を整理すると、往生要集の全十門のうち引用されているのは、圧倒的に大門第一「厭離穢土」からで、17箇所（5「人道」の「無常」から5箇所、「不浄」から3箇所、7「厭相惣結」から9箇所）に及ぶ。あとは、大門第二「欣求浄土」（6「引接結縁」）、大門第五「助念の方法」（往生大事）、大門第六「臨終行儀」、大門第十「問答料簡」（第三）から各1箇所で、「極楽証拠」「正修念仏」「別時念仏」「念仏利益」「念仏証拠」「往生諸業」からの引用はない。

主殿にとっては、弥陀賛美・浄土欣求以上に、罪業意識を掻き立て現世を否定する機縁として往生要集はあったと言うべきなのであろう。十楽に満たされる極楽の荘厳美も、弥陀来迎の観想も、称名念仏への関心も前景には出て来ない。ひたすら否定的感情に満たされて出離は果たされた。

このように見るならば、本集は寂然・俊頼の釈教歌に先立つ果敢な表現の試みとして、あるいは「末の松山」歌群に限らず総体として、当代女性の精神性と人生の有り様を色濃く映し出した日記文学的歌集として扱い得ると思うのだが、如何であろうか。

## 五、主殿集の位置

狂言綺語観との関係のみならず、本集跋文に沿って歌集編纂の内的動機と主題について今少し詳細に辿れば、その前段①は補説にも書いたように、先ずは世の無常と自身の過去への後悔と「悪心」の披瀝であり、中序㉓「この無常に愕きて、月次のもろもろの罪を懺悔す」に相当する「懺悔」としての意味づけであろう。

夙に「懺悔なき人々―源氏物語試論―」（『文学』四二巻五号一九七四→改稿『源氏物語覚書』一九九八）などの論を通じて、源氏物語の中に当代の罪障意識のありようを探ってきた今西祐一郎は、恐らくはその延長線上で主殿集を論じ、往生要集の引用、「懺悔」という用語等々に注目、本集の主題的意味を「懺悔」と捉えている（「『主殿集』試論」『国語国文』46-11、一九七七・一一）。

跋文の第二段②には、この「懺悔」の詠草を、希有の仏縁（「浮き木の亀」「優曇華」）と見なして、「嗤へ」「誹れ」

「憎め」と、一見、相反する選択を迫るかのような文言が記される。が、これは筆者にとっては矛盾なのではなく、先に「受難を待望するかのごとき激しい言説」（補注）と記したが、『法華経』常不軽品により不軽菩薩の受難に肖りたいとする強い信仰心の発露であろうと理解される。126「松がえの入り江の小松家にあらばそこにて我も法を広めむ」の歌は、菩薩行への意志を表わす一首である。

すでに『発心和歌集』「序」（寛弘九年）に、「定有誹謗者　在在所所与妄結縁　同不軽菩薩之行、一心至実三宝捨諸」と、同趣旨のことが述べられていた。また、『源氏物語』宇治十帖を巡る諸考察の中で、例えば佐藤勢紀子（「不軽行はなぜ行われたか―宇治十帖に見る在家菩薩の思想―」『日本文学』No.659、二〇〇八・五）は、「誹る」行為こそ描かれないが、八宮の追善供養に不軽行を採用した宇治阿闍梨、あるいは浮舟への還俗勧奨即ち在家菩薩としての道を示した横川の僧都の行為を、法華経常不軽品「汝等皆行菩薩道。当得作仏」による在家菩薩の成仏を保証するものであるとし、「在家菩薩に対する配慮と支援の姿勢」を読み取っている。さらに原岡文子（「宇治十帖の世界と仏教」『源氏物語と仏教』二〇〇九・三））は、ここに「『往生要集』的な修道」「天台浄土教の観想業」に対する「懐疑」が示されているとし、「在家菩薩」の成仏に繋がる不軽行「汝等皆行菩薩道。当得作仏」が対置されたことの積極的意味を強調する。これを「時代の仏教への重い問いかけ」と見て、「歎異抄」や「鎌倉仏教へと邁かに繋がる」希求を読みとるのである。その当否は措くとして、主殿には、この種の「懐疑」は全くない。少なくとも表わされてはいない。

一方で想起されるのは、「平安中期以降の民間仏教の活性化と肥大化は、民間仏教の自立を意味するのでもなければ、『鎌倉新仏教』の母胎が形成されてくることを意味するのでもなく、『旧仏教』・顕密仏教による民衆意識の呪縛が進行していったことを表わしている」のであり、末法意識がそれを助長するべく作用したのだとする平雅行

（『日本中世の社会と仏教』一九九二・一一　塙書房）の指摘である。

とすれば、当集の有り様は、宇治十帖が迷いの中に堪えていた「呪縛」に対し、遂に抗しきれなかった一女性の懺悔の記録ということになるのであろうか。

# 参考文献


桂宮本叢書第十巻 私家集十（主殿集）（宮内庁書陵部編 養徳社 一九五九）解題 橋本不美男
冷泉家時雨亭叢書第十九巻 平安私家集六『主殿集』（冷泉家時雨亭文庫編 朝日新聞社 一九九九）解題 田中登

今西祐一郎「『主殿集』試論」『国語国文』46―11 一九七七・一一
神谷敏成「『主殿集』考」『北海道自動車短期大学 研究紀要』7 一九七九・八
久保木寿子「主殿集瞥見―構成とその意味」『並木の里』四十四号 一九九六・六（→解説）
針本正行「平安女流日記の終焉―四条宮家の女房日記『主殿集』を素材として」『日本文学論究』五五号 一九九六・三
山本淳子「指示副詞「かく」使用歌による歌群表現―『古今集』『和泉式部続集』『四条宮主殿集』における」『国語国文』70―2 二〇〇一・二→『紫式部集論』（和泉書院 二〇〇五・三）

上野理『後拾遺集前後』 笠間書院 一九七六・一
川村晃生『摂関期和歌史の研究』 三弥井書店 一九九一・四
犬養廉『平安和歌と日記』 笠間書院 二〇〇四・九
高重久美『和歌六人党とその時代 後朱雀朝歌会を軸として』和泉書院 二〇〇五・二
和田律子『藤原頼通の文化世界と更級日記』 新典社 二〇〇八・一二
須田春子『平安時代後宮及び女司の研究』 千代田書房 一九八二・五

日向一雅「平安文学作品に現れた宮内省の諸寮―大炊寮・主殿寮・典薬寮・掃部寮」『王朝文学と官職・位階―平安文学と隣接諸学4』　竹林舎　二〇〇八・五
菅野扶美「半物・雑仕・主殿司・厨女―今様周縁の女の層をめぐって」『日本文学』六四九　二〇〇七・七
白土わか『出家作法　曼殊院蔵』「解説」（京都大学国語国文資料叢書二一）　臨川書店　一九七〇・四
西口順子『女の力―古代の女性と仏教―』　平凡社　一九八七・八
勝浦令子「既婚女性の出家と婚姻関係―摂関期を中心に―」『家族と女性の歴史　古代・中世』吉川弘文館　一九八九・八
勝浦令子「尼削ぎ攷―髪型から見た尼の存在形態―」『シリーズ　女性と仏教1　尼と尼寺』　平凡社　一九八九・八
井上光貞『日本浄土教成立史の研究』　山川出版社　一九五六・新訂一九七五
平雅行『日本中世の社会と仏教』　塙書房　一九九二・一一
高木豊『平安時代法華仏教史研究』　平楽寺書店　一九七三
小林智昭『無常感の文学』　弘文堂　一九六五・六
目崎徳衛『数寄と無常』　吉川弘文館　一九八八・一二
石原清志『発心和歌集の研究』　和泉書院　一九八三・三
三角洋一「『法門百首の法文題をめぐって―天台浄土思想の輪郭」『東京大学教養学部人文科学科紀要（国文学漢文学）』　一九九〇・三→『源氏物語と天台浄土教』　若草書房　一九九六・一〇
山本章博『寂然法門百首全釈』　風間書房　二〇一〇・七
今西祐一郎「懺悔なき人々―源氏物語試論―」『文学』四二巻五号　一九七四→『源氏物語覚書』　岩波書店　一九九八・七

佐藤勢紀子「不軽行はなぜ行われたか―宇治十帖に見る在家菩薩の思想―」『日本文学』六五九　二〇〇八・五
原岡文子「宇治十帖の世界と仏教」『源氏物語と仏教』青簡舎　二〇〇九・三

# 各句索引

（算用数字は、歌番号）

# 語句索引

（算用数字は注釈ページ）

# あとがき

二〇〇九年四月から一年間、縁あって学習院大学の院生と共に、「主殿集」を読む機会を得た。成立年次も不明で、外部資料も殆どないことから、これまであまり注目されてこなかった歌集である。敢えてこれを取り上げたのは、以前この集の特異な構成について注目したことがあり、より詳細に読み解いてみたいという、個人的な思惑からのことであった。

この年には、冷泉家時雨亭叢書完結を記念して「冷泉家―王朝の和歌守展―」が開催されたが、「主殿集」もその一隅にしっかりと座を占めていた。この時雨亭叢書により解説を進めていたものの、書陵部本の親本であるとはいいながら、損傷部分は如何ともし難く、屢々本文の扱いで立ち往生した。また、往生要集を引用した中序に見られるように、平安後期の社会状況を色濃く反映した作品であることから、解読には仏教的な素養が要求されたにも拘わらず、これもまた有効な読みを提示しえずに終わった。

和歌の評価はさして高くはないが、王朝日記に連なる要素、特に自ら出家を敢行するに至るなど、主題的に見ても注目に値する内容を含み、その跋文の特異性からしても、より積極的に定位する必要のある作品なのではなかろうか。和歌表現史的な位置づけなど、やり残した課題も多い。

本集の刊行が、多少とも今後の研究の叩き台になれば幸いである。

なお、本書の刊行に際し、白梅学園大学より二〇一〇年度出版助成の交付を受けた。記して感謝申し上げる。

二〇一一年三月、東日本大震災の後に

久保木寿子

**久保木寿子**（くぼき・としこ）

1945年 7 月　岩手県生まれ
1969年 3 月　東北大学文学部卒業
1981年 3 月　早稲田大学大学院博士課程満期退学
白梅学園大学教授
主著：『実存をみつめる　和泉式部』（2000年 新典社）
　　　『和泉式部百首全釈』（2004年 風間書房）
　　　『王朝私家集の成立と展開』（共著、1996年 風間書房）

新注和歌文学叢書 9

四条宮《しじょうのみや》主殿《とのも》集《しゅう》 新注

二〇一一年五月三一日　初版第一刷発行

著　者　久保木寿子
発行者　大貫祥子
発行所　株式会社青簡舎
〒一〇一-〇〇五一
東京都千代田区神田神保町一-二七
電　話　〇三-五二八三-二二六七
振　替　〇〇一七〇-九-四六五四五二
印刷・製本　株式会社太平印刷社



ISBN978-4-903996-43-1 C3092